U0117322

名家美学漫谈

朱自清 著

文艺之美

朱自清美学精选集

吉林人民出版社

图书在版编目（CIP）数据

文艺之美：朱自清美学精选集 / 朱自清著 . -- 长
春：吉林人民出版社，2020.12
（名家美学漫谈 / 王楠主编）
ISBN 978-7-206-17877-1

Ⅰ.①文… Ⅱ.①朱… Ⅲ.①散文集—中国—现代
Ⅳ.①I266

中国版本图书馆 CIP 数据核字（2020）第 260349 号

出 品 人：常　宏
选题策划：吴文阁　翁立涛　四季中天
责任编辑：张　娜
助理编辑：刘　涵　丁　昊
封面设计：观止堂_未　氓

文艺之美：朱自清美学精选集
WENYI ZHI MEI：ZHU ZIQING MEIXUE JINGXUAN JI

著　　者：朱自清
出版发行：吉林人民出版社（长春市人民大街 7548 号　邮政编码：130022）
咨询电话：0431-85378007
印　　刷：天津雅泽印刷有限公司
开　　本：650mm×960mm　　　　1/16
印　　张：22.5　　　　　　　　字　　数：265 千字
标准书号：ISBN 978-7-206-17877-1
版　　次：2021 年 3 月第 1 版　　印　　次：2021 年 3 月第 1 次印刷
定　　价：59.80 元

如发现印装质量问题，影响阅读，请与出版社联系调换。

出版说明

　　中国历史上有着极为丰富的美学遗产，继承和发扬这份遗产，对于我国当代的美学教育和美学实践，对于中华文化的伟大复兴，有着重要意义。王国维、梁启超、蔡元培等学者推动了我国美学理论的发展。

　　蔡元培认为："爱美是人类性能中固有的要求。一个民族，无论其文化的程度何若，从未有喜丑而厌美的。便是野蛮民族，亦有将红布挂在襟间以为装饰的，虽然他们的审美趣味很低，但即此一点，亦已足证明其有爱美之心了。我以为如其能够将这种爱美之心因势而利导之，小之可以怡性悦情，进德养身，大之可以治国平天下。何以见得呢？我们试反躬自省，当读画吟诗，搜奇探幽之际，在心头每每感到一种莫可名言的恬适。即此境界，平日那种是非利害的念头，人我差别的执着，都一概泯灭了，心中只有一片光明，一片天机。这样我们还不怡性悦情么？心旷则神逸，心广则体胖，我们还不能养身么？人我之别、利害之念既已泯灭，我们还不能进德么？人人如此，家家如此，还不能治国平天下么？"

　　王国维更是在美学领域取得了辉煌成就，其所创立的"意境说"是世界美学史上唯一以中为主、三美（中国、印度、西方三大哲学美学体系）结合的理论体系，具有深远的学术影响。

鉴于此，我们编选了这套《名家美学漫谈》，编选说明如下：

一、收录王国维、梁启超、蔡元培、朱自清作品中最适合广大读者阅读、学习的有关美学方面的代表作。

二、保留原作中符合当时语境的表述，只对错别字、常识性错误进行改动。

三、参照 2012 年 6 月实施的《出版物上数字用法》国家标准，在"得体""局部体例一致""同类别同形式"等原则下，对原书中涉及年龄、年月日等数字用法，不做改动（引文、表格和括号内特别注明的除外）。中华人民共和国成立后的年、月、日统一采用公元纪年法表示。

本丛书不仅是中国美学的代表作，也是广大读者提高审美素养和审美水平的经典读物。相信广大读者，尤其是青年朋友，能够从本丛书中得到有益的启发和借鉴。

编　者

目 录
——contents

第一辑 荷塘清韵

荷塘月色……………………………………… 003

桨声灯影里的秦淮河………………………… 006

看 花………………………………………… 015

白马湖………………………………………… 020

外东消夏录…………………………………… 023

潭柘寺 戒坛寺……………………………… 029

旅行杂记……………………………………… 033

温州的踪迹…………………………………… 041

春晖的一月…………………………………… 048

松堂游记……………………………………… 053

说扬州………………………………………… 056

背 影………………………………………… 060

飞……………………………………………… 063

匆　匆 ……………………………………………………… 065

冬　天 ……………………………………………………… 067

第二辑　文学之魅

文学的美——读 Puffer 的《美之心理学》……………… 071

文学的标准与尺度 ………………………………………… 078

文艺的真实性 ……………………………………………… 085

文艺之力 …………………………………………………… 095

什么是文学？ ……………………………………………… 105

什么是散文？ ……………………………………………… 109

什么是文学的"生路"？ …………………………………… 111

写作杂谈 …………………………………………………… 115

文人宅 ……………………………………………………… 120

鲁迅先生的杂感 …………………………………………… 126

第三辑　诗韵与经典

诗　韵 ……………………………………………………… 135

诗的语言 …………………………………………………… 142

诗与感觉 …………………………………………………… 151

诗与幽默 …………………………………………………… 158

赋诗言志 …………………………………………………… 166

六艺之教 …………………………………………………… 172

歌谣释名 …………………………………………… 179

歌谣里的重叠 ……………………………………… 187

陶诗的深度——评古直《陶靖节诗笺定本》

    （《层冰堂五种》之三）………………………… 191

朗读与诗 …………………………………………… 199

《诗经》 …………………………………………… 207

三《礼》 …………………………………………… 213

《史记》《汉书》 ………………………………… 217

诸　子 ……………………………………………… 229

辞　赋 ……………………………………………… 239

诗 …………………………………………………… 246

文 …………………………………………………… 257

第四辑　雅俗共赏

论说话的多少 ……………………………………… 277

论气节 ……………………………………………… 281

论吃饭 ……………………………………………… 286

论雅俗共赏 ………………………………………… 291

论书生的酸气 ……………………………………… 298

论诚意 ……………………………………………… 307

论别人 ……………………………………………… 311

论自己 ……………………………………………… 315

论做作···319

论老实话···323

论无话可说···328

论百读不厌···331

论逼真与如画——关于传统的对于自然和
    艺术的态度的一个考察····································338

中年人与青年人···349

第一辑　荷塘清韵

荷塘月色

这几天心里颇不宁静。今晚在院子里坐着乘凉，忽然想起日日走过的荷塘，在这满月的光里，总该另有一番样子吧。月亮渐渐地升高了，墙外马路上孩子们的欢笑，已经听不见了；妻在屋里拍着闰儿，迷迷糊糊地哼着眠歌。我悄悄地披了大衫，带上门出去。

沿着荷塘，是一条曲折的小煤屑路。这是一条幽僻的路；白天也少人走，夜晚更加寂寞。荷塘四面，长着许多树，蓊蓊郁郁的。路的一旁，是些杨柳和一些不知道名字的树。没有月光的晚上，这路上阴森森的，有些怕人。今晚却很好，虽然月光也还是淡淡的。

路上只我一个人，背着手踱着。这一片天地好像是我的；我也像超出了平常的自己，到了另一世界里。我爱热闹，也爱冷静；爱群居，也爱独处。像今晚上，一个人在这苍茫的月下，什么都可以想，什么都可以不想，便觉是个自由的人。白天里一定要做的事，一定要说的话，现在都可不理。这是独处的妙处，我且受用这无边的荷香月色好了。

曲曲折折的荷塘上面，弥望的是田田的叶子。叶子出水很高，像亭亭的舞女的裙。层层的叶子中间，零星地点缀着些白花，有袅娜地开着的，有羞涩地打着朵儿的；正如一粒粒的明珠，又如碧天里的星星，又如刚出浴的美人。微风过处，送来缕缕清香，仿佛远处高楼上渺茫的歌声似的。这时候叶子与花也有一丝的颤动，像闪电般，霎时传过荷塘的那边去了。叶子本是肩并肩密密地挨着，这便宛然有了一道凝碧的波痕。叶子底下是脉脉的流水，遮住了，不能见一些颜色；而叶子却更见风致了。

月光如流水一般，静静地泻在这一片叶子和花上。薄薄的青雾浮起在荷塘里。叶子和花仿佛在牛乳中洗过一样；又像笼着轻纱的梦。虽然是满月，天上却有一层淡淡的云，所以不能朗照；但我以为这恰是到了好处——酣眠固不可少，小睡也别有风味的。月光是隔了树照过来的，高处丛生的灌木，落下参差的斑驳的黑影，峭楞楞如鬼一般；弯弯的杨柳的稀疏的倩影，却又像是画在荷叶上。塘中的月色并不均匀；但光与影有着和谐的旋律，如梵婀玲上奏着的名曲。

荷塘的四面，远远近近，高高低低都是树，而杨柳最多。这些树将一片荷塘重重围住；只在小路一旁，漏着几段空隙，像是特为月光留下的。树色一例是阴阴的，乍看像一团烟雾；但杨柳的风姿，便在烟雾里也辨得出。树梢上隐隐约约的是一带远山，只有些大意罢了。树缝里也漏着一两点路灯光，没精打采的，是渴睡人的眼。这时候最热闹的，要数树上的蝉声与水里的蛙声；但热闹是它们的，我什么也没有。

忽然想起采莲的事情来了。采莲是江南的旧俗，似乎很早就有，而六朝时为盛；从诗歌里可以约略知道。采莲的是少年的女子，她们是荡着小船，唱着艳歌去的。采莲人不用说很多，还有看采莲的人。那是一个热闹的季节，也是一个风流的季节。梁元帝《采莲赋》里说得好：

　　于是妖童媛女，荡舟心许；鹢首徐回，兼传羽杯；棹将移而藻挂，船欲动而萍开。尔其纤腰束素，迁延顾步；夏始春余，叶嫩花初，恐沾裳而浅笑，畏倾船而敛裾。

　　可见当时嬉游的光景了。这真是有趣的事，可惜我们现在早已无福消受了。

　　于是又记起《西洲曲》里的句子：

　　采莲南塘秋，莲花过人头；低头弄莲子，莲子清如水。

　　今晚若有采莲人，这儿的莲花也算得"过人头"了；只不见一些流水的影子，是不行的。这令我到底惦着江南了。——这样想着，猛一抬头，不觉已是自己的门前；轻轻地推门进去，什么声息也没有，妻已睡熟好久了。

桨声灯影里的秦淮河

　　一九二三年八月的一晚，我和平伯同游秦淮河；平伯是初泛，我是重来了。我们雇了一只七板子，在夕阳已去，皎月方来的时候，便下了船。于是桨声汩——汩，我们开始领略那晃荡着蔷薇色的历史的秦淮河的滋味了。

　　秦淮河里的船，比北京万牲园、颐和园的船好，比西湖的船好，比扬州瘦西湖的船也好。这几处的船不是觉着笨，就是觉着简陋、局促；都不能引起乘客们的情韵，如秦淮河的船一样。秦淮河的船约略可分为两种：一是大船；一是小船，就是所谓七板子。大船舱口阔大，可容二三十人。里面陈设着字画和光洁的红木家具，桌上一律嵌着冰凉的大理石面。窗格雕镂颇细，使人起柔腻之感。窗格里映着红色蓝色的玻璃；玻璃上有精致的花纹，也颇悦人目。七板子规模虽不及大船，但那淡蓝色的栏杆，空敞的舱，也足系人情思。而最出色处却在它的舱前。舱前是甲板上的一部。上面有弧形的顶，两边用疏疏的栏干支着。里面通常放着两张藤的躺椅。躺下，可以谈天，可以望远，可以顾盼两岸的河房。大船上也有这个，便在小船上更觉清隽罢了。舱前的顶下，一律悬着灯彩；灯的多少、明暗、彩苏的精粗、艳晦，是不一的。但好歹总还你一个灯彩。这灯彩实在是最能勾人的东西。夜幕垂垂地下来时，大小船上都点起灯火。从两重玻璃里映出那辐射着的黄黄的散光，反晕出一片朦胧的烟霭；透过这烟霭，在黯黯的水波里，又逗起缕缕的明漪。在这薄霭和微漪里，听着那悠然的间歇的桨声，谁能不被引入他的美梦去呢？只愁梦太多了，这些大小船儿如何载得起呀？我们这时模模糊糊地谈着明末的秦淮河的艳迹，如《桃花扇》及《板桥杂记》里所载的。我们真神往了。我们仿佛亲见那时华灯映水，画舫凌波的光景了。于是我们的船便成了历史的重载了。我们终于恍然秦淮河的船所以雅丽过于他处，而又有奇异的吸引力的，实在是许多历史的影像使然了。

秦淮河的水是碧阴阴的，看起来厚而不腻，或者是六朝金粉所凝么？我们初上船的时候，天色还未断黑，那漾漾的柔波是这样的恬静，委婉，使我们一面有水阔天空之想，一面又憧憬着纸醉金迷之境了。等到灯火明时，阴阴的变为沉沉了：黯淡的水光，像梦一般；那偶然闪烁着的光芒，就是梦的眼睛了。我们坐在舱前，因了那隆起的顶棚，仿佛总是昂着首向前走着似的；于是飘飘然如御风而行的我们，看着那些自在的湾泊着的船，船里走马灯般的人物，便像是下界一般，迢迢的远了，又像在雾里看花，尽朦朦胧胧的。这时我们已过了利涉桥，望见东关头了。沿路听见断续的歌声：有从沿河的妓楼飘来的，有从河上船里渡来的。我们明知那些歌声，只是些因袭的言词，从生涩的歌喉里机械的发出来的；但它们经了夏夜的微风的吹漾和水波的摇拂，袅娜着到我们耳边的时候，已经不单是她们的歌声，而混着微风和河水的密语了。于是我们不得不被牵惹着，震撼着，相与浮沉于这歌声里了。从东关头转弯，不久就到大中桥。大中桥共有三个桥拱，都很阔大，俨然是三座门儿；使我们觉得我们的船和船里的我们，在桥下过去时，真是太无颜色了。桥砖是深褐色，表明它的历史的长久；但都完好无缺，令人太息于古昔工程的坚美。桥上两旁都是木壁的房子，中间应该有街路？这些房子都破旧了，多年烟熏的迹，遮没了当年的美丽。我想象秦淮河的极盛时，在这样宏阔的桥上，特地盖了房子，必然是髤漆得富富丽丽的；晚间必然是灯火通明的。现在却只剩下一片黑沉沉！但是桥上造着房子，毕竟使我们多少可以想见往日的繁华；这也慰情聊胜无了。过了大中桥，便到了灯月交辉，笙歌彻夜的秦淮河；这才是秦淮河的真面目哩。

大中桥外，顿然空阔，和桥内两岸排着密密的人家的大异了。一眼望去，疏疏的林，淡淡的月，衬着蓝蔚的天，颇像荒江野渡光景；那边呢，郁丛丛的，阴森森的，又似乎藏着无边的黑暗：令人几乎不信那是繁华的秦淮河了。但是河中眩晕着的灯光，纵横着的画舫，悠扬着的笛韵，夹着那吱吱的胡琴声，终于使我们认识绿如茵陈酒的秦淮水了。此地天裸露着的多些，故觉夜来的独迟些；从清清的水影里，我们感到的只是薄薄的夜——这正是秦淮河的夜。大中桥外，本来还有一座复成桥，是船夫口中的我们的游踪尽处，或也是秦淮河繁华的尽处了。我的脚曾踏过复成桥的脊，在十三四岁的时候。但是两次游秦淮河，却都不曾见着复成桥的面；明知总在前途的，却常觉得有些虚无缥缈似的。我想，不见倒也好。这时正是盛夏。我们下船后，借着新生的晚凉和河上的微风，暑气已渐渐消散；到了此地，豁然开朗，身子顿然轻了——习习的清风荏苒在面上、手上、衣上，这便又感到了一缕新凉了。南京的日光，大概没有杭州猛烈。西湖的夏夜老是热蓬蓬的，水像沸着一般；秦淮河的水却尽是这样冷冷地绿着。任你人影的憧憧，歌声的扰扰，总像隔着一层薄薄的绿纱面幂似的；它尽是这样静静的，冷冷的绿着。我们出了大中桥，走不上半里路，船夫便将船划到一旁，停了桨由它宕着。他以为那里正是繁华的极点，再过去就是荒凉了，所以让我们多多赏鉴一会儿。他自己却静静地蹲着。他是看惯这光景的了，大约只是一个无可无不可。这无可无不可，无论是升的沉的，总之，都比我们高了。

那时河里闹热极了：船大半泊着，小半在水上穿梭似的来往。停泊着的都在近市的那一边，我们的船自然也夹在其中。因为这边略略的挤，便觉得那边十分的疏了。在每一只船从那边过去时，我们能画出它的轻轻的影和曲曲的波，在我们的心上；这显着是空，且显着是静了。那时处处都是歌声和凄厉的胡琴声，圆润的喉咙，确乎是很少的。但那生涩的，尖脆的调子能使人有少年的、粗率不拘的感觉，也正可快我们的意。况且多少隔开些儿听着，因为想象与渴慕的做美，总觉更有滋味。而竞发的喧嚣，抑扬的不齐，远近的杂沓和乐器的嘈嘈切切，合成另一意味的谐音，也使我们无所适从，如随着大风而走。这实在因为我们的心枯涩久了，变为脆弱；故偶然润泽一下，便疯狂似的不能自主了。但秦淮河确也腻人。即如船里的人面，无论是和我们一堆儿泊着的，无论是从我们眼前过去的，总是模模糊糊的，甚至渺渺茫茫的；任你张圆了眼睛，揩净了眦垢，也是枉然。这真够人想呢。在我们停泊的地方，灯光原是纷然的；不过这些灯光都是黄而有晕的。黄已经不能明了，再加上了晕，便更不成了。灯愈多，晕就愈甚；在繁星般的黄的交错里，秦淮河仿佛笼上了一团光雾。光芒与雾气腾腾的晕着，什么都只剩了轮廓了，所以人面的详细的曲线，便消失于我们的眼底了。但灯光究竟夺不了那边的月色；灯光是浑的，月色是清的，在混沌的灯光里，渗入了一派清辉，却真是奇迹！那晚月儿已瘦削了两三分。她晚妆才罢，盈盈地上了柳梢头。天是蓝得可爱，仿佛一汪水似的，月儿便更出落得精神了。岸上原有三株两株的垂杨树，淡淡的影子，在水里摇曳着。它们那柔细的枝条浴着月光，就像一支支美人的臂膊，交互的缠着，挽着；又像是月儿披着的发。而月儿偶然也从它们的交叉处偷偷窥看我们，大有小姑娘怕羞的样子。岸上另有几株不知名的老树，光光的立着；在月光里照起来，却又俨然是精神矍铄的老人。远处——快到天际线了，才有一两片白云，亮得现出异彩，像美丽的贝壳一般。白云下便是黑黑的一带轮廓，是一条随意画的不规则的曲线。这一段光景，和河中的风味大异了。但灯与月竟能并存着，交融着，使月成了缠绵的月，灯射着渺渺的灵辉。这正是天之所以厚秦淮河，也正是天之所以厚我们了。

　　这时却遇着了难解的纠纷。秦淮河上原有一种歌伎，是以歌为业的。从前都在茶舫上，唱些大曲之类。每日午后一时起，什么时候止，却忘记了。晚上照样也有一回，也在黄晕的灯光里。我从前过南京时，曾随着朋友去听过两次。因为茶舫里的人脸太多了，觉得不大适意，终于听不出所以然。前年听说歌伎被取缔了，不知怎的，颇涉想了几次——却想不出什么。这次到南京，先到茶舫上去看看，觉得颇是寂寥，令我无端的怅怅了。不料她们却仍在秦淮河里挣扎着，不料她们竟会纠缠到我们，我于是很张皇了。她们也乘着七板子，她们总是坐在舱前的。舱前点着石油汽灯，光亮炫人眼目：坐在下面的，自然是纤毫毕见了——

引诱客人们的力量，也便在此了。舱里躲着乐工等人，映着汽灯的余晖蠕动着；他们是永远不被注意的。每船的歌伎大约都是二人，天色一黑，她们的船就在大中桥外往来不息的兜生意。无论行着的船，泊着的船，都要来兜揽的。这都是我后来推想出来的。那晚不知怎样，忽然轮着我们的船了。我们的船好好的停着，一只歌舫划向我们来的；渐渐和我们的船并着了。铄铄的灯光逼得我们皱起了眉头；我们的风尘色全给它托出来了，这使我踟蹰不安了。那时一个伙计跨过船来，拿着摊开的歌折，就近塞向我的手里，说，点几出吧！他跨过来的时候，我们船上似乎有许多眼光跟着。同时相近的别的船上也似乎有许多眼睛炯炯地向我们船上看着。我真窘了！我也装出大方的样子，向歌伎们瞥了一眼，但究竟是不成的！我勉强将那歌折翻了一翻，却不曾看清了几个字，便赶紧递还那伙计，一面不好意思地说，不要，我们……不要。他便塞给平伯。平伯掉转头去，摇手说，不要！那人还腻着不走。平伯又回过脸来，摇着头道，不要！于是那人重到我处。我窘着再拒绝了他。他这才有所不屑似的走了。我的心立刻放下，如释了重负一般。我们就开始自白了。

我说我受了道德律的压迫，拒绝了她们，心里似乎很抱歉的。这所谓抱歉，一面对于她们，一面对于我自己。她们于我们虽然没有很奢侈的希望，但总有些希望的。我们拒绝了她们，无论理由如何充足，却使她们的希望受了伤。这总有几分不做美了。这使我觉得很怅怅的。至于我自己，更有一种不足之感。我这时被四面的歌声诱惑了，降服了；但是远远的，远远的歌声总仿佛隔着重衣搔痒似的，越搔越搔不着痒处。我于是憧憬着贴耳的妙音了。在歌舫划来时，我的憧憬，变为盼望；我固执的盼望着，有如饥渴。虽然从浅薄的经验里，也能够推知，那贴耳的歌声，将剥去了一切的美妙；但一个平常的人像我的，谁愿凭了理性之力去丑化未来呢？我宁愿自己骗着了。不过我的社会感性是很敏锐的；我的思力能拆穿道德律的西洋镜，而我的感情却终于被它压服着，我于是有所顾忌了，尤其是在众目昭彰的时候。道德律的力，本来是民众赋予的；在民众的面前，自然更显出它的威严了。我这时一面盼望，一面却感到了两重的禁制：一，在通俗的意义上，接近妓者总算一种不正当的行为；二，妓是一种不健全的职业，我们对于她们，应有哀矜勿喜之心，不应赏玩地去听她们的歌。在众目睽睽之下，这两种思想在我心里最为旺盛。她们暂时压倒了我的听歌的盼望，这便成就了我的灰色的拒绝。那时的心实在异常状态中，觉得颇是混乱。歌舫去了，暂时宁静之后，我的思绪又如潮涌了。两个相反的意思在我心头往复：卖歌和卖淫不同，听歌和狎妓不同，又干道德甚事？——但是，但是，她们既被逼的以歌为业，她们的歌必无艺术味的；况她们的身世，我们究竟该同情的。所以拒绝倒也是正办。但这些意思终于不曾撇开我的听歌的盼望。它力量异常坚强，它总想将别的思绪踏在脚下。从这重重的争斗里，我感到了浓厚的不足之感。这不足之感使我的心盘旋不安，起坐都不安宁了。唉！我承认我是一个自私的人！平伯呢，却与我不同。他引周启明先生的诗，因为我有妻子，所以我爱一切的女人，因为我有子女，所以我爱一切的孩子。他因为推及的同情，爱着那些歌伎，并且尊重着她们，所以拒绝了她们。在这种情形下，他自然以为听歌是对于她们的一种侮辱。但他也是想听歌的，虽然不和我一样，所以在他的心中，当然也有一番小小的争斗；争斗的结果，是同情胜了。

至于道德律，在他是没有什么的；因为他很有蔑视一切的倾向，民众的力量在他是不大觉着的。这时他的心意的活动比较简单，又比较松弱，故事后还怡然自若；我却不能了。这里平伯又比我高了。

　　在我们谈话中间，又来了两只歌舫。伙计照前一样的请我们点戏，我们照前一样的拒绝了。我受了三次窘，心里的不安更甚了。清艳的夜景也为之减色。船夫大约因为要赶第二趟生意，催着我们回去；我们无可无不可的答应了。我们渐渐和那些晕黄的灯光远了，只有些月色冷清清的随着我们的归舟。我们的船竟没个伴儿，秦淮河的夜正长哩！到大中桥近处，才遇着一只来船。这是一只载妓的板船，黑漆漆的没有一点光。船头上坐着一个妓女。暗里看出，白地小花的衫子，黑的下衣。她手里拉着胡琴，口里唱着青衫的调子。她唱得响亮而圆转。当她的船箭一般驶过去时，余音还袅袅的在我们耳际，使我们倾听而向往。想不到在弩末的游踪里，还能领略到这样的清歌！这时船过大中桥了，森森的水影，如黑暗张着巨口，要将我们的船吞了下去。我们回顾那渺渺的黄光，不胜依恋之情；我们感到了寂寞了！这一段地方夜色甚浓，又有两头的灯火招邀着；桥外的灯火不用说了，过了桥另有东关头疏疏的灯火。我们忽然仰头看见依人的素月，不觉深悔归来之早了！走过东关头，有一两只大船湾泊着，又有几只船向我们来着。嚣嚣的一阵歌声人语，仿佛笑我们无伴的孤舟哩。东关头转湾，河上的夜色更浓了；临水的妓楼上，时时从帘缝里射出一线一线的灯光，仿佛黑暗从酣睡里眨了一眨眼。我们默然地对着，静听那汩——汩的桨声，几乎要入睡了；朦胧里却温寻着适才的繁华的余味。我那不安的心在静里愈显活跃了！这时我们都有了不足之感，而我的更其浓厚。我们却又不愿回去，于是只能由懊悔而怅惘了。船里便满载着怅惘了。直到利涉桥下，微微嘈杂的人声，才使我豁然一惊，那光景却又不同。右岸的河房里，都大开了窗户，里面亮着晃晃的电灯，电灯的光射到水上，蜿蜒曲折，闪闪不息，正如跳舞着的仙女的臂膊。我们的船已在她的臂膊里了，如睡在摇篮里一样，倦了的我们便又入梦了。那电灯下的人物，只觉像蚂蚁一般，更不去萦念。这是最后的梦，可惜是最短的梦！黑暗重复落在我们面前，我们看见傍岸的空船上一星两星的，枯燥无力又摇摇不定的灯光。我们的梦醒了，我们知道就要上岸了。我们心里充满了幻灭的情思。

看　花

　　生长在大江北岸一个城市里，那儿的园林本是著名的，但近来却很少，似乎自幼就不曾听见过"我们今天看花去"一类话，可见花事是不盛的。有些爱花的人，大都只是将花栽在盆里，一盆盆搁在架上，架子横放在院子里。院子照例是小小的，只够放下一个架子，架上至多搁二十多盆花罢了。有时院子里依墙筑起一座"花台"，台上种一株开花的树，也有在院子里地上种的。但这只是普通的点缀，不算是爱花。

　　家里人似乎都不甚爱花。父亲只在领我们上街时，偶然和我们到"花房"里去过一两回。但我们住过一所房子，有一座小花园，是房东家的。那里有树，有花架（大约是紫藤花架之类），但我当时还小，不知道那些花木的名字，只记得爬在墙上的是蔷薇而已。园中还有一座太湖石堆成的洞门，现在想来，似乎也还好的。在那时由一个顽皮的少年仆人领了我去，却只知道跑来跑去捉蝴蝶；有时掐下几朵花，也只是随意接弄着，随意丢弃了。至于领略花的趣味，那是以后的事：夏天的早晨，我们那地方有乡下的姑娘在各处街巷，沿门叫着，"卖栀子花来。"栀子花不是什么高品，但我喜欢那白而晕黄的颜色和那肥肥的个儿，正和那些卖花的姑娘有着相似的韵味。栀子花的香，浓而不烈，清而不淡，也是我乐意的。我这样便爱起花来了。也许有人会问，"你爱的不是花吧？"这个我自己其实也已不大弄得清楚，只好存而不论了。

在高小的一个春天，有人提议到城外 F 寺里吃桃子去，而且预备白吃；不让吃就闹一场，甚至打一架也不在乎。那时虽远在五四运动以前，但我们那里的中学生却常有打进戏园看白戏的事。中学生能白看戏，小学生为什么不能白吃桃子呢？我们都这样想，便由那提议人纠合了十几个同学，浩浩荡荡地向城外而去。到了 F 寺，气势不凡地呵叱着道人们（我们称寺里的工人为道人），立刻领我们向桃园里去。道人们踌躇着说："现在桃树刚才开花呢。"但是谁信道人们的话？我们终于到了桃园里。大家都丧了气，原来花是真开着呢！这时提议人 P 君便去折花。道人们是一直步步跟着的，立刻上前劝阻，而且用起手来。但 P 君是我们中最不好惹的，"说时迟，那时快"，一眨眼，花在他的手里，道人已跟跄在一旁了。那一园子的桃花，想来总该有些可看，我们却谁也没有想着去看。只嚷着，"没有桃子，得沏茶喝！"道人们满肚子委屈地引我们到"方丈"里，大家各喝一大杯茶，这才平了气，谈谈笑笑地进城去。大概我那时还只懂得爱一朵朵的栀子花，对于开在树上的桃花，是并不了然的，所以眼前的机会，便从眼前错过了。

以后渐渐念了些看花的诗，觉得看花颇有些意思。但到北平读了几年书，却只到过崇效寺一次；而去得又嫌早些，那有名的一株绿牡丹还未开呢。北平看花的事很盛，看花的地方也很多；但那时热闹的似乎也只有一班诗人名士，其余还是不相干的。那正是新文学运动的起头，我们这些少年，对于旧诗和那一班诗人名士，实在有些不敬；而看花的地方又都远不可言，我是一个懒人，便干脆地断了那条心了。后来到杭州做事，遇见了 Y 君，他是新诗人兼旧诗人，看花的兴致很好。我和他常到孤山去看梅花。孤山的梅花是古今有名的，但太少；又没有临水的，人也太多。有一回坐在放鹤亭上喝茶，来了一个方面有须，穿着花缎马褂的人，用湖南口音和人打招呼道，"梅花盛开嗒！""盛"字说得特别重，使我吃了一惊；但我吃惊的也只是说在他嘴里"盛"这个声音罢了，花的盛不盛，在我倒并没有什么的。

有一回，Y 来说，灵峰寺有三百株梅花，寺在山里，去的人也少。我和 Y，还有 N 君，从西湖边雇船到岳坟，从岳坟入山。曲曲折折走了好一会，又上了许多石级，才到山上寺里。寺甚小，梅花便在大殿西边园中。园也不大，东墙下有三间净室，最宜喝茶看花；北边有座小山，山上有亭，大约叫"望海亭"吧，望海是未必，但钱塘江与西湖是看得见的。梅树确是不少，密密地低低地整列着。那时已是黄昏，寺里只我们三个游人；梅花并没有开，但那珍珠似的繁星似的骨都儿，已经够可爱了；我们都觉得比孤山上盛开时有味。大殿上正做晚课，送来梵呗的声音，和着梅林中的暗香，真叫我们舍不得回去。在园里徘徊了一会，又在屋里坐了一会，天是黑定了，又没有月色，我们向庙里要了一个旧灯笼，照着下山。路上几乎迷了道，又两次三番地狗咬；我们的 Y 诗人确有些窘了，但终于到了岳坟。船夫远远迎上来道："你们来了，我想你们不会冤我呢！"在船上，我们还不离口地说着灵峰的梅花，直到湖边电灯光照到我们的眼。

Y 回北平去了，我也到了白马湖。那边是乡下，只有沿湖与杨柳相间着种了一行小桃树，春天花发时，在风里娇媚地笑着。还有山里的杜鹃花也不少。这些日日在我们眼前，从没有人煞有介事地提议，"我们看花去。"但有一位 S 君，却特别爱养花，他家里几乎是终年不离花的。我们上他家去，总看他在那里不是拿着剪刀修理枝叶，便是提着壶浇水。我们常乐意看着。他院子里一株紫薇花很好，我们在花旁喝酒，不知多少次。白马湖住了不过一年，我却传染了他那爱花的嗜好。但重到北平时，住在花事很盛的清华园里，接连过了三个春，却从未想到去看一回。只在第二年秋天，曾经和孙三先生在园里看过几次菊花。"清华园之菊"是著名的，孙三先生还特地写了一篇文，画了好些画。但那种一盆一干一花的养法，花是好了，总觉没有天然的风趣。直到去年春天，有了些余闲，在花开前，先向人问了些花的名字。一个好朋友是从知道姓名起的，我想看花也正是如此。恰好 Y 君也常来园中，我们一天三四趟地到那些花下去徘徊。今年 Y 君忙些，我便一个人去。我爱繁花老干的杏、临风婀娜的小红桃、贴梗累累如珠的紫荆，但最恋恋的是西府海棠。海棠的花繁得好，也淡得好；艳极了，却没有一丝荡意。疏疏的高干子，英气隐隐逼人。可惜没有趁着月色看过。王鹏运有两句词道："只愁淡月朦胧影，难验微波上下潮。"我想月下的海棠花，大约便是这种光景吧。为了海棠，前两天在城里特地冒了大风到中山公园去，看花的人倒也不少。但不知怎的，却忘了畿辅先哲祠。Y 告我那里的一株，遮住了大半个院子；别处的都向上长，这一株却是横里伸张的。花的繁没有法说；海棠本无香，昔人常以为恨，这里花太繁了，却酝酿出一种淡淡的香气，使人久闻不倦。Y 告我，正是刮了一日还不息的狂风的晚上；他是前一天去的。他说他去时地上已有落花了，这一日一夜的风，准完了。他说北平看花，是要赶着看的：春光太短了，又晴的日子多；今年算是有阴的日子了，但狂风还是逃不了的。我说北平看花，比别处有意思，也正在此。这时候，我似乎不甚菲薄那一班诗人名士了。

白马湖

今天是个下雨的日子，这使我想起了白马湖，因为我第一回到白马湖，正是微风飘萧的春日。

白马湖在甬绍铁道的驿亭站，是个极小极小的乡下地方。在北方说起这个名字，管保一百个人一百个人不知道，但那却是一个不坏的地方。这名字先就是一个不坏的名字。据说从前（宋时？）有个姓周的骑白马入湖仙去，所以有这个名字。这个故事也是一个不坏的故事。假使你乐意搜集，或也可编成一本小书，交北新书局印去。

白马湖并非圆圆的或方方的一个湖，如你所想到的，这是曲曲折折大大小小许多湖的总名。湖水清极了，如你所能想到的，一点儿不含糊，像镜子。沿铁路的水，再没有比这里清的，这是公论。遇到旱年的夏季，别处湖里都长了草，这里却还是一清如故。白马湖最大的，也是最好的一个，便是我们住过的屋的门前那一个。那个湖不算小，但湖口让两面的山包抄住了。外面只见微微的碧波而已，想不到有那么大的一片。湖的尽里头，有一个三四十户人家的村落，叫作西徐岙，因为姓徐的多。这村落与外面本是不相通的，村里人要出来得撑船。后来春晖中学在湖边造了房子，这才造了两座玲珑的小木桥，筑起一道煤屑路，直通到驿亭车站。那是窄窄的一条人行路，蜿蜒曲折的，路上虽常不见人，走起来却不见寂寞。——尤其在微雨的春天，一个初到的来客，他左顾右盼，是只有觉得热闹的。

春晖中学在湖的最胜处，我们住过的屋也相去不远，是半西式。湖光山色从门里从墙头进来，到我们窗前、桌上。我们几家接连着，丐翁的家最讲究。屋里有名人字画，有古瓷，有铜佛，院子里满种着花。屋子里的陈设又常常变换，给人新鲜的受用。他有这样好的屋子，又是好客如命，我们便不时地上他家里喝老酒。丐翁夫人的烹调也极好，每回总是满满的盘碗拿出来，空空的收回去。白马湖最好的时候是黄昏。湖上的山笼着一层青色的薄雾，在水里映着参差的模糊的影子。水光微微地暗淡，像是一面古铜镜。轻风吹来，有一两缕波纹，但随即平静了。天上偶见几只归鸟，我们看着它们越飞越远，直到不见为止。这个时候便是我们喝酒的时候。我们说话很少，上了灯话才多些，但大家都已微有醉意，是该回家的时候了。若有月光，也许还得徘徊一会；若是黑夜，便在暗里摸索醉着回去。

白马湖的春日自然最好。山是青得要滴下来，水是满满的、软软的。小马路的两边，一株间一株地种着小桃与杨柳。小桃上各缀着几朵重瓣的红花，像夜空的疏星。杨柳在暖风里不住地摇曳。在这路上走着，时而听见锐而长的火车的笛声是别有风味的。在春天，不论是晴是雨，是月夜是黑夜，白马湖都好。——雨中田里菜花的颜色最早鲜艳；黑夜虽什么不见，但可静静地受用春天的力量。夏夜也有好处，有月时可以在湖里划小船，四面满是青霭。船上望别的村庄，像是蜃楼海市，浮在水上，迷离恍恍的；有时听见人声或犬吠，大有世外之感。若没有月呢，便在田野里看萤火。那萤火不是一星半点的，如你们在城中所见，那是成千成百的萤火，一片儿飞出来，像金线网似的，又像耍着许多火绳似的。只有一层使我愤恨。那里水田多，蚊子太多，而且几乎全闪闪烁烁是疟蚊子。我们一家都染了疟疾，至今三四年了，还有未断根的。蚊子多，足以减少露坐夜谈或划船夜游的兴致，这未免是美中不足了。

离开白马湖是三年前的一个冬日。前一晚"别筵"上，有丏翁与云君。我不能忘记丏翁，那是一个真挚豪爽的朋友。但我也不能忘记云君，我应该这样说，那是一个可爱的——孩子。

外东消夏录

引　子

　　这个题目是仿的高士奇的《江村消夏录》。那部书似乎专谈书画，我却不能有那么雅，这里只想谈一些世俗的事。这回我从昆明到成都来消夏。消夏本来是避暑的意思。若照这个意思，我简直是闹笑话，因为昆明比成都凉快得多，决无从凉处到热处避暑之理。消夏还有一个新意思，就是换换生活，变变样子。这是外国想头，摩登想头，也有一番大道理。但在这战时，谁还该想这个！我们公教人员谁又敢想这个！可是既然来了，不管为了多俗的事，也不妨取个雅名字，马虎点儿，就算他消夏罢。谁又去打破沙缸问到底呢？

　　但是问到底的人是有的。去年参加昆明一个夏令营，营地观音山。七月二十三日便散营了。前一两天，有游客问起，我们向他说这是夏令营，就要结束了。他道，"就结束了？夏令完了吗？"这自然是俏皮话。问到底本有两种，一是"耍奸心"，一是死心眼儿。若是耍奸心的话，这儿消夏一词似乎还是站不住。因为动手写的今天是八月二十八日，农历七月初十日，明明已经不是夏天而是秋天。但"录"虽然在秋天，所"录"不妨在夏天；《消夏录》尽可以只录消夏的事，不一定为了消夏而录。还是马虎点儿算了。

外东一词，指的是东门外，跟外西、外南、外北是姊妹花的词儿。成都住的人都懂，但是外省人却弄不明白。这好像是个翻译的名词，跟远东、近东、中东挨肩膀儿。固然为纪实起见，我也可以用草庐或草堂等词，因为我的确住着草房。可是不免高攀诸葛丞相、杜工部之嫌，我怎么敢那样大胆呢？我家是住在一所尼庵里，叫作"尼庵消夏录"原也未尝不可，但是别人单看题目也许会大吃一惊，我又何必故作惊人之笔呢？因此马马虎虎写下"外东消夏录"这个老老实实的题目。

夜大学

四川大学开办夜校，值得我们注意。我觉得与其匆匆忙忙新办一些大学或独立学院，不重质而重量，还不如让一些有历史的大学办办夜校的好。

眉毛高的人也许觉得夜校总不像一回事似的。但是把毕业年限定得长些，也就差不多。东吴大学夜校的成绩好像并不坏。大学教育固然注重提高，也该努力普及，普及也是大学的职分。现代大学不应该像修道院，得和一般社会打成一片才是道理。况且中国有历史的大学不多，更是义不容辞的得这么办。

现在百业发展，从业员增多，其中尽有中学毕业或具有同等学力，有志进修无门可入的人。这些人往往将有用的精力消磨在无聊的酬应和不正当的娱乐上。有了大学夜校，他们便有机会增进自己的学识技能。这也就可以增进各项事业的效率，并澄清社会的恶浊空气。

普及大学教育，有夜校，也有夜班，都得在大都市里，才能有足够的从业员来应试入学。入夜校可以得到大学毕业的资格或学位，入夜班却只能得到专科的资格或证书。学位的用处久经规定，专科资格或证书，在中国因从未办过大学夜班，还无人考虑它们的用处。现时只能办夜校；要办夜班，得先请政府规定夜班毕业的出身才成。固然有些人为学问而学问，但各项从业员中这种人大概不多，一般还是功名心切。就这一般人论，用功名来鼓励他们向学，也并不错。大学生选系，不想到功名或出路的又有多少呢？这儿我们得把眉毛放低些。

四川大学夜校分中国文学、商学、法律三组。法律组有东吴的成例，商学是当今的显学，都在意中。只有中国文学是冷货，居然三分天下有其一，好像出乎意外。不过虽是夜校，却是大学，若全无本国文化的科目，未免难乎其为大，这一组设置可以说是很得体的。这样分组的大学夜校还是初试，希望主持的人用全力来办，更希望就学的人不要三心二意的闹个半途而废才好。

人和书

"人和书"是个好名字，王楷元先生的小书取了这个名字，见出他的眼光和品味。

人和书，大而言之就是世界。世界上哪一桩事离开了人？又哪一桩事离得了书？我是说世界是人所知的一切。知者是人，自然离不了人；有知必录，便也离不开书。小而言之，人和书就是历史，人和书造成了历史；再小而言之就是传记，就是王先生这本书叙述和评论的。传记有大幅，有小品，有工笔，有漫画。这本书是小品，是漫画。虽然是大大的圈儿里一个小小的圈儿，可是不含糊是在大圈儿里，所叙的虽小，所见的却大。

这本书分三部分。第一部分是传记，第三部分也是片段的传记，第二部分评介的著作还是传记。王先生有意"引起读者研读传记的兴趣"，自序里说得明白。撰录近代和现代名人轶事，所谓笔记小说，传统很长。这个传统移植到报纸上，也已多年。可见一般人原是喜欢这种小品的。但是"五四"以来，"现在"遮掩了"过去"，一般青年人减少了历史的兴味，对于这类小品不免冷淡了些。他们可还喜欢简短零星的文坛消息等等，足见到底不能离开人和书。

自序里希望读者"对于伟大人物，由景慕而进于效法，人人以圣贤自许，猛勇精进"。这是一个宏愿。近来在《美国文摘》里见到一文，叙述一位作家叫小亚吉尔的，如何因《褴褛的狄克》一部书而成名，如何专写贫儿努力致富的故事，风行全国，鼓舞人心。他写的是"工作和胜利，上进和前进的故事"，在美国文学中创一新派。他的时代虽然在一九二九年以前就过去了，但是许多自己造就的人都还纪念着他的书的深广的影响。可见文学的确有促进人生的力量。王先生的宏愿是可以达成的，有志者大家自勉好了。

成都诗

据说成都是中国第四大城。城太大了，要指出它的特色倒不易。说是有些像北平，不错，有些个。既像北平，似乎就不成其为特色了？然而不然，妙处在像而不像。我记得一首小诗，多少能够抓住这一点儿，也就多少能够抓住这座大城。

这是易君左先生的诗，题目好像就是"成都"两个字。诗道：

> 细雨成都路，微尘护落花。据门撑古木，绕屋噪栖鸦。入暮旋收市，凌晨即品茶。承平风味足，楚客独兴嗟。

住过成都的人该能够领略这首诗的妙处。它抓住了成都的闲味。北平也闲得可以的，但成都的闲是成都的闲，像而不像，非细辨不知。

"绕屋噪栖鸦"，自然是那些"据门撑"着的"古木"上栖鸦在噪着。这正是"入暮"的声音和颜色。但是吵着的东南城有时也许听不见，西北城人少些，尤其住宅区的少城，白昼也静悄悄的，该听得清楚那悲凉的叫唤罢。

成都春天常有毛毛雨，而成都花多，爱花的人家也多，毛毛雨的春天倒正是养花天气。那时节真所谓"天街小雨润如酥"，路相当好，有点泥滑滑，却不至于"行不得也哥哥"。缓缓地走着，呼吸着新鲜而润泽的空气，叫人闲到心里、骨头里。若是在庭园中踱着，时而看见一些落花，静静地飘在微尘里，贴在软地上，那更闲得没有影儿。

成都旧宅于门前常栽得有一株泡桐树或黄桷树，粗而且大，往往叫人只见树，不见屋，更不见门洞儿。说是"撑"，一点儿不冤枉，这些树戆粗偃蹇、老气横秋，北平是见不着的。可是这些树都上了年纪，也只闲闲地"据"着"撑"着而已。

成都收市真早。前几年初到，真搞不惯。晚八点回家，街上铺子便劈劈拍拍一片上门声，暗暗淡淡的，够惨。"早睡早起身体好"，农业社会的习惯，其实也不错。这儿人起的也真早，"入暮旋收市，凌晨即品茶"，是不折不扣的实录。

北平的春天短而多风尘。人家门前也有树，可是成行的多，独据的少。有茶楼，可是不普及，也不够热闹的。北平的闲又是一副格局，这里无须详论。"楚客"是易先生自称。他"兴嗟"于成都的"承平风味"。但诗中写出的"承平风味"，其实无伤于抗战；我们该嗟叹的恐怕是别有所在的。我倒是在想，这种"承平风味"战后还能"承"下去不能呢？在工业化的新中国里，成都这座大城该不能老是这么闲着罢。

蛇　尾

动手写《引子》的时候，一鼓作气，好像要写成一本书。但是写完了上一段，不觉再三衰竭了。到底已是秋天，无夏可消，也就"录"不下去了。古人说得好，"乘兴而来，兴尽而返"，只好以此解嘲。这真是蛇尾，虽然并不见虎头。本想写完上段就戛然而止，来个神龙见首不见尾。可是虎头还够不上，还闹什么神龙呢？话说回来，虎头既然够不上，蛇尾也就称不得，老实点，称为蛇足，倒还有个样儿。

潭柘寺　戒坛寺

　　早就知道潭柘寺、戒坛寺。在商务印书馆的《北平指南》上，见过潭柘的铜图，小小的一块，模模糊糊的，看了一点儿没有想去的意思。后来不断地听人说起这两座庙，有时候说路上不平静，有时候说路上红叶好。说红叶好的劝我秋天去，但也有人劝我夏天去。有一回骑驴上八大处，赶驴的问逛过潭柘没有，我说没有。他说潭柘风景好，那儿满是老道；他去过，离八大处七八十里地，坐轿骑驴都成。我不大喜欢老道的装束，尤其是那满蓄着的长头发，看上去啰里啰唆，龌里龌龊的。更不想骑驴走七八十里地，因为我知道驴子与我都受不了。真打动我的倒是"潭柘寺"这个名字。不懂不是？就是不懂的妙。躲懒的人念成"潭拓寺"，那更莫名其妙了。这怕是中国文法的花样。要是来个欧化，说是"潭和柘的寺"，那就用不着咬嚼或吟味了。还有在一部诗话里看见近人咏戒台松的七古，诗腾挪夭矫，想来松也如此。所以去。但是在夏秋之前的春天，而且是早春；北平的早春是没有花的。

　　这才认真打听去过的人。有的说住潭柘好，有的说住戒坛好。有的人说路太难走，走到了筋疲力尽，再没兴致玩儿；有人说走路有意思。又有人说，去时坐了轿子，半路上前后两个轿夫吵起来，把轿子搁下，直说不抬了。于是心中暗自决定，不坐轿，也不走路，取中道，骑驴子。又按普通说法，总是潭柘寺在前，戒坛寺在后，想着戒坛寺一定远些，于是决定住潭柘，因为一天回不来，必得住。门头沟下车时，想着人多，怕雇不着许多驴，但是并不然——雇驴的时候，才知道戒坛去便宜一半，那就是说近一半。这时候自己忽然逞起能来，要走路。走吧。

这一段路可够瞧的。像是河床，怎么也挑不出没有石子的地方，脚底下老是绊来绊去的，教人心烦。又没有树木，甚至于没有一根草。这一带原是煤窑，拉煤的大车往来不绝，尘土里饱和着煤屑，变成黯淡的深灰色，教人看了透不出气来。走一点钟光景，自己觉得已经有点办不了，怕没有走到便筋疲力尽。幸而山上下来一头驴，如获至宝似的雇下，骑上去。这一天东风特别大。平常骑驴就不稳，风一大真是祸不单行。山上东西都有路，很窄，下面是斜坡；本来从西边走，驴夫看风势太猛，将驴拉上东路。就这么着，有一回还几乎让风将驴吹倒；若走西边，没有准儿会驴我同归哪。想起从前人画风雪骑驴图，极是雅事。大概那不是上潭柘寺去的。驴背上照例该有些诗意，但是我，下有驴子，上有帽子眼镜，都要照管；又有迎风下泪的毛病，常要掏手巾擦干。当其时真恨不得生出第三只手来才好。

东边山峰渐起，风是过不来了；可是驴也骑不得了，说是坎儿多。坎儿可真多。这时候精神倒好起来了：崎岖的路正可以练腰脚，处处要眼到心到脚到，不像平地上。人多更有点竞赛的心理，总想走上最前头去。再则这儿的山势虽然说不上险，可是突兀，丑怪，峻刻的地方有的是。我们说这才有点儿山的意思，老像八大处那样，真教人气闷闷的。于是一直走到潭柘寺后门，这段坎儿路比风里走过的长一半，小驴毫无用处，驴夫说："咳，这不过给您做个伴儿！"

　　墙外先看见竹子，且不想进去。又密，又粗，虽然不够绿。北平看竹子，真不易。又想到八大处了，大悲庵殿前那一溜儿，薄得可怜，细得也可怜，比起这儿，真是小巫见大巫了。进去过一道角门，门旁突然亭亭地矗立着两竿粗竹子，在墙上紧紧地挨着；要用批文章的成语，这两竿竹子足称得起"天外飞来之笔"。

　　正殿屋角上两座琉璃瓦的鸱吻，在台阶下看，值得徘徊一下。神话说殿基本是青龙潭，一夕风雨，顿成平地，涌出两鸱吻。只可惜现在的两座太新鲜，与神话的朦胧幽秘的境界不相称。但是还值得看，为的是大得好，在太阳里嫩黄得好，闪亮得好；那拴着的四条黄铜链子也映衬得好。寺里殿很多，层层折折高上去，走起来已经不平凡，每殿大小又不一样，塑像摆设也各出心裁。看完了，还觉得无穷无尽似的。正殿下延清阁是待客的地方，远处群山像屏障似的。屋子结构甚巧，穿来穿去，不知有多少间，好像一所大宅子。可惜尘封不扫，我们住不着。话说回来，这种屋子原也不是预备给我们这么多人挤着住的。寺门前一道深沟，上有石桥；那时没有水，或是现在去，倚在桥上听潺潺的水声，倒也可以忘我忘世。过桥四株马尾松，枝枝覆盖，叶叶交通，另成一个境界。西边小山上有个古观音洞。洞无可看，但上去时在山坡上看潭柘的侧面，宛如仇十洲的《仙山楼阁图》；往下看是陡峭的沟岸，越显得深深无极，潭柘简直有海上蓬莱的意味了。寺以泉水著名，到处有石槽引水长流，倒也涓涓可爱。只是流觞亭雅得那样俗，在石地上楞刻着蚯蚓般的槽；那样流觞，怕只有孩子们愿意干。现在兰亭的"流觞曲水"也和这儿的一鼻孔出气，不过规模大些。晚上因为带的铺盖薄，冻得睁着眼，却听了一夜的泉声；心里想要不冻着，这泉声够多清雅啊！寺里并无一个老道，但那几个和尚，满身铜臭，满眼势利，教人老不能忘记，倒也麻烦的。

第二天清早，二十多人满雇了牲口，向戒坛而去，颇有浩浩荡荡之势。我的是一匹骡子，据说稳得多。这是第一回，高高兴兴骑上去。这一路要翻罗喉岭。只是土山，可是道儿窄，又曲折；虽不高，老那么凸凸凹凹的。许多处只容得一匹牲口过去。平心说，是险点儿。想起古来用兵，从间道袭敌人，许也是这种光景吧。

戒坛在半山上，山门是向东的。一进去就觉得平旷；南面只有一道低低的砖栏，下边是一片平原，平原尽处才是山，与众山屏蔽的潭柘气象便不同。进二门，更觉得空阔疏朗，仰看正殿前的平台，仿佛汪洋千顷。这平台东西很长，是戒坛最胜处，眼界最宽，教人想起"振衣千仞冈"的诗句。三株名松都在这里。"卧龙松"与"抱塔松"同是偃仆的姿势，身躯奇伟，鳞甲苍然，有飞动之意。"九龙松"老干槎枒，如张牙舞爪一般。若在月光底下，森森然的松影当更有可看。此地最宜低徊流连，不是匆匆一览所可领略。潭柘以层折胜，戒坛以开朗胜；但潭柘似乎更幽静些。戒坛的和尚，春风满面，却远胜于潭柘的；我们之中颇有悔不该在潭柘的。戒坛后山上也有个观音洞。洞宽大而深，大家点了火把嚷嚷闹闹地下去；半里光景的洞满是油烟，满是声音。洞里有石虎，石龟，上天梯，海眼等等，无非是凑凑人的热闹而已。

还是骑骡子。回到长辛店的时候，两条腿几乎不是我的了。

旅行杂记

这次中华教育改进社在南京开第三届年会，我也想观观光，故"不远千里"地从浙江赶到上海，决于七月二日附赴会诸公的车尾而行。

一 殷勤的招待

七月二日正是浙江与上海的社员乘车赴会的日子。在上海这样大车站里，多了几十个改进社社员，原也不一定能够显出甚么异样，但我却觉得确乎是不同了，"一时之盛"的光景，在车站的一角上，是显然可见的。这是在茶点室的左边，那里丛着一群人，正在向两位特派的招待员接洽。壁上贴着一张黄色的磅纸，写着龙蛇飞舞的字："二等四元 A，三等二元 A。"两位招待员开始执行职务了；这时已是六点四十分，离开车还有二十分钟了。招待员所应做的第一大事，自然是买车票。买车票是大家都会的，买半票却非由他们二位来"优待"一下不可。"优待"可真不是容易的事！他们实行"优待"的时候，要向每个人取名片，票价——还得找钱。他们往还于茶点室和售票处之间，少说些，足有二十次！他们手里是拿着一叠名片和钞票洋钱；眼睛总是张望着前面，仿佛遗失了什么，急急寻觅一样；面部筋肉平板地紧张着；手和足的运动都像不是他们自己的。好容易费了二虎之力，居然买了几张票，凭着名片分发了。每次分发时，各位候补人都一拥而上。等到得不着票子，便不免有了三三两两的怨声了。那两位招待员买票事大，却也顾不得这些。可是钟走得真快，不觉七点还欠五分了。这时票子还有许多人没买着，大家都着急，而招待员竟不出来！有的人急忙寻着他们，情愿取回了钱，自买全票；有的向他们顿足舞手地责备着。他们却只是忙着照名片退钱，一言不发。——真好性儿！于是大家三步并作两步，自己去买票子。这一挤非同小可！我除照付票价外，还出了一身大汗，才弄到一张三等车票。这时候对两位招待员的怨声真载道了："这样的饭桶！""真饭桶！""早做什么事的？""六点钟就来了，还是自己买票，冤不冤！"我猜想这时候两位招待员的耳朵该有些儿热了。其实我倒能原谅他们，无论招待的成绩如何，他们的眼睛和腿总算忙得可以了，这也总算是殷勤了；他们也可以对得起改进社了，改进社也可以对得起他们的社员了。——上车后，车就开了。有人问，"两个饭桶来了没有？""没有吧！"车是开了。

二 "躬逢其盛"

七月二日的晚上，花了约莫一点钟的时间，才在大会注册组买了一张旁听的标识。这个标识很不漂亮，但颇有实用。七月三日早晨的年会开幕大典，我得躬逢其盛，全靠着它呢。

七月三日的早晨，大雨倾盆而下。这次大典在中正街公共讲演厅举行。该厅离我所住的地方有六七里路远；但我终于冒了狂风暴雨，乘了黄包车赴会。在这一点上，我的热心决不下于社员诸君的。

　　到了会场门首，早已停着许多汽车、马车，我知道这确乎是大典了。走进会场，坐定细看，一切都很从容，似乎离开会的时间还远得很呢！——虽然规定的时间已经到了。楼上正中是女宾席，似乎很是寥寥；两旁都是军警席——正和楼下的两旁一样。一个黑色的警察，间着一个灰色的兵士，静默的立着。他们大概不是来听讲的，因为既没有赛瓷的社员徽章，又没有和我一样的旁听标识，而且也没有真正的"席"——座位。（我所谓"军警席"，是就实际而言，当时场中并无此项名义，合行声明）听说督军省长都要"驾临"该场，他们原是保卫"两长"来的，他们原是监视我们来的。好一个武装的会场！

　　那时"两长"未到，盛会还未开场。我们忽然要做学生了！一位教员风的女士走上台来，像一道光闪在听众的眼前；她请大家练习《尽力中华》歌。大家茫然地立起，跟着她唱。但"出其不意，攻其不备"，有些人不敢高唱，有些人竟唱不出。所以唱完的时候，她温和地笑着向大家说："这回太低了，等等再唱一回。"她轻轻地鞠了躬，走了。等了一等，她果然又来了。说完"一——二——三——四"之后，《尽力中华》的歌声果然很响地起来了。她将左手插在腰间，右手上下地挥着，表示节拍；挥手的时候，腰部以上也随着微微地向左右倾侧，显出极为柔软的曲线；她的头略略偏右仰着，嘴唇轻轻地动着，嘴唇以上，尽是微笑。唱完时，她仍笑着说，"好些了，等等再唱。"再唱的时候，她拍着两手，发出清脆的响声，其余和前回一样。唱完，她立刻又"一——二——三——四"地要大家唱。大家似乎很惊愕，似乎她真看得大家和学生一样了；但是半秒钟的惊愕与不耐以后，终于又唱起来了——自然有一部分人，因疲倦而休息。于是大家的临时的学生时代告终。不一会儿，场中忽然纷扰，大家的视线都集中在东北角上：这是齐督军、韩省长来了。开会的时间真到了。

空空的讲坛上，这时竟济济一台了。正中有三张椅子，两旁各有一排椅子。正中的三人是齐燮元、韩国钧，另有一个西装少年，后来他演说，才知是"高督办"——就是讳"恩洪"的了——的代表。这三人端坐在台的正中，使我联想到大雄宝殿上的三尊佛像；他们虽坦然地坐着，我却无端地为他们"惶恐"着。——于是开会了，照着秩序单进行。详细的情形，有各报记述可看，毋庸在下再来饶舌。现在单表齐燮元、韩国钧和东南大学校长郭秉文博士的高论。齐燮元究竟是督军兼巡阅使，他的声音是加倍的洪亮，那时场中也特别肃静——齐燮元究竟与众不同呀！他咬字眼儿真咬得清白；他的话是"字本位"，是一个字一个字吐出来的。字与字间的时距，我不能指明，只觉比普通人说话延长罢了。最令我惊异而且焦躁的，是有几句说完之后。那时我总以为第二句应该开始了，岂知一等不来，二等不至，三等不到；他是在唱歌呢，这儿碰着全休止符了！等到三等等完，四拍拍毕，第二句的第一个字才姗姗地来了。这其间至少有一分钟，要用主观的计时法，简直可说足有五分钟！说来说去，究竟他说的是什么呢？我恭恭敬敬地答道：半篇八股！他用拆字法将"中华教育改进社"一题拆为四段：先做"教育"二字，是为第一股；次做"教育改进"，是为第二股；"中华教育改进"是第三股；加上"社"字，是第四股。层层递进，如他由督军而升巡阅使一样。齐燮元本是廪贡生，这类文章本是他的拿手戏；只因时代维新，不免也要改良一番，才好应世；八股只剩了四股，大约便是为此了。最教我不忘记的，是他说完后的那一鞠躬。那一鞠躬真是与众不同，鞠下去时，上半身全与讲桌平行，我们只看见他一头的黑发；他然后慢慢地立起退下。这其间费了普通人三个一鞠躬的时间，是的的确确的。接着便是韩国钧了。他有一篇改进社开会辞，是开会前已分发了的。里面曾有一节，论及现在学风的不良，颇有痛心疾首之概。我很想听听他的高见。但他却不曾照本宣扬，他这时另有一番说话。他也经过了许多时间，但不知是我的精神不济，还是另有原因，我毫没有领会他的意思。只有煞尾的时候，他提高了喉咙，我也竖起了耳朵，这才听见他的警句了。他说："现在政治上南北是不统一的。今天到会诸君，却南北都有，同以研究教育为职志，毫无畛域之见。可见统一是要靠文化的，不能靠武力！"这最后一句话确是漂亮，赢得如雷的掌声和许多轻微的赞叹。他便在掌声里退下，这时我们所注意的，是在他肘腋之旁的齐燮元；可惜我眼睛不佳，不能看到他面部的变化，因而他的心情也不能详说：这是很遗憾的。于是——是我行文的"于是"，不是事实的"于是"，请注意——来了郭秉文博士。他说，我只记得他说，"青年的思想应稳健、正确。"旁边有一位告诉我说："这是齐燮元的话。"但我却发见了，这也是韩国钧的话，便是开会辞里所说的。究竟是谁的话呢？或者是"英雄所见，大略相同"么？这却要请问郭博士自己了。但我不能明白：什么思想才算正确和稳健呢？郭博士的演说里不曾下注脚，我也只好终于莫测高深了。

　　还有一事，不可不记。在那些点缀会场的警察中，有一个瘦长的，始终笔直地站着，几乎不曾移过一步，真像石像一般，有着可怕的静默。我最佩服他那昂着的头和垂着的手。那天真苦了他们三位了！另有一个警官，也颇可观。他那肥硕的身体，凸出的肚皮，老是背着的双手和那微微仰起的下巴，高高翘着的仁丹胡子，以及胸前累累挂着的徽章——那天场中，这后两件是他所独有的——都显出他的身份和骄傲。他在楼下左旁往来地徘徊着，似乎在督率着他的部下。我不能忘记他。

三　第三人称

七月 A 日，正式开会。社员全体大会外，便是许多分组会议。我们知道全体大会不过是那么回事，值得注意的是后者。我因为也忝然地做了国文教师，便决然无疑地投到国语教学组旁听。不幸听了一次，便生了病，不能再去。那一次所议的是"采用他，她，牠案"（大意如此，原文忘记了）。足足议了两个半钟头，才算不解决地解决了。这次讨论，总算详细已极，无微不至。在讨论时，很有几位英雄，舌本翻澜，妙绪环涌，使得我茅塞顿开，摇头佩服。这不可以不记。

其实我第一先应该佩服提案的人！在现在大家已经"采用""他、她、牠"的时候，他才从容不迫地提出了这件议案，真可算得老成持重，"不敢为天下先"，确遵老子遗训的了。在我们礼义之邦，无论何处，时间先生总是要先请一步的，所以这件议案不因为他的从容而被忽视，反因为他的从容而被尊崇，这就是所谓"让德"。且看当日之情形，谁不兴高而采烈？便可见该议案的号召之力了。本来呢，"新文学"里的第三人称代名词也太分歧了！既"她""伊"之互用，又"牠""它"之不同，更有"佢""彼"之流，窜跳其间；于是乎乌烟瘴气，一塌糊涂！提案人虽只为辨"性"起见，但指定的三字，皆属于"也"字系统，俨然有正名之意。将来"也"字系统若竟成为正统，那开创之功一定要归于提案人的。提案人有如彼的力量，如此的见解，怎不教人佩服？

　　讨论的中心点是在女人，就是在"她"字。"人"让他站着，"牛"也让它站着，所饶不过的是"女"人，就是"她"字旁边立着的那"女"人！于是辩论开始了。一位教师说，"据我的'经验'，女学生总不喜欢'她'字——男人的'他'，只标一个'人'字旁，女子的'她'，却特别标一个'女'字旁，表明是个女人，这是她们所不平的。我发出的讲义，上面的'他'字，她们常常要将'人'字旁改成'男'字旁，可以见她们报复的意思了。"大家听了，都微微笑着，像很有味似的。另一位却起来驳道，"我也在女学堂教书，却没有这种情形！"海格尔的定律不错，调和派来了，他说，"这本来有两派：用文言的欢喜用'伊'字，如周作人先生便是；用白话的欢喜用'她'字，'伊'字用的少些。其实两个字都是一样的。""用文言的欢喜用'伊'字"，这句话却有意思！文言里间或有"伊"字看见，这是真理；但若说那些"伊"都是女人，那却不免委屈了许多男人。周作人先生提倡用"伊"字也是实，但只是用在白话里；我可保证，他决不曾有什么"用文言"的话！而且若是主张"伊"字用于文言，那和主张人有两只手一样，何必周先生来提倡呢？于是又冤枉了周先生！——调和终于无效。一位女教师立起来了。大家都倾耳以待，因为这是她们的切身问题，必有一番精当之论！她说话快极了，我听到的警句只是，"历来加'女'字旁的字都是不好的字，'她'字是用不得的！"一位"他"立刻驳道，"'好'字岂不是'女'字旁么？"大家都大笑了。在这大笑之中，忽有苍老的声音："我看'他'字譬如我们普通人坐三等车；'她'字加了'女'字旁，是请她们坐二等车，有什么不好呢？"这回真哄堂了，有几个人笑得眼睛亮晶晶的，眼泪几乎要出来，真是所谓"笑中有泪"了。后来的情形可有些模糊，大约便在谈笑中收了场。于是乎一幕喜剧告成。

"二等车""三等车"这一个比喻，真是新鲜，足为修辞学开一崭新的局面，使我有永远的趣味。从前贾宝玉说男人的骨头是泥做的，女人的骨头是水做的，至今传为佳话；现在我们的辩士又发明了这个"二三等车"的比喻，真是媲美前修，启迪来学了。但这个"二三等"之别究竟也有例外。我离开南京那一晚，明明在三等车上看见三个"她"！我想："她""她""她"何以不坐二等车呢？难道客气不成？——那位辩士的话应该是不错的！

温州的踪迹

一　"月朦胧，鸟朦胧，帘卷海棠红"

　　这是一张尺多宽的小小的横幅，马孟容君画的。上方的左角，斜着一卷绿色的帘子，稀疏而长；当纸的直处三分之一，横处三分之二。帘子中央，着一黄色的，茶壶嘴似的钩儿——就是所谓软金钩么？"钩弯"垂着双穗，石青色；丝缕微乱，若小曳于轻风中。纸右一圆月，淡淡的青光遍满纸上；月的纯净，柔软与平和，如一张睡美人的脸。从帘的上端向右斜伸而下，是一枝交缠的海棠花。花叶扶疏，上下错落着，共有五丛；或散或密，都玲珑有致。叶嫩绿色，仿佛掐得出水似的；在月光中掩映着，微微有浅深之别。花正盛开，红艳欲流；黄色的雄蕊历历的，闪闪的，衬托在丛绿之间，格外觉着妖娆了。枝欹斜而腾挪，如少女的一只臂膊。枝上歇着一对黑色的八哥，背着月光，向着帘里。一只歇得高些，小小的眼儿半睁半闭的，似乎在入梦之前，还有所留恋似的。那低些的一只别过脸来对着这一只，已缩着颈儿睡了。帘下是空空的，不着一些痕迹。

　　试想在圆月朦胧之夜，海棠是这样的妖媚而嫣润；枝头的好鸟为什么却双栖而各梦呢？在这夜深人静的当儿，那高踞着的一只八哥儿，又为何尽撑着眼皮儿不肯睡去呢？他到底等什么来着？舍不得那淡淡的月儿么？舍不得那疏疏的帘儿么？不，不，不，您得到帘下去找，您得向帘中去找——您该找着那卷帘人了？他的情韵风怀，原是这样这样的哟！朦胧的岂独月呢，岂独鸟呢？但是，咫尺天涯，教我如何耐得？我拼着千呼万唤，你能够出来么？

这页画布局那样经济，设色那样柔活，故精彩足以动人。虽是区区尺幅，而情韵之厚，已足沦肌浃髓而有余。我看了这画瞿然而惊：留恋之怀，不能自已。故将所感受的印象细细写出，以志这一段因缘。但我于中西的画都是门外汉，所说的话不免为内行所笑。——那也只好由他了。

1924 年 2 月 1 日，温州作。

二 绿

我第二次到仙岩的时候，我惊诧于梅雨潭的绿了。

梅雨潭是一个瀑布潭。仙岩有三个瀑布，梅雨瀑最低。走到山边，便听见哗哗哗哗的声音；抬起头，镶在两条湿湿的黑边儿里的，一带白而发亮的水便呈现于眼前了。我们先到梅雨亭。梅雨亭正对着那条瀑布；坐在亭边，不必仰头，便可见它的全体了。亭下深深的便是梅雨潭。这个亭踞在突出的一角的岩石上，上下都空空儿的，仿佛一只苍鹰展着翼翅浮在天宇中一般。三面都是山，像半个环儿拥着；人如在井底了。这是一个秋季的薄阴的天气。微微的云在我们顶上流着；岩面与草丛都从润湿中透出几分油油的绿意。而瀑布也似乎分外地响了。那瀑布从上面冲下，仿佛已被扯成大小的几绺，不复是一幅整齐而平滑的布。岩上有许多棱角，瀑流经过时，作急剧的撞击，便飞花碎玉般乱溅着了。那溅着的水花，晶莹而多芒；远望去，像一朵朵小小的白梅。微雨似的纷纷落着。据说，这就是梅雨潭之所以得名了。但我觉得像杨花，格外确切些。轻风起来时，点点随风飘散，那更是杨花了。——这时偶然有几点送入我们温暖的怀里，便倏地钻了进去，再也寻它不着。

梅雨潭闪闪的绿色招引着我们；我们开始追捉她那离合的神光了。揪着草，攀着乱石，小心探身下去，又鞠躬过了一个石穹门，便到了汪汪一碧的潭边了。瀑布在襟袖之间；但我的心中已没有瀑布了。我的心随潭水的绿而摇荡。那醉人的绿呀！仿佛一张极大极大的荷叶铺着，满是奇异的绿呀。我想张开两臂抱住她；但这是怎样一个妄想呀。——站在水边，望到那面，居然觉着有些远呢！这平铺着，厚积着的绿，着实可爱。她松松地皱缬着，像少妇拖着的裙幅；她轻轻地摆弄着，像跳动的初恋的处女的心；她滑滑地明亮着，像涂了"明油"一般，有鸡蛋清那样软、那样嫩，令人想着所曾触过的最嫩的皮肤；她又不杂些儿尘滓，宛然一块温润的碧玉，只清清的一色——但你却看不透她！我曾见过北京什刹海拂地的绿杨，脱不了鹅黄的底子，似乎太淡了。我又曾见过杭州虎跑寺近旁高峻而深密的"绿壁"，丛叠着无穷的碧草与绿叶的，那又似乎太浓了。其余呢，西湖的波太明了，秦淮河的也太暗了。可爱的，我将什么来比拟你呢？我怎么比拟得出呢？大约潭是很深的，故能蕴蓄着这样奇异的绿，仿佛蔚蓝的天融了一块在里面似的，这才这般的鲜润呀。——那醉人的绿呀！我若能裁你以为带，我将赠给那轻盈的舞女；她必能临风飘举了。我若能挹你以为眼，我将赠给那善歌的盲妹；她必明眸善睐了。我舍不得你。我怎舍得你呢？我用手拍着你，抚摩着你，如同一个十二三岁的小姑娘。我又掬你入口，便是吻着你了。我送你一个名字，我从此叫你"女儿绿"，好么？

　　我第二次到仙岩的时候，我不禁惊诧于梅雨潭的绿了。

2 月 8 日，温州作。

三　白水漈

　　几个朋友伴我游白水漈。

　　这也是个瀑布；但是太薄了，又太细了。有时闪着些许的白光；等你定睛看去，却又没有——只剩一片飞烟而已。从前有所谓"雾縠"，大概就是这样了。所以如此，全由于岩石中间突然空了一段；水到那里，无可凭依，凌虚飞下，便扯得又薄又细了。当那空处，最是奇迹。白光嬗为飞烟，已是影子，有时却连影子也不见。有时微风过来，用纤手挽着那影子，它便袅袅地成了一个软弧；但她的手才松，它又像橡皮带儿似的，立刻伏伏帖帖地缩回来了。我所以猜疑，或者另有双不可知的巧手，要将这些影子织成一个幻网。——微风想夺了她的，她怎么肯呢？

　　幻网里也许织着诱惑；我的依恋便是个老大的证据。

3 月 16 日，宁波作。

四　生命的价格——七毛钱

生命本来不应该有价格的。而竟有了价格！人贩子、老鸨，以至近来的绑票土匪，都就他们的所有物，标上参差的价格，出卖于人；我想将来许还有公开的人市场呢！在种种"人货"里，价格最高的，自然是土匪们的票了，少则成千，多则成万；大约是有历史以来，"人货"的最高的行情了。其次是老鸨们所有的妓女，由数百元到数千元，是常常听到的。最贱的要算是人贩子的货色！他们所有的，只是些男女小孩，只是些"生货"，所以便卖不起价钱了。

人贩子只是"仲买人"，他们还得取给于"厂家"，便是出卖孩子们的人家。"厂家"的价格才真是道地呢！《青光》里曾有一段记载，说三块钱买了一个丫头；那是移让过来的，但价格之低，也就够令人惊诧了！"厂家"的价格，却还有更低的！三百钱，五百钱买一个孩子，在灾荒时不算难事！但我不曾见过。我亲眼看见的一条最贱的生命，是七毛钱买来的！这是一个五岁的女孩子。一个五岁的"女孩子"卖七毛钱，也许不能算是最贱；但请您细看：将一条生命的自由和七枚小银元各放在天平的一个盘里，您将发现，正如九头牛与一根牛毛一样，两个盘儿的重量相差实在太远了！

我见这个女孩，是在房东家里。那时我正和孩子们吃饭；妻走来叫我看一件奇事，七毛钱买来的孩子！孩子端端正正地坐在条凳上；面孔黄黑色，但还丰润；衣帽也还整洁可看。我看了几眼，觉得和我们的孩子也没有什么差异；我看不出她的低贱的生命的符记——如我们看低贱的货色时所容易发见的符记。我回到自己的饭桌上，看看阿九和阿菜，始终觉得和那个女孩没有什么不同！但是，我毕竟发见真理了！我们的孩子所以高贵，正因为我们不曾出卖他们，而那个女孩所以低贱，正因为她是被出卖的；这就是她只值七毛钱的缘故了！呀，聪明的真理！

妻告诉我这孩子没有父母，她哥嫂将她卖给房东家姑爷开的银匠店里的伙计，便是带着她吃饭的那个人。他似乎没有老婆，手头很窘的，而且喜欢喝酒，是一个糊涂的人！我想这孩子父母若还在世，或者还舍不得卖她，至少也要迟几年卖她；因为她究竟是可怜可怜的小羔羊。到了哥嫂的手里，情形便不同了！家里总不宽裕，多一张嘴吃饭，多费些布做衣，是显而易见的。将来人大了，由哥嫂卖出，究竟是为难的；说不定还得找补些儿，才能送出去。这可多么冤呀！不如趁小的时候，谁也不注意，做个人情，送了干净！您想，温州不算十分穷苦的地方，也没碰着大荒年，干什么得了七个小毛钱，就心甘情愿地将自己的小妹子捧给人家呢？说等钱用？谁也不信！七毛钱了得什么急事！温州又不是没人买的！大约买卖两方本来相知；那边恰要个孩子玩儿，这边也乐得出脱，便半送半卖地含糊定了交易。我猜想那时伙计向袋里一摸一股脑儿掏了出来，只有七毛钱！哥哥原也不指望着这笔钱用，也就大大方方收了完事。于是财货两交，那女孩便归伙计管业了！

这一笔交易的将来，自然是在运命手里；女儿本姓"碰"，由她去碰罢了！但可知的，运命决不加惠于她！第一幕的戏已启示于我们了！照妻所说，那伙计必无这样耐心，抚养她成人长大！他将像豢养小猪一样，等到相当的肥壮的时候，便卖给屠户，任他宰割去；这其间他得了赚头，是理所当然的！但屠户是谁呢？在她卖做丫头的时候，便是主人！"仁慈的"主人只宰割她相当的劳力，如养羊而剪它的毛一样。到了相当的年纪，便将她配人。能够这样，她虽然被撇在丫头坯里，却还算不幸中之幸哩。但在目下这钱世界里，如此大方的人究竟是少的；我们所见的，十有六七是刻薄人！她若卖到这种人手里，他们必搇榨她过量的劳力。供不应求时，便骂也来了，打也来了！等她成熟时，却又好转卖给人家作妾；平常搇榨得不够，这儿又找补一个尾子！偏生这孩子模样儿又不好；入门不能得丈夫的欢心，容易遭大妇的凌虐，又是显然的！她的一生，将消磨于眼泪中了！也有些主人自己收婢作妾的；但红颜白发，也只空断送了她的一生！和前例相较，只是五十步与百步而已。——更可危的，她若被那伙计卖在妓院里，老鸨才真是个令人肉颤的屠户呢！我们可以想到：她怎样逼她学弹学唱，怎样驱遣她去做粗活！怎样用藤筋打她，用针刺她！怎样督责她承欢卖笑！她怎样吃残羹冷饭！怎样打熬着不得睡觉！怎样终于生了一身毒疮！她的相貌使她只能做下等妓女；她的沦落风尘是终生的！她的悲剧也是终生的！——唉！七毛钱竟买了你的全生命——你的血肉之躯竟抵不上区区七个小银元么！生命真太贱了！生命真太贱了！

因此想到自己的孩子的运命，真有些胆寒！钱世界里的生命市场存在一日，都是我们孩子的危险！都是我们孩子的侮辱！您有孩子的人呀，想想看，这是谁之罪呢？这是谁之责呢？

春晖的一月

去年在温州，常常看到本刊，觉得很是欢喜。本刊印刷的形式，也颇别致，更使我有一种美感。今年到宁波时，听许多朋友说，白马湖的风景怎样怎样好，更加向往。虽然于什么艺术都是门外汉，我却怀抱着爱"美"的热诚，三月二日，我到这儿上课来了。在车上看见，"春晖中学校"的路牌，白地黑字的，小秋千架似的路牌，我便高兴。出了车站，山光水色，扑面而来，若许我抄前人的话，我真是"应接不暇"了。于是我便开始了春晖的第一日。

走向春晖，有一条狭狭的煤屑路。那黑黑的细小的颗粒，脚踏上去，便发出一种摩擦的噪音，给我多少清新的趣味。而最系我心的，是那小小的木桥。桥黑色，由这边慢慢地隆起，到那边又慢慢地低下去，故看去似乎很长。我最爱桥上的栏杆，那变形的"卐"纹的栏杆；我在车站门口早就看见了，我爱它的玲珑！桥之所以可爱，或者便因为这栏杆哩。我在桥上逗留了好些时。这是一个阴天。山的容光，被云雾遮了一半，仿佛淡妆的姑娘。但三面映照起来，也就青得可以了，映在湖里，白马湖里，接着水光，却另有一番妙景。我右手是个小湖，左手是个大湖。湖有这样大，使我自己觉得小了。湖水有这样满，仿佛要漫到我的脚下。湖在山的趾边，山在湖的唇边；他俩这样亲密，湖将山全吞下去了。吞的是青的，吐的是绿的，那软软的绿呀，绿的是一片，绿的却不安于一片；它无端地皱起来了。如絮的微痕，界出无数片的绿；闪闪闪闪的，像好看的眼睛。湖边系着一只小船，四面却没有一个人，我听见自己的呼吸。想起"野渡无人舟自横"的诗，真觉物我双忘了。

好了，我也该下桥去了；春晖中学校还没有看见呢。弯了两个弯儿，又过了一重桥。当面有山挡住去路；山旁只留着极狭极狭的小径。挨着小径，抹过山角，豁然开朗；春晖的校舍和历落的几处人家，都已在望了。远远看去，房屋的布置颇疏散有致，决无拥挤、局促之感。我缓缓走到校前，白马湖的水也跟我缓缓地流着。我碰着丐尊先生。他引我过了一座水门汀的桥，便到了校里。校里最多的是湖，三面潺潺地流着；其次是草地，看过去芊芊的一片。我是常住城市的人，到了这种空旷的地方，有莫名的喜悦！乡下人初进城，往往有许多的惊异，供给笑话的材料；我这城里人下乡，却也有许多的惊异——我的可笑，或者竟不下于初进城的乡下人。闲言少叙，且说校里的房屋、格式、布置固然疏落有味，便是里面的用具，也无一不显出巧妙的匠意；决无笨伯的手泽。晚上我到几位同事家去看，壁上有书有画，布置井井，令人耐坐。这种情形正与学校的布置，自然界的布置是一致的。美的一致，一致的美，是春晖给我的第一件礼物。

有话即长，无话即短，我到春晖教书，不觉已一个月了。在这一个月里，我虽然只在春晖登了十五日（我在宁波四中兼课），但觉甚是亲密。因为在这里，真能够无町畦。我看不出什么界限，因而也用不着什么防备，什么顾忌；我只照我所喜欢的做就是了。这就是自由了。从前我到别处教书时，总要做几个月的"生客"，然后才能坦然。对于"生客"的猜疑，本是原始社会的遗形物，其故在于不相知。这在现社会，也不能免的。但在这里，因为没有层叠的历史，又结合比较的单纯，故没有这种习染。这是我所深愿的！这里的教师与学生，也没有什么界限。在一般学校里，师生之间往往隔开一无形界限，这是最足减少教育效力的事！学生对于教师，"敬鬼神而远之"；教师对于学生，尔为尔，我为我，休戚不关，理乱不闻！这样两橛的形势，如何说得到人格感化？如何说得到"造成健全人格"？这里的师生却没有这样情形。无论何时，都可自由说话；一切事务，常常通力合作。校里只有协治会而没有自治会。感情既无隔阂，事务自然都开诚布公，无所用其躲闪。学生因无须矫情饰伪，故甚活泼有意思。又因能顺全天性，不遭压抑；加以自然界的陶冶：故趣味比较纯正。——也有太随便的地方，如有几个人上课时喜欢谈闲天，有几个人喜欢吐痰在地板上，但这些总容易矫正的。——春晖给我的第二件礼物是真诚，一致的真诚。

春晖是在极幽静的乡村地方，往往终日看不见一个外人！寂寞是小事；在学生的修养上却有了问题。现在的生活中心，是城市而非乡村。乡村生活的修养能否适应城市的生活，这是一个问题。此地所说适应，只指两种意思：一是抵抗诱惑，二是应付环境——明白些说，就是应付人，应付物。乡村诱惑少，不能养成定力；在乡村是好人的，将来一入城市做事，或者竟抵挡不住。从前某禅师在山中修道，道行甚高；一旦入闹市，"看见粉白黛绿，心便动了。"这话看来有理，但我以为其实无妨。就一般人而论，抵抗诱惑的力量大抵和性格、年龄、学识、经济力等有"相当"的关系。除经济力与年龄外，性格、学识，都可用教育的力量提高它，这样增加抵抗诱惑的力量。提高的意思，说得明白些，便是以高等的趣味替代低等的趣味；养成优良的习惯，使不良的动机不容易有效。用了这种方法，学生达到高中毕业的年龄，也总该有相当的抵抗力了；入城市生活又何妨？（不及初中毕业时者，因初中毕业，仍须续入高中，不必自己挣扎，故不成问题）有了这种抵抗力，虽还有经济力可以作祟，但也不能有大效。前面那禅师所以不行，一因他过的是孤独的生活，故反动力甚大，一因他只知克制，不知替代；故外力一强，便"虎兕出于神"了！这岂可与现在这里学生的乡村生活相提并论呢？至于应付环境，我以为应付物是小问题，可以随时指导；而且这与乡村，城市无大关系。我是城市的人，但初到上海，也曾因不会乘电车而跌了一跤，跌得皮破血流；这与乡下诸公又差得几何呢？若说应付人，无非是机心！什么"逢人只说三分话，未可全抛一片心"，便是代表的教训。教育有改善人心的使命；这种机心，有无养成的必要，是一个问题。姑不论这个，要养成这种机心，也非到上海这种地方去不成；普通城市正和乡村一样，是没有什么帮助的。凡以上所说，无非要使大家相信，这里的乡村生活的修养，并不一定不能适应将来城市的生活。况且我们还可以举行旅行，以资调剂呢。况且城市生活的修养，虽自有它的好处，但也有流弊。如诱惑太多，年龄太小或性格未佳的学生，或者转易陷溺——那就不但不能磨练定力，反早早地将定力丧失了！所以城市生活的修养不一定比乡村生活的修养有效。——只有一层，乡村生活足以减少少年人的进取心，这却是真的！

说到我自己，却甚喜欢乡村的生活，更喜欢这里的乡村的生活。我是在狭的笼的城市里生长的人，我要补救这个单调的生活，我现在住在繁嚣的都市里，我要以闲适的境界调和它。我爱春晖的闲适！闲适的生活可说是春晖给我的第三件礼物！

我已说了我的"春晖的一月"；我说的都是我要说的话。或者有人说，赞美多而劝勉少，近乎"戏台里喝彩"！假使这句话是真的，我要切实声明：我的多赞美，必是情不自禁之故，我的少劝勉，或是观察时期太短之故。

松堂游记

去年夏天，我们和 S 君夫妇在松堂住了三日。难得这三日的闲，我们约好了什么事不管，只玩儿，也带了两本书，却只是预备闲得真没办法时消消遣的。

出发的前夜，忽然雷雨大作。枕上颇为怅怅，难道天公这么不作美吗！第二天清早，一看却是个大晴天。上了车，一路树木带着宿雨，绿得发亮，地下只有一些水塘，没有一点尘土，行人也不多。又静，又干净。

想着到还早呢，过了红山头不远，车却停下了。两扇大红门紧闭着，门额是国立清华大学西山牧场。拍了一会门，没人出来，我们正在没奈何，一个过路的孩子说这门上了锁，得走旁门。旁门上挂着牌子，"内有恶犬"。小时候最怕狗，有点趑趄。门里有人出来，保护着进去，一面吆喝着汪汪的群犬，一面只是说，"不碍不碍。"

过了两道小门，真是豁然开朗，别有天地。一眼先是亭亭直上、又刚健又婀娜的白皮松。白皮松不算奇，多得好，你挤着我我挤着你也不算奇，疏得好，要像住宅的院子里，四角上各来上一棵，疏不是？谁爱看？这儿就是院子大得好，就是四方八面都来得好。中间便是松堂，原是一座石亭子改造的，这座亭子高大轩敞，对得起那四围的松树，大理石柱，大理石栏干，都还好好的，白，滑，冷。白皮松没有多少影子，堂中明窗净几，坐下来清清楚楚觉得自己真太小，在这样高的屋顶下。树影子少，可不热，廊下端详那些松树灵秀的姿态，洁白的皮肤，隐隐的一丝儿凉意便袭上心头。

堂后一座假山，石头并不好，堆叠得还不算傻瓜。里头藏着个小洞，有神龛，石桌，石凳之类。可是外边看，不仔细看不出。得费点心去发现。假山上满可以爬过去，不顶容易，也不顶难。后山有座无梁殿，红墙，各色琉璃砖瓦，屋脊上三个瓶子，太阳里古艳照人。殿在半山，岿然独立，有俯视八极气象。天坛的无梁殿太小，南京灵谷寺的太黯淡，又都在平地上。山上还残留着些旧碉堡，是乾隆打金川时在西山练健锐云梯营用的，在阴雨天或斜阳中看最有味。又有座白玉石牌坊，和碧云寺塔院前那一座一般，不知怎样，前年春天倒下了，看着怪不好过的。

可惜我们来的还不是时候，晚饭后在廊下黑暗里等月亮，月亮老不上，我们什么都谈，又赌背诗词，有时也沉默一会儿。黑暗也有黑暗的好处，松树的长影子阴森森的有点像鬼物拿士。但是这么看的话，松堂的院子还差得远，白皮松也太秀气，我想起郭沫若君《夜步十里松原》那首诗，那才够阴森森的味儿——而且得独自一个人。好了，月亮上来了，却又让云遮去了一半，老远地躲在树缝里，像个乡下姑娘，羞答答的。从前人说："千呼万唤始出来，犹抱琵琶半遮面。"真有点儿！云越来越厚，由他罢，懒得去管了。可是想，若是一个秋夜，刮点西风也好。虽不是真松树，但那奔腾澎湃的"涛"声也该得听吧。

　　西风自然是不会来的。临睡时，我们在堂中点上了两三支洋蜡。怯怯的焰子让大屋顶压着，喘不出气来。我们隔着烛光彼此相看，也像蒙着一层烟雾。外面是连天漫地一片黑，海似的。只有远近几声犬吠，教我们知道还在人间世里。

说扬州

在第十期上看到曹聚仁先生的《闲话扬州》，比那本出名的书有味多了。不过那本书将扬州说得太坏，曹先生又未免说得太好；也不是说得太好，他没有去过那里，所说的只是从诗赋中、历史上得来的印象。这些自然也是扬州的一面，不过已然过去，现在的扬州却不能再给我们那种美梦。

自己从七岁到扬州，一住十三年，才出来念书。家里是客籍，父亲又是在外省当差事的时候多，所以与当地贤豪长者并无来往。他们的雅事，如访胜，吟诗，赌酒，书画名家，烹调佳味，我那时全没有份，也全不在行。因此虽住了那么多年，并不能做扬州通，是很遗憾的。记得的只是光复的时候，父亲正病着，让一个高等流氓凭了军政府的名字，敲了一竹杠；还有，在中学的几年里，眼见所谓"甩子团"横行无忌。"甩子"是扬州方言，有时候指那些"怯"的人，有时候指那些满不在乎的人。"甩子团"不用说是后一类；他们多数是绅宦家子弟，仗着家里或者"帮"里的势力，在各公共场所闹标劲，如看戏不买票、起哄等等，也有包揽词讼、调戏妇女的。更可怪的，大乡绅的仆人可以指挥警察区区长，可以大模大样招摇过市——这都是民国五六年的事，并非前清时代。自己当时血气方刚，看了一肚子气；可是人微言轻，也只好让那口气憋着罢了。

从前扬州是个大地方，如曹先生那文所说；现在盐务不行了，简直就算个没"落儿"的小城。

可是一般人还忘其所以地要气派，自以为美，几乎不知天多高地多厚。这真是所谓"夜郎自大"了。扬州人有"扬虚子"的名字；这个"虚子"有两种意思，一是大惊小怪，二是以少报多，总而言之，不离乎虚张声势的毛病。他们还有个"扬盘"的名字，譬如东西买贵了，人家可以笑话你是"扬盘"；又如店家价钱要得太贵，你可以诘问他，"把我当扬盘看么？"盘是捧出来给别人看的，正好形容耍气派的扬州人。又有所谓"商派"，讥笑那些仿效盐商的奢侈生活的人，那更是气派中之气派了。但是这里只就一般情形说，刻苦诚笃的君子自然也有；我所敬爱的朋友中，便不缺乏扬州人。

提起扬州这地名，许多人想到的是出女人的地方。但是我长到那么大，从来不曾在街上见过一个出色的女人，也许那时女人还少出街吧？不过从前人所谓"出女人"，实在指姨太太与妓女而言；那个"出"字就和出羊毛、出苹果的"出"字一样。《陶庵梦忆》里有"扬州瘦马"一节，就记的这类事；但是我毫无所知。不过纳妾与狎妓的风气渐渐衰了，"出女人"那句话怕迟早会失掉意义的吧。

另有许多人想，扬州是吃得好的地方。这个保你没错儿。北平寻常提到江苏菜，总想着是甜甜的腻腻的。现在有了淮扬菜，才知道江苏菜也有不甜的；但还以为油重，和山东菜的清淡不同。其实真正油重的是镇江菜，上桌子常教你腻得无可奈何。扬州菜若是让盐商家的厨子做起来，虽不到山东菜的清淡，却也滋润、利落，决不腻嘴腻舌；不但味道鲜美，颜色也清丽悦目。

扬州又以面馆著名。好在汤味醇美，是所谓白汤，由种种出汤的东西如鸡鸭鱼肉等熬成，好在它的厚，和啖熊掌一般。也有清汤，就是一味鸡汤，倒并不出奇。内行的人吃面要"大煮"；普通将面挑在碗里，浇上汤，"大煮"是将面在汤里煮一会，更能入味些。

扬州最著名的是茶馆。早上去下午去都是满满的，吃的花样最多。坐定了沏上茶，便有卖零碎的来兜揽，手臂上挽着一个黯淡的柳条筐，筐子里摆满了一些小蒲包分放着瓜子花生炒盐豆之类。又有炒白果的，在担子上铁锅爆着白果，一片铲子的声音。得先告诉他，才给你炒。炒得壳子爆了，露出黄亮的仁儿，铲在铁丝罩里送过来，又热又香。还有卖五香牛肉的，让他抓一些，摊在干荷叶上；叫茶房拿点好麻酱油来，拌上慢慢地吃，也可向卖零碎的买些白酒——扬州普通都喝白酒——喝着。这才叫茶房烫干丝。北平现在吃干丝，都是所谓煮干丝；那是很浓的，当菜很好，当点心却未必合适。烫干丝先将一大块方的白豆腐干飞快地切成薄片，再切为细丝，放在小碗里，用开水一浇，干丝便熟了；逼去了水，抟成圆锥似的，再倒上麻酱油，搁一撮虾米和干笋丝在尖儿，就成。说时迟，那时快，刚瞧着在切豆腐干，一眨眼已端来了。烫干丝就是清的好，不妨碍你吃别的。接着该要小笼点心。北平淮扬馆子出卖的汤包，诚哉是好，在扬州却少见；那实在是淮阴的名字，扬州不该掠美。扬州的小笼点心，肉馅儿的，蟹肉馅儿的，笋肉馅儿的且不用说，最可口的是菜包子菜烧卖，还有干菜包子。菜选那最嫩的，剁成泥，加一点儿糖一点儿油，蒸得白生生的、热腾腾的，到口轻松地化去，留下一丝儿余味。干菜也是切碎，也是加一点儿糖和油，燥湿恰到好处；细细地咬嚼，可以嚼出一点橄榄般的回味来。这么着每样吃点儿也并不太多。要是有饭局，还尽可以从容地去。但是要老资格的茶客才能这样有分寸；偶尔上一回茶馆的本地人外地人，却总忍不住狼吞虎咽，到了儿捧着肚子走出。

　　扬州游览以水为主，以船为主，已另有文记过，此处从略。城里城外古迹很多，如"文选楼""天保城""雷塘""二十四桥"等，却很少人留意；大家常去的只是史可法的"梅花岭"罢了。倘若有相当的假期，邀上两三个人去寻幽访古倒有意思；自然，得带点花生米，五香牛肉，白酒。

背　影

　　我与父亲不相见已二年余了，我最不能忘记的是他的背影。那年冬天，祖母死了，父亲的差使也交卸了，正是祸不单行的日子，我从北京到徐州，打算跟着父亲奔丧回家。到徐州见着父亲，看见满院狼藉的东西，又想起祖母，不禁簌簌地流下眼泪。父亲说，"事已如此，不必难过，好在天无绝人之路！"

　　回家变卖典质，父亲还了亏空；又借钱办了丧事。这些日子，家中光景很是惨淡，一半为了丧事，一半为了父亲赋闲。丧事完毕，父亲要到南京谋事，我也要回北京念书，我们便同行。

　　到南京时，有朋友约去游逛，勾留了一日；第二日上午便须渡江到浦口，下午上车北去。父亲因为事忙，本已说定不送我，叫旅馆里一个熟识的茶房陪我同去。他再三嘱咐茶房，甚是仔细。但他终于不放心，怕茶房不妥帖；颇踌躇了一会。其实我那年已二十岁，北京已来往过两三次，是没有甚么要紧的了。他踌躇了一会，终于决定还是自己送我去。我两三回劝他不必去；他只说，"不要紧，他们去不好！"

　　我们过了江，进了车站。我买票，他忙着照看行李。行李太多了，得向脚夫行些小费，才可过去。他便又忙着和他们讲价钱。我那时真是聪明过分，总觉他说话不大漂亮，非自己插嘴不可。但他终于讲定了价钱；就送我上车。他给我拣定了靠车门的一张椅子；我将他给我做的紫毛大衣铺好座位。他嘱我路上小心，夜里警醒些，不要受凉。又嘱托茶房好好照应我。我心里暗笑他的迂，他们只认得钱，托他们真是白托！而且我这样大年纪的人，难道还不能料理自己么？唉，我现在想想，那时真是太聪明了！

我说道，"爸爸，你走吧。"他望车外看了看，说，"我买几个橘子去。你就在此地，不要走动。"我看那边月台的栅栏外有几个卖东西的等着顾客。走到那边月台，须穿过铁道，须跳下去又爬上去。父亲是一个胖子，走过去自然要费事些。我本来要去的，他不肯，只好让他去。我看见他戴着黑布小帽，穿着黑布大马褂，深青布棉袍，蹒跚地走到铁道边，慢慢探身下去，尚不大难。可是他穿过铁道，要爬上那边月台，就不容易了。他用两手攀着上面，两脚再向上缩；他肥胖的身子向左微倾，显出努力的样子。这时我看见他的背影，我的泪很快地流下来了。我赶紧拭干了泪，怕他看见，也怕别人看见。我再向外看时，他已抱了朱红的橘子往回走了。过铁道时，他先将橘子散放在地上，自己慢慢爬下，再抱起橘子走。到这边时，我赶紧去搀他。他和我走到车上，将橘子一股脑儿放在我的皮大衣上。于是扑扑衣上的泥土，心里很轻松似的，过一会说，"我走了。到那边来信！"我望着他走出去。他走了几步，回过头看见我，说，"进去吧，里边没人。"等他的背影混入来来往往的人里，再找不着了，我便进来坐下，我的眼泪又来了。

近几年来，父亲和我都是东奔西走，家中光景是一日不如一日。他少年出外谋生，独力支持，做了许多大事。哪知老境却如此颓唐！他触目伤怀，自然情不能自已。情郁于中，自然要发之于外；家庭琐屑便往往触他之怒。他待我渐渐不同往日。但最近两年的不见，他终于忘却我的不好，只是惦记着我，惦记着我的儿子。我北来后，他写了一信给我，信中说道，"我身体平安，惟膀子疼痛厉害，举箸提笔，诸多不便，大约大去之期不远矣。"我读到此处，在晶莹的泪光中，又看见那肥胖的、青布棉袍黑布马褂的背影。唉！我不知何时再能与他相见！

飞

我从昆明到重庆是飞的。人们总羡慕海阔天空，以为一片茫茫，无边无界，必然大有可观。因此以为坐海船坐飞机是"不亦快哉"！其实也未必然。晕船晕机之苦且不谈，就是不晕的人或不晕的时候，所见虽大，也未必可观。海洋上见的往往是一片汪洋，水，水，水。当然有浪，但是浪小了无可看，大了无法看——那时得躲进舱里去。船上看浪，远不如岸上，更不如高处。海洋里看浪，也不如江湖里。海洋里只是水，只是浪，显不出那大气力。江湖里有的是遮遮碍碍的，山哪，城哪什么的，倒容易见出一股劲儿。"江间波浪兼天涌"为的是巫峡勒住了江水；"波撼岳阳城"，得有那岳阳城，并且得在那岳阳城楼上看。

不错，海洋里可以看日出和日落，但是得有运气。日出和日落全靠云霞烘托才有意思。不然，一轮呆呆的日头简直是个大傻瓜！云霞烘托虽也常有，但往往淡淡的、懒懒的，那还是没意思。得浓，得变，一眨眼一个花样，层出不穷，才有看头。这是可遇而不可求的。平生只见过两回的落日，都在陆上，不在水里。水里看见的，日出也罢，日落也罢，只是些傻瓜而已。这种奇观若是有意为之，大概白费气力居多。有一次大家在衡山上看日出，起了个大清早等着。出来了，出来了，有些人跳着嚷着。那时一丝云彩没有，日光直射，教人睁不开眼，不知那些人看到了些什么，那么跳跳嚷嚷的。许是在自己催眠吧。自然，海洋上也有美丽的日落和日出，见于记载的也有。但是得有运气，而有运气的并不多。

赞叹海的文学，描摹海的艺术，创作者似乎是在船里的少，在岸上的多。海太大太单调，真正伟大的作家也许可以单刀直入，一般离了岸却掉不出枪花来，像变戏法的离开了道具一样。这些文学和艺术引起未曾航海的人许多幻想，也给予已经航海的人许多失望。天空跟海一样，也大也单调。日月星的、云霞的文学和艺术似乎不少，都是下之视上，说到整个儿天空的却不多。星空，夜空还见点儿，昼空除了"青天""明蓝的晴天"或"阴沉沉的天"一类词儿之外，好像再没有什么说的。但是初次坐飞机的人虽无多少文学艺术的背景帮助他的想象，却总还有那"天高任鸟飞"的想象；加上别人的经验，上之视下，似乎不只是苍苍而已，也有那翻腾的云海，也有那平铺的锦绣。这就够揣摩的。

但是坐过飞机的人觉得也不过如此，云海飘飘拂拂地弥漫了上下四方，的确奇。可是高山上就可以看见；那可以是云海外看云海，似乎比飞机上云海中看云海还清切些。苏东坡说得好："不识庐山真面目，只缘身在此山中。"飞机上看云，有时却只像一堆堆破碎的石头，虽也算得天上人间，可是我们还是愿看流云和停云，不愿看那死云，那荒原上的乱石堆。至于锦绣平铺，大概是有的，我却还未眼见。我只见那"亚洲第一大水扬子江"可怜得像条臭水沟似的。城市像地图模型，房屋像儿童玩具，也多少给人滑稽感。自己倒并不觉得怎样渺小，却只不明白自己是什么玩意儿。假如在海船里有时会觉得自己是傻子，在飞机上有时便会觉得自己是丑角吧。然而飞机快是真的，两点半钟，到重庆了，这倒真是个"不亦快哉"！

匆　匆

　　燕子去了，有再来的时候；杨柳枯了，有再青的时候；桃花谢了，有再开的时候。但是，聪明的，你告诉我，我们的日子为什么一去不复返呢？——是有人偷了他们罢：那是谁？又藏在何处呢？是他们自己逃走了罢：现在又到了哪里呢？

　　我不知道他们给了我多少日子；但我的手确乎是渐渐空虚了。在默默里算着，八千多日子已经从我手中溜去；像针尖上一滴水滴在大海里，我的日子滴在时间的流里，没有声音，也没有影子。我不禁头涔涔而泪潸潸了。

　　去的尽管去了，来的尽管来着；去来的中间，又怎样地匆匆呢？早上我起来的时候，小屋里射进两三方斜斜的太阳。太阳他有脚啊，轻轻悄悄地挪移了；我也茫茫然跟着旋转。于是——洗手的时候，日子从水盆里过去；吃饭的时候，日子从饭碗里过去；默默时，便从凝然的双眼前过去。我觉察他去的匆匆了，伸出手遮挽时，他又从遮挽着的手边过去。天黑时，我躺在床上，他便伶伶俐俐地从我身上跨过，从我脚边飞去了。等我睁开眼和太阳再见，这算又溜走了一日。我掩着面叹息。但是新来的日子的影儿又开始在叹息里闪过了。

　　在逃去如飞的日子里，在千门万户的世界里的我能做些什么呢？只有徘徊罢了，只有匆匆罢了；在八千多日的匆匆里，除徘徊外，又剩些什么呢？过去的日子如轻烟，被微风吹散了，如薄雾，被初阳蒸融了；我留着些什么痕迹呢？我何曾留着像游丝样的痕迹呢？我赤裸裸来到这世界，转眼间也将赤裸裸的回去罢？但不能平的，为什么偏要白白走这一遭啊？

　　你聪明的，告诉我，我们的日子为什么一去不复返呢？

冬　天

　　说起冬天，忽然想到豆腐。是一"小洋锅"（铝锅）白煮豆腐，热腾腾的。水滚着，像好些鱼眼睛，一小块一小块豆腐养在里面，嫩而滑，仿佛反穿的白狐大衣。锅在"洋炉子"上，和炉子都熏得乌黑乌黑，越显出豆腐的白。这是晚上，屋子老了，虽点着"洋灯"，也还是阴暗。围着桌子坐的是父亲跟我们哥儿三个。"洋炉子"太高了，父亲得常常站起来，微微地仰着脸，觑着眼睛，从氤氲的热气里伸进筷子，夹起豆腐，一一地放在我们的酱油碟里。我们有时也自己动手，但炉子实在太高了，总还是坐享其成的多。这并不是吃饭，只是玩儿。父亲说晚上冷，吃了大家暖和些。我们都喜欢这种白水豆腐；一上桌就眼巴巴望着那锅，等着那热气，等着热气里从父亲筷子上掉下来的豆腐。

　　又是冬天，记得是阴历十一月十六晚上，跟 S 君 P 君在西湖里坐小划子。S 君刚到杭州教书，事先来信说："我们要游西湖，不管它是冬天。"那晚月色真好，现在想起来还像照在身上。本来前一晚是"月当头"；也许十一月的月亮真有些特别吧。那时九点多了，湖上似乎只有我们一只划子。有点风，月光照着软软的水波；当间那一溜儿反光，像新砑的银子。湖上的山只剩了淡淡的影子。山下偶尔有一两星灯火。S 君口占两句诗道："数星灯火认渔村，淡墨轻描远黛痕。"我们都不大说话，只有均匀的桨声。我渐渐地快睡着了。P君"喂"了一下，才抬起眼皮，看见他在微笑。船夫问要不要上净寺去，是阿弥陀佛生日，那边蛮热闹的。到了寺里，殿上灯烛辉煌，满是佛婆念佛的声音，好像醒了一场梦。这已是十多年前的事了，S君还常常通着信，P君听说转变了好几次，前年是在一个特税局里收特税了，以后便没有消息。

在台州过了一个冬天，一家四口子。台州是个山城，可以说在一个大谷里。只有一条二里长的大街。别的路上白天简直不大见人；晚上一片漆黑。偶尔人家窗户里透出一点灯光，还有走路的拿着的火把；但那是少极了。我们住在山脚下。有的是山上松林里的风声，跟天上一只两只的鸟影。夏末到那里，春初便走，却好像老在过着冬天似的；可是即便真冬天也并不冷。我们住在楼上，书房临着大路；路上有人说话，可以清清楚楚地听见。但因为走路的人太少了，间或有点说话的声音，听起来还只当远风送来的，想不到就在窗外。我们是外路人，除上学校去之外，常只在家里坐着。妻也惯了那寂寞，只和我们爷儿们守着。外边虽老是冬天，家里却老是春天。有一回我上街去，回来的时候，楼下厨房的大方窗开着，并排地挨着她们母子三个；三张脸都带着天真微笑地向着我。似乎台州空空的，只有我们四人；天地空空的，也只有我们四人。那时是民国十年，妻刚从家里出来，满自在。现在她死了快四年了，我却还老记着她那微笑的影子。

无论怎么冷，大风大雪，想到这些，我心上总是温暖的。

第二辑　文学之魅

文学的美

——读 Puffer 的《美之心理学》

美的媒介是常常变化的，但它的作用是常常一样的。美的目的只是创造一种"圆满的刹那"；在这刹那中，"我"自己圆满了，"我"与人、与自然、与宇宙融合为一了，"我"在鼓舞，奋兴之中安息了（Perfect moment of unity and self completeness and repose in excitement）。我们用种种方法、种种媒介，去达这个目的：或用视觉的材料，或用听觉的材料……文学也可说是用听觉的材料的；但这里所谓"听觉"，有特殊的意义，是从"文字"听受的，不是从"声音"听受的。这也是美的媒介之一种，以下将评论之。

第一部分

文学的材料是什么呢？是文学？文字的本身是没有什么的，只是印在纸上的形，听在耳里的音罢了。它的效用，在它所表示的"思想"。我们读一句文，看一行字时，所真正经验到的是先后相承的、繁复异常的、许多视觉的或其他感觉的影像（Image），许多观念、情感、论理的关系——这些一一涌现于意识流中。这些东西与日常的经验或不甚相符，但总也是"人生"，总也是"人生的网"。文字以它的轻重疾徐，长短高下，调节这张"人生的网"，使它紧张，使它松弛，使它起伏后平静。但最重要的还是"思想"——默喻的经验；那是文学的材料。

现在我们可以晓得，文字只是"意义"（Meaning），意义是可以了解，可以体验（Lived through）的。我们说"文字的意义"，其实还不妥当；应该说"文字所引起的心态"才对。因为文学的表面的解说是很薄弱的，近似的；文字所引起的经验才是整个的，活跃的。文字能引起这种完全的经验在人心里，所以才有效用；但在这时候，它自己只是一个机缘，一个关捩而已。文学是"文字的艺术"（Art of words）；而它的材料实是那"思想的流"，换句话说，实是那"活的人生"。所以 Stevenson 说，文学是人生的语言（Dialect of life）。

有人说，"人生的语言"，又何独文学呢？眼所见的诸相，也正是"人生的语言"。我们由所见而得了解，由了解而得生活；见相的重要，是很显然的。一条曲线，一个音调，都足以传无言的消息；为什么图画与音乐便不能做传达经验——思想——的工具，便不能叫出人生的意义，而只系于视与听呢？持这种见解的人，实在没有知道言语的历史与价值。要知道我们的视与听是在我们的理解（Understanding）之先的，不待我们的理解而始成立的；我们常为视与听所左右而不自知，我们对于视与听的反应，常常是不自觉的。而且，当我们理解我们所见时，我们实已无见了；当我们理解我们所闻时，我们实已无闻了：因为这时是只有意义而无感觉了。虽然意义也需凭着残留的感觉的断片而显现，但究非感觉自身了。意义原是行动的关捩，但许多行动却无需这个关捩；有许多熟练的、敏捷的行动，是直接反应感觉，简洁不必经过思量的。如弹批亚娜，击剑，打弹子，那些神乎其技的，挥手应节，其密如水，其捷如电，他们何尝不用视与听，他们何尝用一毫思量呢？他们又哪里来得及思量呢？他们的视与听，不曾供给他们以意义。视与听若有意义，它们已不是纯正的视与听，而变成了或种趣味了。表示这种意义或趣味的便是言语；言语是弥补视与听的缺憾的。我们创造言语，使我们心的经验有所托以表出；言语便是表出我们心的经验的工具了。从言语进而为文字，工具更完备了。言语文字只是种种意义所构成；它的本质在于"互喻"。视与听比较的另有独立的存在，由它们所成的艺术也便大部分不须凭借乎意义，就是有许多是无"意义"的、价值在"意义"以外的。文字的艺术便不然了，它只是"意义"的艺术，"人的经验"的艺术。

还有一层，若一切艺术总须叫出人生的意义，那么，艺术将以所含人生的意义的多寡而区为高下。音乐与建筑是不含什么"意义"的，和深锐、宏伟的文字比较起来，将沦为低等艺术了？然而事实绝不是如是，艺术是没有阶级的！我们不能说天坛不如《离骚》，因为它俩各有各的价值，是无从相比的。因此知道，各种艺术自有其特殊的材料，绝不是同一的，强以人生的意义为标准，是不合适的。音乐与建筑的胜场，决不在人生的意义上。但各种艺术都有其材料，由此材料以达美的目的，这一点却是相同的。图画的材料是线，形，色；以此线线，形形，色色，将种种见相融为一种迷人的力，便是美了。这里美的是一种力，使人从眼里受迷惑，以渐达于"圆满的刹那"。至于文学，则有"一切的思想，一切的热情，一切的欣喜"作材料，以融成它的迷人的力。文学里的美也是一种力，用了"人生的语言"，使人从心眼里受迷惑，以达到那"圆满的刹那"。

第二部分

由上观之，文字的艺术，材料便是"人生"。论文学的风格的当从此着眼。凡字句章节之所以佳胜，全因它们能表达情思，委曲以赴之，无微不至。斯宾塞论风格哲学（Philosopsy of style），有所谓"注意的经济"（Economy of Attention），便指这种"文词的曲达"而言；文词能够曲达，注意便能集中了。斐德（Pater）也说，一切佳作之所以成为佳作，就在它们能够将人的种种心理曲曲达出；用了文词，凭了联想的力，将这些恰如其真的达出。凡用文词，若能尽意，使人如接触其所指示之实在，便是对的，便是美的。指示简单感觉的字，容易尽意，如说"红"花、"白"水，使我们有浑然的"红"感、"白"感，便是尽意了。复杂的心态，却没有这样容易指示的。所以莫泊桑论弗老贝尔说，在世界上所有的话 Expressions 之中，在所有的说话的方式和调子之中，只有"一种"——一种方式、一种调子——可以表出我所要说的。他又说，在许多许多的字之中，选择"一个"恰好的字以表示"一个"东西，"一个"思想；风格便在这些地方。是的，凡是"一个"心态或心象，只有"一"字，"一"句，"一"节，"一"篇，或"一"曲，最足以表达它。

文字里的思想是文学的实质。文学之所以佳胜，正在它们所含的思想。但思想非文字不存，所以可以说，文字就是思想。这就是说，文字带着"暗示之端绪"（Fringe of suggestion），使人的流动的思想有所附着，以成其佳胜。文字好比月亮，暗示的端绪——即种种暗示之意——好比月的晕；晕比月大，暗示也比文字的本义大。如"江南"一词，本意只是"一带地方"；但是我们见此二字，所想到的绝不止"一带地方，在长江以南"而已，我们想到"草长莺飞"的江南，我们想到"落花时节"的江南，我们或不胜其愉悦，或不胜其怅惘。——我们有许多历史的联想，环境的联想与江南一词相附着，以成其佳胜。言语的历史告诉我们，言语的性质一直是如此的。言语之初成，自然是由模仿力（Imitative power）而来的。泰奴（Talne）说得好：人们初与各物相接，他们便模仿他们的声音；他们撮唇，拥鼻，或发粗音，或发滑音，或长，或短，或作急响，或打胡哨。或翕张其胸膛，总求声音之毕肖。

文字的这种原始的模仿力，在所谓摹声字（Onomatopoetic words）里还遗存着；摹声字的目的只在重现自然界的声音。此外还有一种模仿，是有感觉的联络（Associations of tsensations）而成。各种感觉，听觉，视觉，嗅觉，触觉，运动感觉，有机感觉，有许多公共的性质，与他种更复杂的经验也相同。这些公共的性质可分几方面说：以力量论，有强的，有弱的；以情感论，有粗暴的，有甜美的。如清楚而平滑的韵，可以给人轻捷和精美的印象（仙，翩，旋，尖，飞，微等字是）；开阔的韵可以给人提高与扩展的印象（大，豪，茫，俺，张，王等字是）。又如难读的声母常常表示努力，震动，猛烈，艰难，严重等（刚，劲，崩，敌，窘，争等字是）；易读的声母常常表示平易，平滑，流动，温和，轻隽等（伶俐，富，平，袅，婷，郎，变，娘等字是）。

以上列举各种声音的性质，我们要注意，这些性质之不同，实由发音机关动作之互异。凡言语文字的声音，听者或读者必默诵一次，将那些声音发出的动作重演一次——这种默诵，重演是不自觉的。在重演发音动作时，那些动作本来带着的情调，或平易，或艰难，或粗暴，或甜美，同时也被觉着了。这种"觉着"，是由于一种同情的感应（Sympaihetle inducflon），是由许多感觉联络而成，非任一感觉所专主；发音机关的动作也只是些引端而已。和摹声只系于外面的听觉的，繁简过殊。但这两种方法有时有联合为一，如"吼"字，一面是直接摹声，一面引起筋肉的活动，暗示"吼"动作之延扩的能力。

文字只老老实实指示一事一物，毫无色彩，像代数符号一般，这个时期实际上是没有的。无论如何，一个字在它的历史变迁里，总已积累着一种暗示的端绪了，如一只船积累着螺蛳一样。瓦特劳来（Water Raleigh）在他的风格论里说，文字载着它们所曾含的一切意义以行；无论普遍说话里，无论特别讲演里，无论一个微细的学术的含义，无论一个不甚流行的古义，凡一个字所曾含的，它都保留着，以发生丰富而繁复的作用。一个字的含义与暗示，往往是多样的。且举以"褐色"（Gray）一词为题的佚名论文为例，这篇文是很有趣的！

褐色是白画的东西的宁静的颜色，但是凡褐色的东西，总有一种不同的甚至奇异的感动力。褐色是鼦毛的颜色，魁克派（Quaker教派名）长袍的颜色，鸠的胸脯的颜色，褐色的日子的颜色，贵妇人头发的颜色；而许多马一定是褐色的。……褐色的又是眼睛，女巫的眼睛，里面有绿光，和许多邪恶。褐色的眼睛或者和蓝眼睛一般温柔，谦让而真实；荡女必定有褐色的眼睛的。

文字没"有"意义，它们因了直接的暗示力和感应力而"是"意义。它们就是它们所指示的东西。不独字有此力；文句，诗节（Verse）皆有此力。风格所论，便在这些地方，有字短而音峭的句，有音响繁然的句，有声调圆润的句。这些句形与句义都是一致的。至于韵律，节拍，皆以调节声音，与意义所关也甚巨，此地不容详论。还有"变声"（Breaks）和"语调"（Variations）的表现的力量，也是值得注意的。"变声"疑是句中声音突然变强或变弱处；"语调"疑是同字之轻重异读。此两词是音乐的术语；我不懂音乐，姑如是解，待后改正。

文学的标准与尺度

我们说"标准"，有两个意思：一是不自觉的；一是自觉的。不自觉的是我们接受的传统的种种标准。我们应用这些标准衡量种种事物种种人，但是对这些标准本身并不怀疑，并不衡量，只照样接受下来，作为生活的方便。自觉的是我们修正了的传统的种种标准，以及采用的外来的种种标准。这种种自觉的标准，在开始出现的时候大概多少经过我们的衡量；而这种衡量是配合着生活的需要的。本文只称不自觉的种种标准为"标准"，改称种种自觉的标准为"尺度"，来显示这两者的分别。"标准"原也离不开尺度，但尺度似乎不像标准那样固定；近来常说"放宽尺度"，既然可以"放宽"，就不是固定的了。这种"标准"和"尺度"的分别，在一个变得快的时代最容易觉得出：在道德方面在学术方面如此，在文学方面也如此。

中国传统的文学以诗文为正宗，大多数出于士大夫之手。士大夫配合君主掌握着政权。做了官是大夫，没有做官是士；士是候补的大夫。君主士大夫合为一个封建集团，他们的利害是共同的。这个集团的传统的文学标准，大概可用"儒雅风流"一语来代表。载道或言志的文学以"儒雅"为标准，缘情与隐逸的文学以"风流"为标准。有的人"达则兼济天下，穷则独善其身"，表现这种情志的是载道或言志，这个得有"正其谊不谋其利，明其道不计其功"的抱负，得有"怨而不怒""温柔敦厚"的涵养，得有"熔经铸史""含英咀华"的语言。这就是"儒雅"的标准。有的人纵情于醇酒妇人，或寄情于田园山水，表现这种种情志的是缘情或隐逸之风。这个得有"妙赏""深情"和"玄心"，也得用"含英咀华"的语言。这就是"风流"的标准。（关于"风流"的解释，用冯友兰先生语，见《论风流》一文中）

在现阶段看整个的传统的文学，我们可以说"儒雅风流"是标准。但是看历代文学的发展，中间还有许多变化。即如诗本是"言志"的，陆机却说"诗缘情而绮靡"。"言志"其实就是"载道"，与"缘情"不大相同。陆机实在是用了新的尺度。"诗言志"这一个语在开始出现的时候，原也是一种尺度；后来得到公认而流传，就成为一种标准。说陆机用了新的尺度，是对"诗言志"那个旧尺度而言。这个新尺度后来也得到公认而流传，成为又一种标准。又如南朝文学的求新，后来文学的复古，其实都是在变化；在变化的时候也都是用着新的尺度。固然这种新尺度大致只伸缩于"儒雅"和"风流"两种标准之间，但是每回伸缩的长短不同，疏密不同，各有各的特色。文学史的扩展从这种种尺度里见出。

这种尺度表现在文论和选集里，也就是表现在文学批评里。中国的文学批评以各种形式出现。魏文帝的"论文"是在一般学术的批评的《典论》里，陆机《文赋》也许可以说是独立的文学批评的创始，他将文作为一个独立的课题来讨论。此后有了选集，这里面分别体类，叙述源流，指点得失，都是批评的工作。又有了《文心雕龙》和《诗品》两部批评专著。还有史书的文学传论，别集的序跋和别集中的书信。这些都是比较有系统的文学批评，各有各的尺度。这些尺度有的依据着"儒雅"那个标准，结果就是复古的文学，有的依据着"风流"那个标准，结果就是标新的文学。但是所谓复古，其实也还是求变化求新异；韩愈提倡古文，却主张务去陈言，戛戛独造，是最显著的例子。古文运动从独造新语上最见出成绩来。胡适之先生说文学革命都从文字或文体的解放开始，是有道理的，因为这里最容易见出改变了的尺度。现代语体文学是标新的，不是复古的，却也可以说是从文字或文体的解放开始；就从这语体上，分明地看出我们的新尺度。

这种语体文学的尺度，如一般人所公认，大部分是受了外国的影响，就是依据着种种外国的标准。但是我们的文学史中原也有这样一股支流，和那正宗的或主流的文学由分而合的相配而行。明代的公安派和竟陵派自然是这支流的一段，但这支流的渊源很古久，截取这一段来说是不正确的。汉以前我们的言和文比较接近，即使不能说是一致。从孔子"有教无类"起，教育渐渐开放给平民，受教育的渐渐多起来。这种受了教育的人也称为"士"，可是跟从前贵族的士不同，这些只是些"读书人"。士的增多影响了语言的文体，话要说得明白，说得详细，当时的著述是说话的记录，自然也是这样。这里面该有平民语调的掺入，虽然我们不能确切的指出。汉代辞赋发达，主要的作为宫廷文学；后来变为远于说话的骈俪的体制，士大夫就通用这种体制。可是另一方面，游历了通都大邑名山大川的司马迁，却还用那近乎说话的文体作《史记》，古里古怪的扬雄跟《问孔》《刺孟》的王充，也还用这种文体作《法言》和《论衡》；而乐府诗来自民间，不用问更近于说话。可见这种文体是废不掉的。就是骈俪文盛行的时代，也还有《世说新语》，记录那时代的说话。到了唐代的韩愈，提倡"气盛言宜"的古文，"气盛言宜"就是说话的调子，至少是近于说话的调子，还有语录和笔记，起于唐而盛于宋，还有来自民间的词，这些也都用着说话或近于说话的调子。东汉以来逐渐建立起来的门阀，到了唐代中叶垮了台，"寻常百姓"的士又增多起来，加上宋代印刷和教育的发达，所以那种详明如话的文体就大大地发达了。到了元明两代，又有了戏曲和小说，更是以说话体就是语体为主。公安派竟陵派接受了这股支派，努力想将它变成主流，但是这一个尝试失败了。直到现在，一个新的尝试才完成了语体文学，新文学，也就是现代文学。

从以上一段语体文学发展的简史里可以看出种种伸缩的尺度。这些尺度大体上固然不出乎"儒雅"和"风流"那两个标准，可是像语录和笔记，有些恐怕只够"儒"而不够"雅"，有些恐怕既不够"儒"也不够"雅"，不够"雅"因为用俗语或近乎俗语，不够"儒"因为只是一些细事，无关德教，也与风流不相干。汉乐府跟《世说新语》也用俗语，虽然现在已将那些俗语看作了古典。戏曲和小说有的别忠奸，寓劝惩，叙风流，固然够得上标准，有的却不够儒雅，不算风流。在过去的文学传统里，这两种本没有地位，所谓不在话下。不过我们现在得给这些不够格的分别来个交代。我们说戏曲和小说可以见人情物理，这可以叫作"观风"的尺度，《礼记》里说诗可以"观民风"；可以观风，也就拐了弯儿达到了"儒雅"那个标准。戏曲和小说不但可以观民风，还可以观士风，而观风就是写实，就是反映社会，反映时代。这是社会的描写，时代的记录。在我们看来，用不着再绕到"儒雅"那个标准之下，就足够存在的理由了。那些无关政教也不算风流的笔记，也可以这么看。这个"人情物理"或"观风"的尺度原是依据了"儒雅"那个标准定出来的。可是唐代中叶以后，这个尺度似乎已经暗地里独立运用，这已经不是上德化下的尺度而是下情上达的尺度了。人民参加着定了这个尺度，而俗语的掺入文学，正与这个尺度配合着。

说是人民参加着订定文学的尺度，如上文所提到的，该起于春秋末年贵族渐渐没落平民渐渐兴起的时候。这些受了教育的平民加入了统治集团，多少还带着他们的情感和语言。这种新的士流日渐增加，自然就影响了文化的面目乃至精神。汉乐府的搜集与流行，就在这样氛围之中。韩诗解《伐木》一篇说到"饥者歌其食，劳者歌其事"。"饥者歌其食，劳者歌其事"正是"人情物理"，正是"观风"；这说明了三百篇诗的一些诗，也说明了乐府里的一些诗。"饥者歌其食，劳者歌其事"，自然周代的贵族也会如此的，可是这两句带着浓重的平民的色彩；配合着语言的通俗，尤其可以见出。这就是前面说的"参加"，这参加倒是不自觉的。但那"人情物理"或"观风"的尺度的订定却是自觉的。汉以来的社会是士民对立，同时也是士民流通。《世说新语》里记录一些俗语，取其自然。在"风流"的标准下，一般的固然以"含英咀华"的语言为主，但是到了这时代稍加改变，取了"自然"这个尺度，也不足为怪的。

唐代中叶以后，士民间的流通更自由了，士人更多了。于是乎"人情物理"的著作也更多。元代蒙古人压迫汉人，士大夫的地位降低下去。真正领导文坛的是一些吏人以及"书会先生"。他们依据了"人情物理"的尺度作了许多戏曲。明代士大夫的地位高了些，但是还在暴君压制之下。他们这时却恢复了文坛的领导权，他们可也在作戏曲，并且在提倡小说，作小说了。公安派竟陵派就是受了这种风气的影响而形成的。清代士大夫的地位又高了些，但是又在外族统治之下，还不能恢复元代以前的地位。他们也在作戏曲和小说，可是戏曲和小说始终还是小道，不能跟诗文并列为正宗。"人情物理"还是一种尺度，不能成为标准。但是平民对文学的影响确乎渐渐在扩大。原来士民的对立并不是严格的。尤其在文学上，平民所表现的生活还是以他们所"虽不能至，然心向往之"的士大夫生活为标准。他们受自己的生活折磨够了，只羡慕着士大夫的生活，可又只能耐着苦羡慕着，不知道怎样用行动去争取，至多是表现在他们的文学就是民间文学里；低级趣味是免不了的，但那时他们的理想是爬上高处去。这样，士大夫的文学接受他们的影响，也算是个顺势。虽然"人情物理"和"通俗"到清代还没有成为标准，可是"自然"这尺度从晋代以来已渐渐成为一种标准。这究竟显出人民的力量。

大清帝国改了中华民国，新文化运动新文学运动配合着"五四"运动画出了一个新时代。大家拥戴的是"德先生"和"赛先生"，就是民主与科学。但是实际上做到的是打倒礼教也就是反封建的工作。反封建解放了个人，也发现了民众，于是乎有了个人主义和人道主义；前者是实践，后者还是理论。这里得指出在那个阶段上，我们是接受了种种外国标准，而向现代化进行着。这时的社会已经不是士民的对立，而是封建的军阀官僚和人民的对立。从清末开设学校，受教育的人大量增多。士或读书人渐渐变了质；到这时一部分成为军阀和官僚的帮闲，大部分却成了游离的知识阶级。知识阶级从军阀和官僚独立，却还不能跟民众联合起来，所以游离着。这里面大部分是青年学生。这时候的文学是语体文学，开始似乎是应用着"人情物理""通俗"那两个尺度，以及"自然"那个标准。然而"人情物理"变了质，成为"打倒礼教"就是"反封建"也就是"个人主义"这个标准，"通俗"和"自然"也让步给那"欧化"的新尺度；这"欧化"的尺度后来并且也成了标准。用欧化的语言表现个人主义，顺带着人道主义，是这时期知识阶级向着现代化的路。

"五卅"运动接着国民革命，发展了反帝国主义运动；于是"反帝国主义"也成了文学的一种尺度。抗战起来了，"抗战"立即成了一切的标准，文学自然也在其中。胜利却带来了一个动乱时代，民主运动发展，"民主"成了广大应用的尺度，文学也在其中。这时候知识阶级渐渐走近了民众，"人道主义"那个尺度变质成为"社会主义"的尺度，"自然"又调剂着"欧化"，这样与"民主"配合起来。但是实际上做到的还只是暴露丑恶和斗争丑恶。这是向着新社会发脚的路。受教育的越来越多，这条路上的人也将越来越多，文学终于要配合上那新的"民主"的尺度向前迈进的。大概文学的标准和尺度的变换，都与生活配合着，采用外国的标准也如此。表面上好像只是求新，其实求新是为了生活的高度深度或广度。社会上存在着特权阶级的时候，他们只见到高度和深度；特权阶级垮台以后，才能见到广度。从前有所谓雅俗之分，现在也还有低级趣味，就是从高度深度来比较的。可是现在渐渐强调广度，去配合着高度深度，普及同时也提高，这才是新的"民主"的尺度。要使这新尺度成为文学的新标准，还有待于我们自觉的努力。

文艺的真实性

我们所要求的文艺，是作者真实的话，但怎样才是真实的话呢？我以为不能笼统的回答；因为文艺的真实性是有种别的，有等级的。

从"再现"的立场说，文艺没有完全真实的，因为感觉与感情都不能久存，而文艺的抒写，又必在感觉消失了，感情冷静着的时候，所以便难把捉了。感觉是极快的，感觉当时，只是感觉，不容做别的事。到了抒写的时候，只能凭着记忆，叙述那早已过去的感觉。感情也是极快的。在它热烈的时候，感者的全人格都没入了，哪里有从容抒写之暇？——有了抒写的动机，感情早已冷却大半，只剩虚虚的轮廓了。所以正经抒写的时候，也只能凭着记忆。从记忆里抄下的感觉与感情，只是生活的意思，而非当时的生活；与当时的感觉感情，自然不能一致的。不能一致，就不是完全真实了——虽然有大部分是真实的。

在大部分真实的文艺里，又可分为数等。自叙传性质的作品，比较的最是真实，是第一等。虽然自古哲人说自知是最难的，虽然现在的心理学家说内省是靠不住的，研究自己的行为和研究别人的行为同其困难，但那是寻根究底的话；在普通的意义上，一个人知道自己，总比知道别人多些，叙述自己的经验，总容易切实而详密些。近代文学里，自叙传性质的作品一日一日的兴盛，主观的倾向一日一日的浓厚；法朗士甚至说，一切文艺都是些自叙传。这些大约就因力求逼近真实的缘故。作者唯恐说得不能入微，故只拣取自己的经验为题材，读者也觉作者为别人的说话，到底隔膜一层，不如说自己的话亲切有味，这可叫作求诚之心，欣赏力发达了，求诚之心也便更觉坚强了。

叙述别人的事不能如叙述自己的事之确实，是显然的，为第二等。所谓叙述别人的事，与第三身的叙述稍有不同。叙别人的事，有时也可用第一身；而用第三身叙自己的事，更是常例。这正和自叙传性质的作品与第一身的叙述不同一样。在叙述别的事的时候，我们所得而凭借的，只有记忆中的感觉，与当事人自己的话，与别人关于当事人的叙述或解释。——这所谓当事人，自然只是些"榜样"Model。将这些材料加以整理，仔仔细细下一番推勘的工夫，体贴的工夫，才能写出种种心情和关系；至于显明性格或脚色，更需要塑造的工夫。这些心情、关系和性格，都是推论所得的意思；而推论或体贴与塑造，是以自己为标准的。人性虽有大齐，细端末节，却是千差万殊的，这叫作个性。人生的丰富的趣味，正在这细端末节的千差万殊里。能显明这个千差万殊的个性的文艺，才是活泼的、真实的文艺。自叙传性质的作品，确能做到一大部分；叙述别人的事，却就难了。因为我们的叙述，无论如何，是以自己为标准的；离不了自己，哪里会有别人呢？以自己为标准所叙别人的心情、关系、性格，至多只能得其轮廓，得其形似而已。自叙凭着记忆，已是间接；这里又加上推论，便间接而又间接了；愈间接，去当时当事者的生活便愈远了，真实性便愈减少了。但是因为人性究竟是有大齐的，甲所知于别人的固然是浮面的，乙丙丁……所知于别人的也不见得有多大的差异；因此大家相忘于无形，对于"别人"的叙述之真实性的减少，并不觉有空虚之感。我们在文人叙述别人的文字里，往往能觉着真实的别人，而且觉着相当的满足，就为此故。——这实是我们的自骗罢了。

相像的抒写，从"再现"的立场看，只有第三等的真实性。相像的再现力是很微薄的。它只是些凌杂的端绪 Fringe，凌杂的影子。它是许多模糊的影子。依着人们随意短起的骨架，构成一团云雾似的东西。和普遍所谓实际，相差自然极远极远了。影子已经靠不住了，何况又是模糊的，凌杂的呢？何况又是照着人意重行结构的呢？虽然想像的程度也有不同，但性质总是类似的。无论是想像的实事，无论想像的奇迹，总只是些云雾，不过有浓有淡罢了。无论这些想像是从事实来的，是从别人的文字来的，也正是一样。它们的真实性，总是很薄弱的。我们若要剥头发一样地做去，也还能将这种真实性再分为几等；但这种剖析，极难"铢两悉称"，非我的力量所能及。所以只好在此笼统地说，想像的抒写，只有第三等的真实性。

从"再现"的立场所见的文艺的真实性，不是充足的真实性；这令我们不能满意。我们且再从"表现"的立场看。我们说，创作的文艺全是真实的。感觉与感情是创作的材料；而想像却是创作的骨髓。这和前面所说大异了。"创作"的意义绝不是再现一种生活于文字里，而是另造一种新的生活。因为说生活的再现，则再现的生活决不能与当时的生活等值，必是低一等或薄一层的。况说生活再现于文字里，将文字与生活分开，则主要的是文字，不是生活，这实是再现生活的"文字"，而非再现的"生活"了。这里文艺之于生活，价值何其小呢？说创作便不如此。我前面解释创作，说是另造新生活；这所谓"另造"，骤然看来，似乎有能造与所造，又有方造与既造。但在当事的创作者，却毫不起这种了别。说能造是作者，所造是表现生活的文字，或文字里表现的生活；说方造是历程，既造是成就：这都是旁观者事后的分析，创作者是不觉得的。这种分析另有它的价值，但绝不是创作的价值。创作者的创作，只觉是一段生活，只觉是"生活着"。"我"固然是这段生活的一部，文字也是这段生活的一部；"我"与文字合一，便有了这一段生活。这一段生活继续进行，有它自然的结束；这便是一个历程。在历程当中，生活的激动性很大；剧烈的不安引起创作者不歇的努力。历程终结了，那激动性暂时归于平衡状态；于是创作者如释了重负，得到一种舒服。但这段生活之价值却不仅在它的结束。创作者并不急急地盼望结束的到临；他在继续的不安中，也欣赏着一步步的成功——一步步实现他的生活。这样，历程中的每一点，都于他有价值了。所以方造与既造的辨别，在他是不必要的；他自然不会感着了。总之，创作只是浑然的一段生活，这其间不容任何的了别的。至于创作的材料则因生活是连续的，而创作也是一段生活，所以仍免不了取给予记忆中所留着的过去生活的影像。但这种影像在创作者的眼中，并不是过去的生活之模糊的副本，而是现在的生活之一部——记忆也是现在的生活；所以是十分真实的。这样，便将记忆的价值增高了。再则，创作既是另造新生活，则运用现有的材料，自然有自由改变之权，不必保持原状；现有的材料，存于记忆中的，对于创作，只是些媒介罢了。这和再现便不同了。创作的主要材料，便是，创作者唯一的向导——这是想像。想像就现有的记忆材料，加以删汰，补充，联络，使新的生活得以完满地实现。所以宽一些说，创作的历程里，实只有想像一件事；其余感觉，感情等，已都融冶于其中了。想像在创作中第一重要，和在再现中居末位的大不相同。这样，创作中虽含有现在生活的一部，即记忆中过去生活的影像，而它的价值却不在此，它的价值在于向未来的生活开展的力量，即想像的力量。开展就是生活；生活的真实性，是不必怀疑的。所以创作的真实性，也不必怀疑。所以我说，从表现的立场看，创作的文艺全是真实的。

　　至于自叙或叙别人，在创作里似乎不觉有这样分别。因为创作既不分"能""所"，当然也不分"人""我"了。"我"的过去生活的影像与"人"的过去生活的影像，同存于记忆之内，同为创作的材料；价值是相等的。在创作时，只觉由一个中心而扩大，其间更无界划。这个中心或者可说是"我"；但这个"我"实无显明的封域，与平常人所执着的我广狭不同。凭着这个意义的"我"，我们说一切文艺都是自叙传，也未尝不可。而所谓近代自叙传性质的作品增多，或有一大部分指着这一意义的自叙传，也未可知。——我想，至少十九世纪末期及二十世纪的文艺是如此。在创作时，只觉得扩大一件事。扩大的历程是不能预料的；惟其不能预料，才成其为创造，才成其为生活。我们写第一句诗，断不知第二句之为何——谁能知道"满城风雨近重阳"的下一句是什么呢？就是潘大临自己，也必不晓得的。这时何暇且何能，斤斤斟酌于"人""我"之间，而细为剖辨呢？只任情而动罢了。事后你说它自叙也好，说它叙别人也好，总无伤于它完全的真实性。胡适的《应该》，俞平伯的《在鹧鸪声里的》，事后看来，都是叙别人的。从"再现"方面看，诚然或有不完全的真实的地方。但从"创作"方面看，则浑然一如，有如满月；哪有丝毫罅隙，容得不真实的性质溜进去呢？总之，创作实在是另辟一世界，一个不关心的安息的世界。便是血与泪的文学，所辟的也仍是这个世界（此层不能在此评论）。在这个世界里，物我交融，但有窃然的向往，但有沛然的流转；暂脱人寰，遂得安息。至于创作的因缘，则或由事实，或由文字。但一经创作的心的熔铸，就当等量齐观，不宜妄生分别。俗见以为由文字而生之情力弱，由事实而生之情力强，我以为不然。这就因为事实与文字同是人生之故。即如前举俞平伯《在鹞鹰声里的》一诗，就是读了康白情的《天亮了》，触动宿怀，有感而作。那首诗谁能说是弱呢？这可见文字感人之力，又可见文字与事实之易相牵引了。上来所说，都足证创作只是浑然的真实的生活；所以我说，创造的文艺全是真实的。

从"表现"的立场看，没有所谓"再现"；"再现"是不可能的。创作只是一现而已。就是号称如实描写客观事象的作品，也是一现的创作，而不是再现；因所描写的是"描写当时"新生的心境（记忆），而不是"描写以前"旧有的事实。这层意思，前已说明。所以"再现"不是与"创作"相对待的。在"表现"的立场里，和"创作"相对待的，是"模拟"及"撒谎"。模拟是照别人的样子去制作。"拟古""拟陶""拟谢""拟某某篇""效某某体""拟陆士衡拟古""学韩""学欧"……都是模拟，都是将自己揿在他人的型里。模拟的动机，或由好古，或由趋时，这是一方面；或由钦慕，或由爱好，这是另一方面。钦慕是钦慕其人，爱好是爱好其文。虽然从程度上论，爱好比钦慕较为真实，好古与趋时更是浮泛；但就性质说，总是学人生活，而非自营生活。他们悬了一些标准，或选了一些定型，竭力以求似，竭力以求合。他们的制作，自然不能自由扩展了。撒谎也可叫作"捏造"，指在实事的叙述中间，插入一些不谐和的虚构的叙述；这些叙述与前后情节是不一致的，或者相冲突的。从"再现"的立场说，文艺里有许多可以说是撒谎的；甚至说，文艺都是撒谎的。因为文艺总不能完全与事实相合。在这里，浪漫的作品，大部分可以说完全是谎话了。历史小说，虽大体无背于事实，但在详细的节目上，也是撒谎了。便是写实的作品，谎话诚然是极少极少，但也还免不了的。不过这些谎话全体是很谐和的，成为一个有机体，使人不觉其谎。而作者也并无故意撒谎之心。假使他们说的真是谎话，这个谎话是自由的，无所为的。因此，在"表现"的立场里，我们宁愿承认这些是真实的。然则我们现在所谓"撒谎"的，是些什么呢？这种撒谎是狭义的，专指的实事的叙述里，不谐和的、故意的撒谎而言。这种撒谎是有所为的；为了求合于某种标准而撒谎。这种标准或者是道德的，或者是文学的。章实斋《文史通义古文十弊》篇里有三个例，可以说明这一种撒谎的意义。我现在抄两个给诸君看：

（一）有名士投其母行述……叙其母之节孝：则谓乃祖衰年病废、卧床，溲便无时；家无次丁，乃母不避秽亵，躬亲薰濯。其事既已美矣，又述乃祖于时蹙然不安，乃母肃然对曰，'妇年五十，今事八十老翁，何嫌何疑？'节母既明大义，定知无是言也！此公无故自生嫌疑，特添注以斡旋其事；方自以谓得体，而不知适如冰雪肌肤，剜成疮痏，不免愈濯愈痕瘢矣。

（二）尝见名士为人撰志。其人盖有朋友气谊；志文乃仿韩昌黎之志柳州也。——一岁一趋，惟恐其或失也。中间感叹世情反复，已觉无病费呻吟矣；未叙丧费出于贵人，及内亲竭劳其事。询之其家，则贵人赠赙稍厚，非能任丧费也；而内亲则仅一临穴而已，亦并未任其事也。且其子俱长成。非若柳州之幼子孤露，必待人为经理者也。诘其何为失实至此？则曰：仿韩志终篇有云……今志欲似之耳。……临文摹古，迁就重轻，又往往似之矣。

第一例是因求合于某种道德标准（所谓"得体"）而捏造事实，第二例是因求似于韩文而附会事实；虽然作者都系"名士"，撒谎却都现了狐狸尾巴！这两文的漏洞（即冲突之处）及作者的有意撒谎，章实斋都很痛快地揭出来了。看了这种文字，我想谁也要觉着多少不舒服的。这种作者，全然牺牲了自己的自由，以求合于别人的定型。他们的作品虽然也是他们生活的一部，但这种生活是怎样的局促而空虚哟！

上面第一例只是撒谎；第二例是模拟而撒谎，撒谎是模拟的果。为什么只将它作为撒谎的例呢？这里也有缘故。我所谓模拟，只指意境、情调、风格、词句四项而言；模拟而至于模拟实事，我以为便不是模拟了。因为实事不能模拟，只能捏造或附会；模拟事实，实在是不通的话。所以说模拟实事，不如说撒谎。上面第二例，形式虽是模拟而实质却全是撒谎；我说模拟而撒谎，原是兼就形质两方而论。再明白些说，我所谓模拟有两种：第一种，里面的事实，必是虚构的，且谐和的，以求生出所模拟之作品的意境、情调。第二种，事实是实有的，只仿效别人的风格与字句。至于在应该叙实事的作品里，因为模拟的缘故，故意将原有事实变更或附会，这便不在模拟的范围之内，而变成撒谎了。因为实事是无所谓模拟的。至于不因模拟，而于叙实事的作品里插入一些捏造的事实，那当然更是撒谎，不成问题的。这是模拟与撒谎的分别。一般人说模拟也是撒谎。但我觉得模拟只是自动的"从人"，撒谎却兼且被动的"背己"。因为模拟时多少总有些向往之诚，所以说是自动的；因为向往的结果是"依样葫芦"，而非"任性自表"，所以说是"从人"。但这种"从人"，不致"背己"。何以故？从人的意境、字句，可以自圆其说，成功独立的一段生活，而无冲突之处。这里无所谓"背己"的；因为虽是学人生活，但究竟是自己的一段完成的生活。——却不是充足的，自由的生活。至于从人的风格、情调，似乎会"背己"了，其实也不然。因为风格与情调本是多方面的，易变化的，况且一切文艺里的情调、风格，总有其大齐的。所以设身处地去体会他人情调而发抒之，是可能的。并且所模仿的，虽不尽与"我"合，但总是性之所近的。因此，在这种作品里，虽不能自由发抒，但要谐和而无冲突，是甚容易的。至于撒谎，如前第一例，求合于某种道德标准，只是根于一种畏惧、掩饰之心，毫无什么诚意。——连模拟时所具的一种倾慕心，也没有了。因此，便被动了地背了自己的心瞎说了。明明记着某人或自己是没有这些事的，但偏偏不顾是非地说有；这如何能谐和呢？这只将矛盾显示于人罢了。第二例自然不同，那是以某一篇文的作法为标准的。在这里，作者虽有向往之诚，可惜取径太笨了，竟致全然牺牲了自己；因为他悍然地违背了他的记忆，关于那个死者的。因此，弄巧成拙，成了不诚的话了。总之，模拟与撒谎，性质上没有多大的不同，只是程度相差却甚远了。我在这里将捏造实事的所谓模拟不算作模拟，而列入撒谎之内，是与普通的见解不同的；但我相信如此较合理些。由以上的看法，我们可以说，在表现的立场里，模拟只有低等的真实性，而撒谎全然没有真实性——撒谎是不真实的，虚伪的。

我们要有真实而自由的生活，要有真实而自由的文艺，须得创作去；只有创作是真实的，不过创作兼包精粗而言，并非凡创作的都是好的。这已涉及另一问题，非本篇所能详了。

附注：本篇内容的完成，颇承俞平伯君的启示，在这里谢谢他。

文艺之力

我们读了《桃花源记》《红楼梦》《虬髯客传》《灰色马》《现代日本小说集》《茵梦湖》《卢森堡之一夜》……觉得新辟了许多世界。有的开着烂漫的花，绵连着芊芊的碧草。在青的山味，白的泉声中，上下啁啾着玲珑的小鸟。太阳微微地笑着；天风不时掠过小鸟的背上。有的展着一片广漠的战场，黑压压的人都冻在冰里，或烧在火里。却有三两个战士，在层冰上，在烈焰中奔驰着。那里也有风，冷到刺骨，热便灼人肌肤。那些战士披着发，红着脸，用了铁石一般的声音叫喊。在这个世界里，没有困倦，没有寂寞；只有百度上的热，零度下的冷，只有热和冷！有的是白发的老人和红衣的幼女，乃至少壮的男人，妇人，手牵着手，挽成一个无限大的圈儿，在地上环行。他们都踏着脚，唱着温暖的歌，笑容可掬地向着；太阳在他们头上。有的全是黑暗和阴影，仿佛夜之国一般。大家摸索着、挨挤着，以嫉恨的眼互视着。这些闪闪的眼波，在暗地里仿佛是幕上演着的活动影戏，有十足的机械风。又像舞着的剑锋，说不定会落在谁的颈上或胸前的。这世界如此的深而莫测，真有如"盲人骑瞎马，夜半临深池"了。有的却又不同。将眼前的世界剥去了一层壳，只留下她的裸体，显示美和丑的曲线。世界在我们前面索索地抖着，便不复初时那样的仪态万方了。有时更像用了 X 光似的，显示出她的骨骼和筋络等等，我们见其肺肝了，我们看见她的血是怎样流的了。这或者太不留余地。但我们却能接触着现世界的别面，将一个胰皂泡幻成三个胰皂泡似的，得着新国土了。

另有词句与韵律，虽常被认为末事，却也酝酿着多样的空气，传给我们种种新鲜的印象。这种印象确乎是简单些；而引人入胜，有催眠之功用，正和前节所述关于意境情调的一样——只是程度不同罢了。从前人形容痛快的文句，说是如啖哀家梨，如用并州剪。这可见词句能够引起人的新鲜的筋肉感觉。我们读晋人文章如《世说新语》一类的书遇着许多"隽语"，往往翛然有出尘之感，真像不食人间烟火似的，也正是词句的力。又如《红楼梦》中的自然而漂亮的对话，使人觉得轻松，觉得积伶。《点滴》中深曲而活泼的描写，多用拟人的字眼和句子，更易引起人神经的颤动。《诱惑》中的：

忽然全世界似乎打了一个寒噤。

仿佛地正颤动着，正如伊的心脏一般的跳将起来了。

便足显示这种力量。此外"句式"也有些关系。短句使人敛；长句使人宛转；锁句（periodicalsentence）使人精细；散句使人平易；偶句使人凝整，峭拔。说到"句式"，便会联想到韵律，因为这两者是相关甚密的。普通说韵律，但就诗歌而论；我所谓韵律却是广义的，散文里也有的。这韵律其实就是声音的自然的调节，凡是语言文字里都有的。韵律的性质，一部分随着字音的性质而变，大部分随着句的组织而变。字音的性质是很复杂的。我于音韵学没有什么研究，不能详论。约略说来，有刚音，有柔音，有粗涩的音，有甜软的音。清楚而平滑的韵（如"先"韵）可以引起轻快与美妙的感觉，开张而广阔的韵（如"阳"韵）可以引起飏举与展扩的感觉。浊声（如ㄇ、ㄅ、ㄍ）使人有努力、冲撞、粗暴、艰难、沉重等印象；清声（如ㄆ、ㄊ、ㄋ）则显示安易、平滑、流动、稳静、轻妙、温良与娴雅。浊声如重担在肩上；清声如蜜在舌上。这些分别，大概由于发音机关的变化；旧韵书里所谓开齐合撮、阴声、阳声、弇声、侈声，当能说明这种缘故。我却不能做这种工作；我只总说一句，因发音机关的作用不同，引起各种相当而不同的筋肉感觉，于是各字的声音才有不同的力量了。但这种力量也并非一定，因字在句中的位置而有增减。在句子里，因为意思与文法的关系，各字的排列可以有种种的不同。其间轻重疾徐，自然互异。轻而疾则力减，重而徐则力增。这轻重徐疾的调节便是韵律。调节除字音外，更当注重音"节"与句式；音节的长短，句式的长短、曲直，都是可以决定韵律的。现在只说句式，音节可以类推。短句促而严，如斩钉截铁，如一柄晶莹的匕首。长句舒缓而流利，如风前的马尾，如拂水的垂杨。锁句宛转腾挪，如夭矫的游龙，如回环的舞女。散句曼衍而平实，如战场上的散兵线，如依山临水的错落的楼台。偶句停匀而凝练，如西湖上南北两峰，如处女的双乳。这只论其大凡，不可拘执；但已可见韵律的力量之一斑了。——所论的在诗歌里，尤为显然。

由上所说，可见文艺的内容与形式都能移人情；两者相依为用，可以引人入胜，引人到"世界外之世界"。在这些境界里，没有种种计较利害的复杂的动机，也没有那个能分别的我。只有浑然的沉思，只有物我一如的情感（fellowfeeling）。这便是所谓

"忘我"。这时虽也有喜、怒、哀、乐、爱、恶、欲等的波动，但是无所附的、无所为的、无所执的。固然不是为"我自己"而喜怒哀乐，也不是为"我的"亲戚朋友而喜怒哀乐，喜怒哀乐只是喜怒哀乐自己，更不能说是为了谁的。既不能说是为了谁的，当然也分不出是"谁的"了。所以，这种喜怒哀乐是人类所共同的。因为是共同的，无所执的，所以是平静的，中和的。有人说文艺里的情绪不是真的情绪，纵然能逼紧人的喉头，燃烧人的眼睛。我们阅读文艺，只能得着许多鲜活的意象（idea）罢了；这些意象是如此的鲜活，将相连的情绪也微微地带起在读者的心中了。正如我们忆起一个噩梦一样，虽时过境迁，仍不免震悚；但这个震悚的力量究竟是微薄的。所以文艺里的情绪的力量也是微薄的；说它不是真的情绪，便是为此，真的情绪只在真的冲动，真的反应里才有。但我的解说，有些不同。文艺里既然有着情绪，如何又说是不真？至多只能加上"强""弱""直接""间接"等限制词罢了。你能说文艺里情绪是从文字里来的，不是从事实里来的，所以是间接的、微弱的；但你如何能说它不是真的呢？至于我，认表现为生活的一部，文字与事实同是生活的过程；我不承认文艺里的情绪是间接的，因而也不能承认它是微弱的。我宁愿说它是平静的、中和的。这中和与平静正是文艺的效用，文艺的价值。为什么中和而平静呢？我说是无"我执"之故。人生的狂喜与剧哀，都是"我"在那里串戏。利害、得失、聚散……之念，萦于人心，以"我"为其枢纽。"我"于是纠缠、颠倒，不能已已。这原是生活意志的表现；生活的趣味就在于此。但人既执着了"我"，自然就生出"我爱""我慢""我见""我痴"；情之所发，便有偏畸，不能得其平了。与"我"亲的，哀乐之情独厚；

渐疏渐薄，至于没有为止。这是争竞状态中的情绪，力量甚强而范围甚狭。至于文艺里的情绪，则是无利害的，泯人我的。无利害便无竞争，泯人我便无亲疏，因而纯净、平和、普遍，像汪汪千顷，一碧如镜的湖水。湖水的恬静，虽然没有涛澜的汹涌，但又何能说是微薄或不充实呢？我的意思，人在这种境界里，能够免去种种不调和与冲突，使他的心明净无纤尘，以大智慧普照一切；无论悲乐，皆能生趣。——日常生活中的悲哀是受苦，文艺中的悲哀是享乐。愈易使我们流泪的文艺，我们愈愿意去亲近它。有人说文艺的悲哀是"奢华的悲哀"（luxurious sadness）正是这个意思。"奢华的"就是"无计较的享乐"的意思。我曾说这是"忘我"的境界；但从别一面说，也可说是"自我无限的扩大"。我们天天关闭在自己的身份里，如关闭在牢狱里；我们都渴望脱离了自己，如幽囚的人之渴望自由。我们为此而忧愁、扫兴、阴郁。文艺却能解放我们，从层层的束缚里。文艺如一个侠士，半夜里将我们从牢狱里背了出来，飞檐走壁地在大黑暗里行着；又如一个少女，偷偷开了狭的鸟笼，将我们放了出来，任我们向海阔天空里翱翔。我们的"我"，融化于沉思的世界中，如醉如痴地浑不觉了。在这不觉中，却开辟着，创造着新的自由的世界，在广大的同情与纯净的趣味的基础上。前面所说各种境界，便可见一斑了。这种解放与自由只是暂时的，或者竟是顷刻的。但那中和与平静的光景，给我们以安息，给我们以滋养，使我们"焕然一新"；文艺的效用与价值惟其是暂而不常的，所以才有意义呀。普通的娱乐如打球、跳舞等，虽能以游戏的目的代替实利的目的，使人忘却一部分的计较，但绝不能使人完全忘却了自我，如文艺一样。故解放与自由实是文艺的特殊的力量。

　　文艺既然有解放与扩大的力量，它毁灭了"我"界，毁灭了人与人之间重重的障壁。它继续的以"别人"调换我们"自己"，使我们联合起来。现在世界上固然有爱，而疑忌、轻蔑、嫉妒等等或者更多于爱。这决不是可以满足的现象。其原因在于人为一己之私所蔽，有了种种成见与偏见，便不能了解他人，照顾他人了。各人有各人的世界；真的，各人独有一个世界。大世界分割成散沙似的碎片，便不成个气候；灾祸便纷纷而起了。灾祸总要避除了。有心人于是着手打倒种种障壁；使人们得以推诚相见，携手同行。他们的能力表现在各种形式里，而文艺亦其一种。文艺在隐隐中实在负着联合人类的使命。从前俄国托尔斯泰论艺术，也说艺术的任务在借着情绪的感染以联合人类而增进人生之幸福。他的全部的见解，我觉得太严了，也可以说太狭了。但在"联合人类"这一层上，我佩服他的说话。他说只有他所谓真正的艺术，才有联合的力量，我却觉得他那斥为虚伪的艺术的，也未尝没有这种力量；这是和他不同的地方。单就文艺而论，自然也事同一例。在文艺里，我们感染着全人类的悲乐，乃至人类以外的悲乐（任举一例，如叶圣陶《小蚬的回家》中所表现的）。这时候人天平等，一视同仁；"我即在人中"，人即在自然中。"全世界联合了哟！"我们可以这样绝叫了。便是自然派的作品，以描写丑与恶著名，给我们以夜之国的，看了究竟也只有会发生联合的要求；所以我们不妨一概论的。这时候，即便是一刹那，爱在我们心中膨胀，如月满时的潮汛一般。爱充塞了我们的心，妖魅魍魉似的疑忌轻蔑等心思，便躲避得无影无踪了。这种联合力，是文艺的力量的又一方面。

　　有人说文艺并不能使人忘我，它却使人活泼泼的实现自我

（selfrealization），这就是说，文艺给人以一种新的刺激，足以引起人格的变化。照他们说，文艺能教导人，能鼓舞人；有时更要激动人的感情，引起人的动作。革命的呼声可以唤起睡梦中的人，使他们努力前驱，这是的确的。俄国便是一个好例。而"靡靡之音"使人"缠绵歌泣于春花秋月，消磨其少壮活泼之气"，使人"儿女情多，风云气少"，却也是真的。这因环境的变迁固可影响人的情思及他种行为，情思的变迁也未尝不能影响他种行为及环境；而文艺正是情思变迁的一个重要因子，其得着功利的效果，也是当然的。文艺如何影响人的情思，引起他人格的变化呢？梁任公先生说得最明白，我且引他的话：

> 抑小说之支配人道也，复有四种力：一曰熏。熏也者，如入云烟中而为其所烘，如近墨朱处而为其所染。……人之读一小说也，不知不觉之间，而眼识为之迷漾，而脑筋为之摇飏，而神经为之营注；今日变一二焉，明日变一二焉，刹那刹那，相断相续：久之，而此小说之境界遂入其灵台而据之，成一特别原质之种子。有此种子故，他日又更有所触所受者，旦旦而熏之，种子愈盛。而又以之熏他人。……

> （《论小说与群治之关系》）

此节措辞虽间有不正确之处，但议论是极透辟的。他虽只就小说立论，但别种文艺也都可作如是观。此节的主旨只是说小说（文艺）能够渐渐地、不知不觉地改变读者的旧习惯，造成新习惯在他们的情思及别种行为里。这个概念是很重要的；所谓"实现自我"，也便是这个意思。近年文坛上"血与泪的文学"，爱与美的文学之争，就是从这个见解而来的。但精细地说，"实现自我"并不是文艺之直接的、即时的效用，文艺之直接的效用，只是解放自我，只是以作品的自我调换了读者的自我；这都是阅读当时顷刻间的事。至于新刺激的给予，新变化的引起，那是片刻间的扩大、自由、安息之结果，是稍后的事了。因为阅读当时没有实际的刺激，便没有实际的冲动与反应，所以也没有实现自我可言。阅读之后，凭着记忆的力量，将当时所感与实际所受对比，才生出振作、颓废等样的新力量。这所谓对比，自然是不自觉的。阅读当时所感，虽同是扩大，自由与安息，但其间的色调却是千差万殊的；所以所实现的自我，也就万有不同。至于实现的效用，也难一概而论。大约一次两次的实现是没有多大影响的；文艺接触得多了，实现的机会频频了，才可以造成新的习惯、新的人格。所以是很慢的。原来自我的解放只是暂时的，而自我的实现又不过是这暂时解放的结果；间接的力量，自然不能十分强盛了。故从自我实现的立场说，文艺的力量的确没有一般人所想象的那样大。周启明先生说得好：

　　我以为文学的感化力并不是极大无限的，所以无论善之华恶之华都未必有什么大影响于后人的行为，因此除了真不道德的思想以外（资本主义及名分等）可以放任。

（《诗》一卷四号通信）

他承认文艺有影响行为的力量，但这个力量是有限度的。这是最公平的话。但无论如何，这种"实现自我"的力量也是文艺的力量的一面，虽然是间接的。它是与解放、联合的力量先后并存的，却不是文艺的唯一的力量。

　　说文艺的力量不是极大无限的，或许有人不满足。但这绝不足为文艺病。文艺的直接效用虽只是"片刻间"的解放，而这"片刻间"已经多少可以安慰人们忙碌与平凡的生活了。我们如奔驰的马，在接触文艺的时候，暂时松了羁绊，解了鞍辔，让嚼那青青的细草，饮那凛冽的清泉。这短短的舒散之后，我们仍须奔驰向我们的前路。我们固愿长逗留于清泉嫩草之间，但是怎能够呢？我们有我们的责任，怎能够脱卸呢？我们固然要求无忧无虑的解放，我们也要求继续不断地努力与实现。生活的趣味就在这两者的对比与调和里。在对比的光景下，文艺的解放力因稀有而可贵；它便成了人生的适量的调和剂了。这样说来，我们也可不满足地满足了。至于实现自我，本非文艺的专责，只是余力而已；其不能十分盛大，也是当然。又文艺的效用是"自然的效用"，非可以人力强求；你若故意费力去找，那是钻入牛角尖里去了。而文艺的享受，也只是自然的。或取或舍，由人自便；它决不含有传统的权威如《圣经》一样，勉强人去亲近它。它的精神如飘忽来往的轻风，如不能捕捉的逃人；在空闲的甜蜜的时候来访问我们的心。它来时我们决不十分明白，而它已去了。我们欢迎它的，它给我们最小到最大的力量，照着我们所能受的。我们若决绝它或漠然地看待它，它便什么也不丢下。我们有时在伟大的作品之前，完全不能失了自己，或者不能完全失了自己，便是为此了。文艺的精神，文艺的力，是不死的；它变化万端而与人生相应。它本是"人生底"呀。看第一第二两节所写，便可明白了。

以上所说大致依据高斯威赛（Galsworthy）之论艺术（art）；所举原理可以与他种艺术相通。但文艺之力就没有特殊的色彩么？我说有的，在于丰富而明了的意象（idea）。他种艺术都有特别的、复杂的外质，——绘画有形、线、色彩，音乐有声音、节奏——足以掀起深广的情澜在人们心里；而文艺的外质大都只是极简单的无变化的字形，与情潮的涨落无关的。文艺所恃以引起浓厚的情绪的，却全在那些文字里所含的意象与联想（association）（但在诗歌里，还有韵律）。文艺的主力自然仍在情绪，但情绪是伴意象而起的。——在这一点上，我赞成前面所引的 Puffer 的话了。他种艺术里也有意象，但没有文艺里的多而明白。情绪非由意象所引起，意象便易为情绪所蔽了。他种艺术里的世界虽也有种种分别，但总是混沌不明晰的；文艺里的世界，则大部分是很精细的。以“忘我”论，他种艺术或者较深广些，“以创造新世界”论，文艺则较精切了；以“解放联合”论，他种艺术的力量或者更强些，“以实现自我”论，文艺又较易见功了。——文艺的实际的影响，我们可以找出历史的例子，他种艺术就不能了。总之，文艺之力与他种艺术异的，不在性质而在程度。这就是浅学的我所能说出的文艺之力的特殊的调子了。

什么是文学？

什么是文学？大家愿意知道，大家愿意回答，答案很多，却都不能成为定论。也许根本就不会有定论，因为文学的定义得根据文学作品，而作品是随时代演变，随时代堆积的。因演变而质有不同，因堆积而量有不同，这种种不同都影响到什么是文学这一问题上。比方我们说文学是抒情的，但是像宋代说理的诗，十八世纪英国说理的诗，似乎也不得不算是文学。又如我们说文学是文学，跟别的文章不一样，然而就像在中国的传统里，经史子集都可以算文学。经史子集堆积得那么多，文士们都钻在里面生活，我们不得不认这些为文学。当然，集部的文学性也许更大些。现在除经史子集外，我们又认为元明以来的小说戏剧是文学。这固然受了西方的文学意念的影响，但是作品的堆积也多少在逼迫着我们给它们地位。明白了这种种情形，就知道什么是文学这问题大概不会有什么定论，得看作品看时代说话。

新文学运动初期，运动的领导人胡适之先生曾答复别人的问，写了短短的一篇《什么是文学？》。这不是他用力的文章，说的也很简单，一向不曾引起注意。他说文字的作用不外达意表情，达意达得好，表情表得妙就是文学。他说，文学有三种性：一是懂得性，就是要明白。二是逼人性，要动人。三是美，上面两种性联合起来就是美。这是并不特别强调文学的表情作用，却将达意和表情并列，将文学看作和一般文章一样，文学只是"好"的文章、"妙"的文章、"美"的文章罢了。而所谓"美"就是明白与动人，所谓三种性其实只是两种性。"明白"大概是条理清楚，不故意卖关子；"动人"大概就是胡先生在《谈新诗》里说的"具体的写法"。当时大家写作固然用了白话，可是都求其曲，求其含蓄。他们注重求暗示，觉得太明白了没有余味。至于"具体的写法"，大家倒是同意的。只是在《什么是文学？》这一篇里，"逼人""动人"等语究竟太泛了，不像《谈新诗》里说的"具体的写法"那么"具体"，所以还是不能引人注意。

再说当时注重文学的类型，强调白话诗和小说的地位。白话新诗在传统里没有地位，小说在传统里也只占到很低的地位。这儿需要斗争，需要和只重古近体诗与骈散文的传统斗争。这是工商业发展之下新兴的知识分子跟农业的封建社会的士人的斗争，也可以说是民主的斗争。胡先生的不分型类的文学观，在当时看来不免历史癖太重，不免笼统，而不能鲜明自己的旗帜，因此注意他这一篇短文的也就少。文学型类的发展从新诗和小说到散文——就是所谓美的散文，又叫作小品文的。虽然这种小品文以抒情为主，是外来的影响，但是跟传统的骈散文的一部分却有接近之处。而文学包括这种小说以外的散文在内，也就跟传统的文的意念包括骈散文的有了接近之处。小品文之后有杂文。杂文可以说是继承"随感录"的，但从它的短小的篇幅看，也可以说是小品文的演变。小品散文因应时代的需要从抒情转到批评和说明上，但一般还认为是文学，和长篇议论文说明文不一样。这种文学观就更跟传统的文的意念接近了。而胡先生说的什么是文学也就值得我们注意了。

　　传统的文的意念也经过几番演变。南朝所谓"文笔"的文，以有韵的诗赋为主，加上些典故用得好，比喻用得妙的文章；昭明《文选》里就选的是这些。这种文多少带着诗的成分，到这时可以说是诗的时代。宋以来所谓"诗文"的文，却以散文就是所谓古文为主，而将骈文和辞赋附在其中。这可以说是到了散文时代。现代中国文学的发展，虽只短短的三十年，却似乎也是从诗的时代走到了散文时代。初期的文学意念近于南朝的文的意念，而与当时还在流行的传统的文的意念，就是古文的文的意念，大不相同。但是到了现在，小说和杂文似乎占了文坛的首位，这些都是散文，这正是散文时代。特别是杂文的发展，使我们的文学意念近于宋以来的古文家而远于南朝。胡先生的文学意念，我们现在大概可以同意了。

　　英国德来登早就有知的文学和力的文学的分别，似乎是日本人根据了他的说法而仿造了"纯文学"和"杂文学"的名目。好像胡先生在什么文章里不赞成这种不必要的分目。但这种分类虽然好像将表情和达意分而为二，却也有方便处。比方我们说现在杂文学是在和纯文学争着发展。这就可以见出这时代文学的又一面。杂文固然是杂文学，其他如报纸上的通讯，特写，现在也多数用语体而带有文学意味了，书信有些也如此。甚至宣言，有些也注重文学意味了。这种情形一方面见出一般人要求着文学意味，一方面又意味着文学在报章化。清末古文报章化而有了"新文体"，达成了开通民智的使命。现代文学的报章化，该是德先生和赛先生的吹鼓手罢。这里的文学意味就是"好"，就是"妙"，也就是"美"；却绝不是卖关子，而正是胡先生说的"明白""动人"。报章化要的是来去分明，不躲躲闪闪的，杂文和小品文的不同处就在它的明快，不大绕弯儿，甚至简直不绕弯儿。具体倒不一定。叙事写景要具体，不错。说理呢，举例子固然要得，但是要言不烦，或简截了当也就是干脆，也能够动人。使人威固然是动人，使人信也未尝不是动人。不过这样理解着胡先生的用语，他也许未必同意罢？

什么是散文?

散文的意思不止一个。对骈文说，是不用对偶的单笔，所谓散行的文字。唐以来的"古文"便是这东西。这是文言里的分别，我们现在不大用得着。对韵文说，散文无韵；这里所谓散文，比前一文所包广大。虽也是文言里旧有的分别，但白话文里也可采用。这都是从形式上分别。还有与诗相对的散文，不拘文言白话，与其说是形式不一样，不如说是内容不一样。内容的分别，很难说得恰到好处；因为实在太复杂，凭你怎么说，总难免顾此失彼，不实不尽。这中间又有两边儿跨着的。如所谓散文诗，诗的散文；于是更难划清界限了，越是缠夹，用得越广，从诗与散文派生"诗的""散文的"两个形容词，几乎可用于一切事上，不限于文字。——茅盾先生有一个短篇小说，题作"诗与散文"，是一个有趣的例子。

按诗与散文的分法，新文学里的小说、戏剧（除掉少数诗剧和少数剧中的韵文外）、"散文"，都是散文。——论文，宣言等不用说也是散文，但是通常不算在文学之内——这里得说明那引号里的散文。那是与诗、小说、戏剧并举，而为新文学的一个独立部门的东西，或称白话散文，或称抒情文，或称小品。这散文所包甚狭，从"抒情文"，"小品文"两个名称就可知道。小品文对大品而言，只是短小之文；但现在却兼包"身边琐事"或"家常体"等意味，所以有"小摆设"之目。近年来这种文体一时风行；我们普通说散文，其实只指的这个。这种散文的趋向，据我看，一是幽默，一是游记、自传、读书记。若只走向幽默去，散文的路确乎更狭更小，未免单调；幸而有第二条路，就比只写身边琐事的时期已展开了一两步。大体上说，到底是前进的。有人主张用小品文写大众生活，自然也是一个很好的意思，但盼望做出些实例来。

读书记需要博学，现在几乎还只有周启明先生一个人动手。游记、传记两方面都似乎有很宽的地步可以发展。我以为不妨打破小品，多来点儿大的。长篇的游记与自传都已有人在动手，但盼望人手多些，就可热闹起来了。传记也不一定限于自传，可以新作近世人物的传，可以重写古人的传；游记也不一定限于耳闻目睹，掺入些历史的追想，也许别有风味。这个先得多读书，搜集体料，自然费功夫些，但是值得做的。不愿意这么办，只靠敏锐的观察力和深刻的判断力，也可写出精彩的东西；但生活的方面得广大，生活的态度得认真。——不独写游记、传记如此，写小说、戏剧也得如此（写历史小说、历史戏剧，却又得多读书了）。生活是一部大书，读得太少，观察力和判断力还是很贫乏的。日前在天津看见张彭春先生，他说现在的文学有一条新路可以走，就是让写作者到内地或新建设区去，凭着他们的训练（知识与技巧）将所观察的写成报告文学。这不是报纸上简陋的地方通信，也不是观察员冗杂的呈报书，而应当是文学作品。他说大学生、高中学生都可利用假期试试这个新设计。我在《太白》里有《内地描写》一文，也有相似的说话，这确是我们散文的一个新路。此外，以人生为题的精悍透彻的——抒情的论文，像西赛罗《说老》之类，也可发展；但那又得多读书或多阅世，怕不是一时能见成绩的。

什么是文学的"生路"？

杨振声先生在本年十月十三日《大公报》的《星期文艺》第一期上发表了《我们打开一条生路》一篇文。中间有一段道：

> "过去种种譬如昨日死"，不是譬如，它真的死亡了；帝国主义的死亡，独裁政体的死亡，资本主义与殖民政策也都在死亡中，因而从那些主义与政策发展出来的文化必然的也有日暮途穷之悲。我们在这里就要一点自我讽刺力与超己的幽默性，去撞自己的丧钟，埋葬起过去的陈腐，从新抖擞起精神做这个时代的人。

这是一个大胆的，良心的宣言。

杨先生在这篇文里可没有说到怎样打开一条生路。十一月一日《星期文艺》上有废名先生《响应"打开一条生路"》一篇文，主张"本着（孔子的）伦常精义，为中国创造些新的文艺作品"，他说伦常就是道，也就是诗。杨先生在文后有一段按语，提到了笔者的疑问，主张"综合中外新旧，胎育我们新文化的蓓蕾以发为新文艺的花果"。但是他说"这些话还是很笼统"。

具体的打开的办法确是很难。第一得从"做这个时代的人"说起。这是一个动乱时代，是一个矛盾时代。但这是平民世纪。

新文化得从矛盾里发展，而它的根基得打在平民身上。中国知识阶级的文人吊在官僚和平民之间，上不在天，下不在田，最是苦闷，矛盾也最多。真是做人难。但是这些人已经觉得苦闷，觉得矛盾，觉得做人难，甚至愿意"去撞自己的丧钟"，就不是醉生梦死。他们我们愿意做新人，为新时代服务。文艺是他们的岗位，他们的工具。他们要靠文艺为新时代服务。文艺有社会的使命，得是载道的东西。

　　做过美国副国务卿的诗人麦克里希在一九三九年曾写过一篇文叫作《诗与公众世界》，说："我们是活在一个革命的时代；在这时代，公众的生活冲过了私有的生命的堤防。……私有经验的世界已经变成了群众、街市、都会、军队、暴徒的世界。"他因而主张诗歌与政治改革发生关系。后来他做罗斯福总统的副国务卿，大概就为了施展他的政治改革的抱负。可惜总统死了，他也就下台了。他的主张，可以说是诗以载道。诗还要载道，不用说文更要载道了。时代是一个，天下是一家，所以大家心同理同。

　　这个道是社会的使命。要表现它，传达它，得有一番生活的经验，这就难。知识阶级的文人，虽然让"公众的生活冲过了私有的生命的堤防"，但是他们还惰性的守在那越来越窄的私有的生命的角落上。他们能够嘲讽的"去撞自己的丧钟"，可是没有足够的勇气"从新抖擞起精神做这个时代的人"。这就是他们我们的矛盾和苦闷所在。

　　古代的文人能够代诉民间疾苦，现代的文人也能够表现人道主义。但是这种办法多多少少有些居高临下。平民世纪所要求的不是这个，而是一般高的表现和传达；这就是说文人得作为平民而生活着，然后将那生活的经验表现、传达出来。麦克里希所谓

"革命的时代"的"革命",不知是不是这个意思,然而这确是一种革命。革命需要大勇气,自然难。

然而苦闷要求出路,矛盾会得发展。我们的文人渐渐地在工商业的大都市之外发现了农业的内地。在自己的小小的圈子之外发现了小公务员。他们的视野扩大了,认识也清楚多了,他们渐渐能够把握这个时代了。自然,新文学运动以来的作者早就在写农村,写官僚。然而态度不同,他们是站在知识阶级自己的立场尽了反封建反帝国主义的任务。现在这时代进一步要求他们自己站到平民的立场上来说话。他们写内地,写小公务员,就是在不自觉的多多少少接受着这个要求,所以说是"发现"。再说第一次世界大战以后,个人主义一度猛烈的抬头,一般作者都将注意集中在自己身上,甚至以"身边琐事"为满足。现在由自己转到小公务员,转到内地人,也该算是"发现"。

知识阶级的文人如果再能够自觉地努力发现下去,再多扩大些,再多认识些,再多表现、传达或暴露些,那么,他们会渐渐地终于无形地参加了政治社会的改革的。那时他们就确实站在平民的立场,"做这个时代的人"了。现在举例来说,文人大多数生活在都市里,他们还可以去发现知识青年,发现小店员,还可以发现摊贩:这些人都已经有集团的生活了,去发现也许并不太难。现在的报纸上就有这种特写,那正是一个很好的起头。

说起报纸,我觉得现在的文艺跟报章体并不一定有高低的分别,而是在彼此交融着,看了许多特写可以知道。现在的文艺因为读者群的增大,不能再是"文章千古事,得失寸心知"了,它得诉诸广大的读众。加上话剧和报纸特写的发达和暗示,它不自觉地渐渐地走向明白痛快的写实一路。文艺用的语言虽然总免不掉夹杂文言，夹杂欧化，但是主要的努力是向着活的语言。文艺一面取材于活的语言，一面也要使文艺的语言变成活的语言。在这种情形之下，杂文、小说和话剧自然就顺序地一个赛一个地加速地发展。这三员大将依次的正是我们开路的先锋。杨先生那篇文就是杂文，他用的就是第一员先锋。

写作杂谈

　　我是一个国文教师，我的国文教师生活的开始可以说也就是我的写作生活的开始。这就决定了我的作风，若是我也可说是有作风的话。我的写作大体上属于朴实清新一路。一方面自己的才力只能做到这地步，一方面也是国文教师的环境教我走这一路。我是个偏于理智的人，在大学里学的原是哲学。我的写作大部分是理智的活动，情感和想象的成分都不多。虽然幼年就爱好文学，也倾慕过《聊斋志异》和林译小说，但总不能深入文学里。开始写作的时候，自己知道对于小说没希望，尝试的很少。那时却爱写诗。不过自己的情感和想象都只是世俗的，一点儿也不能超群绝伦。我只是一个老实人，或一个乡下人，如有些人所说的。——外国文学的修养差，该也是一个缘故。可是我做到一件事，就是不放松文字。我的情感和想象虽然贫弱，却总尽力教文字将它们尽量表达，不留遗憾。我注意每个词的意义，每一句的安排和音节，每一段的长短和衔接处，想多少可以补救一些自己的贫弱的地方。已故的刘大白先生曾对人说我的小诗太费力，实在是确切的评语。但这正是一个国文教师的本来面目。

　　后来丢开诗，只写些散文；散文对于自己似乎比较合宜些，所以写得也多些。所谓散文便是英语里的"常谈"，原是对"正论"而言；一般人又称为小品文，好似对大品文而言，但没有大品文这名称。散文虽然也叙事、写景、发议论，却以抒情为主。这和诗有相通的地方，又不需要小说的谨严的结构，写起来似乎自由些。但在我还是费力。有时费力太过，反使人不容易懂。如《桨声灯影里的秦淮河》里有一处说到"无可无不可"，有"无论是升的沉的"一句话。升的"无可无不可"指《论语》里孔子的话，所谓"时中"的态度。沉的指一般人口头禅的"无可无不可"，只是"随便""马虎"的意思。有许多人不懂这"升的沉的"。也许那句话太简了，因而就太晦了。可是太简固然容易晦，繁了却也腻人。我有一篇《扬州的夏日》（在《你我》里），篇末说那些在城外吃茶的人回城去，有些穿上长衫，有些只将长衫搭在胳膊上。一个朋友说穿上长衫是常情，用不着特别叙出。他的话有道理。但这并不由于我的疏忽：这是我才力短，不会选择。我的写作有时不免牵于事实，不能自由运用事实，这是一例。

我的《背影》《儿女》《给亡妇》三篇，注意的人也许多些。《背影》和《给亡妇》都不曾怎样费力写出。《背影》里引了父亲来信中一句话。那封信曾使我流泪不止。亡妇一生受了多少委屈，想起来总觉得对不起她。写《给亡妇》那篇是在一个晚上，中间还停笔挥泪一回。情感的痕迹太深刻了，虽然在情感平静的时候写作，还有些不由自主似的。当时只靠平日训练过的一支笔发挥下去，几乎用不上力量来。但是《儿女》，还有早年的《笑的历史》，却是费了力琢磨成的。就是《给亡妇》，一方面也是一个有意的尝试。那时我不赞成所谓欧化的语调，想试着避免那种语调。我想尽量用口语，向着言文一致的方向走。《给亡妇》用了对称的口气，一半便是为此。有一位爱好所谓欧化语调的朋友看出了这一层，预言我不能贯彻自己的主张。我也渐渐觉得口语不够用。我们的生活在欧化（我愿意称为现代化），我们的语言文字适应着，也在现代化，其实是自然的趋势。所以我又回到老调子。所谓老调子是受《点滴》等书和鲁迅先生的影响。当时写作的青年很少不受这种影响的。后来徐志摩先生，再后来梁宗岱先生、刘西渭先生等，直接受取外国文学的影响，算是异军突起，可是人很少。话说回来，上文说到的三篇文里，似乎只有《背影》是"情感的自然流露"，但也不尽然。《背影》里若是不会闹什么错儿，我想还是平日的训练的缘故。我不大信任"自然流露"，因为我究竟是个国文教师。

国文教师做久了，生活越来越狭窄，所谓"身边琐事"的散文，我慢慢儿也写不出了。恰好谢谢清华大学，让我休假上欧洲去了一年。回国后写成了《欧游杂记》和一些《伦敦杂记》。那时真是"身边琐事"的小品文已经腻了，而且有人攻击。我也觉得身边琐事确是没有多大意思，写作这些杂记时便专从客观方面着笔，尽力让自己站在文外。但是客观的描叙得有充分的、详确的知识作根据，才能有新的贡献。自己走马看花所见到的欧洲，加上游览指南里的一点儿记载，实在太贫乏了，所以写出来只是寒尘。不过客观的写作却渐渐成了我的唯一的出路。这时候散文进步了。何其芳先生的创作，卞之琳先生的翻译，写那些精细的情感，开辟了新境界。我常和朋友说笑，我的散文早过了时了。既没有创新的力量，我只得老老实实向客观的描叙的路走去。我读过瑞恰慈教授几部书，很合脾胃，增加了对于语文意义的趣味。从前曾写过几篇论说的短文，朋友们似乎都不大许可。这大概是经验和知识还不够的缘故。但是自己总不甘心，还想尝试一下。于是动手写《语文影》。第一篇登在《中央日报》昆明版的

《平明》上，闹了点错儿，挨了一场骂。可是我还是写下去。更想写一些论世情的短文，叫做《世情书》。试了一篇，觉得力量还差得多，简直不能自圆其说似的，只得暂且搁下。我是想写些"正论"或"大品文"，但是小品文的玩世的幽默趣味害我"正"不住我的笔，也得再修养几年。十六年前曾写过一篇《正义》(见《我们的七月》)，虽然幼稚，倒还像"正义"，可惜没有继续训练下去。现在大约只能先试些《语文影》。这和《世情书》都以客观的分析为主，而客观的分析语文意义，在国文教师的我该会合宜些。

我的写作的经验有两点也许可以奉献给青年的写作者。一是不放松文字，注意到每一词句，我觉得无论大小，都该从这里入手。控制文字是一种愉快，也是一种本领。据说陀思妥耶夫斯基很不讲究文字，却也成为大小说家。但是他若讲究文字，岂不更美？再说像陀思妥耶夫斯基那样大才力，古今中外又有多少人？为一般写作者打算，还是不放松文字的好。现在写作的青年似乎不大在乎文字。无论他们的理由怎样好听，吃亏的恐怕还是他们自己，不是别人。二是不一定创作。五四以来，写作的青年似乎都将创作当作唯一的出路。不管才力如何，他们都写诗、写散文、写小说戏剧。这中间必有多数人白费了气力，闹得连普通的白话文也写不好。这也是时代如此，当时白话文只用来写论文，写文学作品，应用的范围比较窄。论文需要特殊的知识和经验，青年人办不了，自然便拥挤到创作的路上。这几年白话文应用的范围慢慢儿广起来了，报纸上可以见出。"写作"这个词代替了"创作"流行着，正显示这个趋势。写作的青年能够创作固然很好，不能创作，便该赶紧另找出路。现在已经能够看到的最大的出路，便是新闻的写作。新闻事业前途未可限量，一定需要很多的人手。现在已经有青年记者协会，足见写作的青年已找出这条路。从社会福利上看，新闻的写作价值决不在文艺的写作之下，只要是认真写作的话。

文人宅

　　杜甫《最能行》云，"若道士无英俊才，何得山有屈原宅？"《水经注》，秭归"县北一百六十里有屈原故宅，累石为屋基"。看来只是一堆烂石头，杜甫不过说得嘴响罢了。但代远年湮，渺茫也是当然。往近里说，《孽海花》上的"李纯客"就是李慈铭，书里记着他自撰的楹联，上句云，"保安寺街藏书一万卷"；但现在走过北平保安寺街的人，谁知道哪一所屋子是他住过的？更不用提屋子里怎么个情形，他住着时怎么个情形了。要凭吊，要留连，只好在街上站一会儿出出神而已。

　　西方人崇拜英雄可真当回事儿，名人故宅往往保存得好。譬如莎士比亚吧，老宅子，新宅子，太太老太太宅子，都好好的，连家具什物都存着。莎士比亚也许特别些，就是别人，若有故宅可认的话，至少也在墙上用木牌标明，让访古者有低徊之处；无论宅里住着人或已经改了铺子。这回在伦敦所见的四文人宅，时代近，宅内情形比莎士比亚的还好；四所宅子大概都由私人捐款收买，布置起来，再交给公家的。

　　约翰生博士（Samuel Johnsom，1709—1784）宅，在旧城，是三层楼房，在一个小方场的一角上，静静的。他一七四八年进宅，直住了十一年；他太太死在这里。他的助手就在三层楼上小屋里编成了他那部大字典。那部寓言小说（allegorical novel）《刺塞拉斯》(*Rasslas*)大概也在这屋子里写成；是晚上写的，只写了一礼拜，为的要付母亲下葬的费用。屋里各处，如门堂，复壁板，楼梯，碗橱，厨房等，无不古气盎然。那著名的大字典陈列在楼下客室里；是第三版，厚厚的两大册。他编著这部字典，意在保全英语的纯粹，并确定字义；因为当时作家采用法国字的实在太多了。字典中所定字义有些很幽默：如"女诗人，母诗人也"(she-poet，盖准 she-goat——母山羊——字例)，又如"燕麦，谷之一种，英格兰以饲马，而苏格兰则以为民食也"，都够损的。——伦敦约翰生社便用这宅子作会所。

　　济兹(John Keats，1795—1821)宅，在市北汉姆司台德区(Hampstead)。他生卒虽然都不在这屋子里，可是在这儿住，在这儿恋爱，在这儿受人攻击，在这儿写下不朽的诗歌。那时汉姆司台德区还是乡下，以风景著名，不像现时人烟稠密。济兹和他的朋友布朗(Charles Armitage Brown)同住。屋后是个大花园，绿草繁花，静如隔世；中间一棵老梅树，一九二一年干死了，干子还在。据布朗的追记，济兹《夜莺歌》似乎就在这棵树下写成。布朗说，"一八一九年春天，有只夜莺做窠在这屋子近处。济兹常静听它歌唱以自恰悦；一天早晨吃完早饭，他端起一张椅子坐到草地上梅树下，直坐了两三点钟。进屋子的时候，见他拿着几张纸片儿，塞向书后面去。问他，才知道是歌咏我们的夜莺之作。"这里说的梅树，也许就是花园里那一棵。但是屋前还有草地，地上也是一棵三百岁老桑树，枝叶扶疏，至今结桑椹；有人想《夜莺歌》也许在这棵树下写的。济兹的好诗在这宅子里写的最多。

　　他们隔壁住过一家姓布龙(Brawne)的。有位小姐叫凡耐

（Fanny），让济兹爱上了，他俩订了婚，他的朋友颇有人不以为然，为的女的配不上；可是女家也大不乐意，为的济兹身体弱，又像疯疯癫癫的。济兹自己写小姐道："她个儿和我差不多——长长的脸蛋儿——多愁善感——头梳得好——鼻子不坏，就是有点小毛病——嘴有坏处有好处——脸侧面看好，正面看，又瘦又少血色，像没有骨头。身架苗条，姿态如之——胳膊好，手差点儿——脚还可以——她不止十七岁，可是天真烂漫——举动奇奇怪怪的，到处跳跳蹦蹦，给人编诨名，近来愣叫我'自美自的女孩子'——我想这并非生性坏，不过爱闹一点漂亮劲儿罢了。"

一八二〇年二月，济兹从外面回来，吐了一口血。他母亲和三弟都死在痨病上，他也是个痨病底子；从此便一天坏似一天。这一年九月，他的朋友赛焚（Joseph Severn）伴他上罗马去养病；次年二月就死在那里，葬新教坟场，才二十六岁。现在这屋子里陈列着一圈头发，大约是赛焚在他死后从他头上剪下来的。又次年，赛焚向人谈起，说他保存着可怜的济兹一点头发，等个朋友捎回英国去；他说他有个怪想头，想照他的希腊琴的样子作根别针，就用济兹头发当弦子，送给可怜的布龙小姐，只恨找不到这样的手艺人。济兹头发的颜色在各人眼里不大一样：有的说赤褐色，有的说棕色，有的说暖棕色，他二弟两口子说是金红色，赛焚追画他的像，却又画作深厚的棕黄色。布龙小姐的头发，这儿也有一并存着。

他俩订婚戒指也在这儿，镶着一块红宝石。还有一册仿四折本《莎士比亚》，是济兹常用的。他对于莎士比亚，下过一番苦功夫；书中页边行里都画着道儿，也有些精湛的评语。空白处亲笔写着他见密尔顿发和独坐重读《黎琊王》剧作两首诗；书名页上记着"给布龙凡耐,一八二〇",照年份看,准是上意大利去时送了作纪念的。珂罗版印的《夜莺歌》墨迹,有一份在这儿,另有哈代《汉姆司台德宅作》一诗手稿,是哈代夫人捐赠的,宅中出售影印本。济兹书法以秀丽胜,哈代的以苍老胜。

这屋子保存下来却并不易。一九二一年,业主想出售,由人翻盖招租,地段好,脱手一定快的;本区市长知道了,赶紧组织委员会募款一万镑。款还募得不多,投机的建筑公司已经争先向业主讲价钱。在这千钧一发的当儿,亏得市长和本区四委员迅速行动,用私人名义担保付款,才得挽回危局。后来共收到捐款四千六百五十镑(约合七八万元),多一半是美国人捐的;那时正当大战之后,为这件事在英国募款是不容易的。

加莱尔(Thomas Carlyle, 1795—1881)宅,在泰晤士河旁乞而西区(Chelsea);这一区至今是文人艺士荟萃之处。加莱尔是维多利亚时代初期的散文家,当时号为"乞而西圣人"。一八三四年住到这宅子里,一直到死。书房在三层楼上,他最后一本书《弗来德力大帝传》就在这儿写的。这间房前面临街,后面是小园子;他让前后都砌上夹墙,为的怕那街上的嚣声,园中的鸡叫。他著书时坐的椅子还在;还有一件呢浴衣。据说他最爱穿浴衣,有不少件;苏格兰国家画院所藏他的画像,便穿着灰呢浴衣,坐在沙发上读书,自有一番宽舒的气象。画中读书用的架子还可看见。宅里存着他几封信,女司事愿意念给访问的人听,朗朗有味。二楼加莱尔夫人屋里放着架小屏,上面横的竖的斜的正的贴满了世界各处风景和人物的画片。

迭更斯(Charles Dickens, 1812—1870)宅在"西头",现在是热闹地方。迭更斯出身贫贱,熟悉下流社会情形;他小说里写这种情形，最是酣畅淋漓之至。这使他成为"本世纪最通俗的小说家，又英国大幽默家之一"，如他的老友浮斯大（John Forster）给他作的传开端所说。他一八三六年动手写《比克维克秘记》（*Pickwick Papers*），在月刊上发表。起初是绅士比克维克等行猎故事，不甚为世所重；后来仆人山姆（Sam weller）出现，诙谐嘲讽，百变不穷，那月刊顿时风行起来。迭更斯手头渐宽，这才迁入这宅子里，时在一八三七年。

他在这里写完了《比克维克秘记》，就是这一年印成单行本。他算是一举成名，从此直到他死时，三十四年间，总是蒸蒸日上。来这屋子不多日子，他借了一个饭店举行《秘记》发表周年纪念，又举行他夫妇结婚周年纪念。住了约莫两年，又写成《块肉余生述》《滑稽外史》等。这其间生了两个女儿，房子挤不下了；一八三九年终，他便搬到别处去了。

屋子里最热闹的是画，画着他小说中的人物，墙上大大小小，突梯滑稽，满是的。所以一屋子春气。他的人物虽只是类型，不免奇幻荒唐之处，可是有真味，有人味；因此这么让人欢喜赞叹。屋子下层一间厨房，所谓"丁来谷厨房"，道地老式英国厨房，是特地布置起来的——"丁来谷"是比克维克一行下乡时寄住的地方。厨房架子上摆着带釉陶器，也都画着迭更斯的人物。这宅里还存着他的手杖、头发；一朵玫瑰花，是从他尸身上取下来的；一块小窗户，是他十一岁时住的楼顶小屋里的；一张书桌，他带到美洲去过，临死时给了二女儿，现时罩着紫色天鹅绒，蛮伶俐的。此外有他从这屋子寄出的两封信，算回了老家。

这四所宅子里的东西，多半是人家捐赠；有些是特地买了送来的。也有借得来陈列的。管事的人总是在留意搜寻着，颇为苦心热肠。经常用费大部靠基金和门票、指南等余利；但门票卖得并不多，指南照顾得更少，大约维持也不大容易。

格雷（Thomas Gray, 1716—1771）以《挽歌辞》（*Elegy Written in a Country Churchyard*）著名。原题中所云"作于乡村教堂墓地中"，指司妥克·波忌士（Stoke Poges）的教堂而言。诗作于一七四二格雷二十五岁时，成于一七五〇，当时诗人怀古之情，死生之感，亲近自然之意，诗中都委婉达出，而句律精妙，音节谐美，批评家以为最足代表英国诗，称为诗中之诗。诗出后，风靡一时，诵读模拟，遍于欧洲各国；历来引用极多，至今已成为英美文学教育的一部分。司妥克·波忌士在伦敦西南，从那著名的温泽堡（Windsor Castle）去是很近的。四月一个下午，微雨之后，我们到了那里。一路幽静，似乎鸟声也不大听见。拐了一个小弯儿，眼前一片平铺的碧草，点缀着稀疏的墓碑；教堂木然孤立，像戏台上布景似的。小路旁一所小屋子，门口有小木牌写着格雷陈列室之类。出来一位白发老人，殷勤地引我们去看格雷墓，长方形，特别大，是和他母亲、姨母合葬的，紧挨着教堂墙下。又看水松树（yew-tree），老人说格雷在那树下写《挽歌辞》来着；《挽歌辞》里提到水松树，倒是确实的。我们又兜了个大圈子，才回到小屋里，看《挽歌辞》真迹的影印本。还有几件和格雷关系很疏的旧东西。屋后有井，老人自己汲水灌园，让我们想起"灌园叟"来；临别他送我们每人一张教堂影片。

鲁迅先生的杂感

最近写了一篇短文讨论"百读不厌"那个批评用语，照笔者分析的结果，所谓"百读不厌"，注重趣味与快感，不适用于我们的现代文学。可是现代作品里也有引人"百读不厌"的，不过那不是作品的主要的价值。笔者根据自己的经验，举出鲁迅先生的《阿Q正传》做例子，认为引人"百读不厌"的是幽默，这幽默是严肃的，不是油腔滑调的，更不只是为幽默而幽默。鲁迅先生的《随感录》，先是出现在《新青年》上后来收在《热风》里的，还有一些"杂感"，在笔者也是"百读不厌"的。这里吸引我的，一方面固然也是幽默，一方面却还有别的，就是那传统的称为"理趣"，现在我们可以说是"理智的结晶"的，而这也就是诗。

冯雪峰先生在《鲁迅论》里说到鲁迅先生"在文学上独特的特色"：

首先，鲁迅先生独创了将诗和政论凝结于一起的"杂感"这尖锐的政论性的文艺形式。这是匕首，这是投枪，然而又是独特形式的诗；这形式，是鲁迅先生所独创的，是诗人和战士的一致的产物。自然，这种形式，在中国旧文学里是有它类似的存在的，但我们知道旧文学中的这种形式，有的只是形式和笔法上有可取之点，精神上是完全不成的；有的则在精神上也有可取之点，却只是在那里自生自长的野草似的一点萌芽。鲁迅先生，以其战斗的需要，才独创了这在其本身是非常完整的，而且由鲁迅先生自己达到了那高峰的独特的形式。

（见《过来的时代》）

所谓"中国文学里是有它类似的存在的"，大概指的古文里短小精悍之作，像韩柳杂说的罢？冯先生说鲁迅先生"也同意对于他的杂感散文在思想意义之外又是很高的而且独创的艺术作品的评价"，"并且以为（除何凝先生外）还没有说出这一点来"（《关于鲁迅在文学上的地位》的《附记》，见同书）。这种"杂感"的形式上的特点是"简短"，鲁迅先生就屡次用"短评"这名称，又曾经泛称为"简短的东西"。"简短"而"凝结"，还能够"尖锐"得像"匕首"和"投枪"一样；主要的是他在用了这"匕首"和"投枪"战斗着。"狭巷短兵相接处，杀人如草不闻声"，这是诗，鲁迅先生的"杂感"也是诗。

《热风》的《题记》的结尾：

但如果凡我所写，的确都是冷的呢？则它的生命原来就没有，更谈不到中国的病证究竟如何。然而，无情的冷嘲和有情的讽刺相去本不及一张纸，对于周围的感受和反应，又大概是所谓"如鱼饮水冷暖自知"的；我却觉得周围的空气太寒冽了，我自说我的话，所以反而称之曰《热风》。

鲁迅先生是不愿承受"冷静"那评价的，所以有这番说话。他确乎不是个"冷静"的人，他的憎正由于他的爱；他的"冷嘲"其实是"热讽"。这是"理智的结晶"，可是不结晶在冥想里，而结晶在经验里；经验是"有情的"，所以这结晶是有"理趣"的。开始读他的《随感录》的时候，一面觉得他所嘲讽的愚蠢可笑，一面却又往往觉得毛骨悚然——他所指出的"中国病证"，自己没有犯过吗？不在犯着吗？可还是"百读不厌"的常常去翻翻看看，吸引我的是那笑，也是那"笑中的泪"罢。

这种诗的结晶在《野草》里"达到了那高峰"。《野草》被称为散文诗，是很恰当的。《题辞》里说：

> 过去的生命已经死亡。我对于这死亡有大欢喜，因为我借此知道它曾经存活。死亡的生命已经朽腐。我对于这朽腐有大欢喜，因此我借此知道它还非空虚。

又说：

> 我自爱我的野草，但我憎恶这以野草作装饰的地面。地火在地下运行，奔突；熔岩一旦喷出，将烧尽一切野草，以及乔木，于是并且无可朽腐。

又说：

> 我以这一丛野草在明与暗，生与死，过去与未来之际，献于友与仇，人与兽，爱者与不爱者之前作证。

最后是：

> 去罢，野草，连着我的题辞！

这写在一九二七年，正是大革命的时代。他彻底地否定了"过去的生命"，连自己的《野草》连着这《题辞》，也否定了，但是并不否定他自己。他"希望"地下的火火速喷出，烧尽过去的一切，他"希望"的是中国的新生！在《野草》里比在《狂人日记》里更多地用了象征，用了重叠，来"凝结"来强调他的声音，这是诗。

他一面否定，一面希望，一面在战斗着。《野草》里的一篇《希望》，是一九二五年一月一日写的，他说：

> 我只得由我来肉搏这空虚中的暗夜了，纵使寻不到身外的青春，也总得自己来一掷我身中的迟暮。但暗夜又在哪里呢？现在没有星，没有月光，以至笑的渺茫和爱的翔舞；青年们很平安，而我的面前又竟至于并且没有真的暗夜。

然而就在这一年他感到青年们动起来了，感到"真的暗夜"露出来了，这一年他写了特别多"杂感"，就是收在《华盖集》里的。这一年"十二月三十一日之夜"写的《题记》里给了这些"短评"一个和《随感录》略有分别的名字，就是"杂感"。他说这些"杂感""往往执滞在几件小事情上"，也就是从一般的"中国的病证"转到了个别的具体的事件上。虽然他还是将这种个别的事件"作为社会上一种典型"（见前引冯雪峰先生那篇《附记》里引的鲁迅先生自己的话）来处理，可是这些"杂感"比起《热风》中那些《随感录》确乎是更其现实的了：他是从诗回向散文了。换上"杂感"这个新名字，似乎不是随随便便的无所谓的。

散文的杂感增加了现实性，也增加了尖锐性。"一九三二年四月二十四日之夜"写的《三闲集》的《序言》里说道：

> 恐怕这"杂感"两个字，就使志趣高超的作者厌恶，避之惟恐不远了。有些人们，每当意在奚落我的时候，就往往称我为"杂感家"。

这正是尖锐的证据。他这时在和"真的暗夜""肉搏"了，武器是越尖锐越好，他是不怕"'不满于现状'的'杂感家'"这一个"恶谥"的。一方面如冯雪峰先生说的，"他又常痛惜他的小说和他的文章中的曲笔常被一般读者误解"。所以"更倾向于直剖明示的尖利的批判武器的创造"（见《鲁迅先生计划而未完成的著作》，也在《过去的时代》中）了。这种"直剖明示"的散文作风伴着战斗发展下去，"杂感"就又变为"杂文"了。"一九三二年四月三十日之夜"写的《二心集》的《序言》里开始就说：

> 这里是一九三〇与三一年两年间的杂文的结集。

末尾说：

　　自从一九三一年一月起，我写了较上年更多的文章，但因为揭载的刊物有些不同，文字必得和它们相称，就很少做《热风》那样简短的东西了；而且看看对于我的批评文字，得了一种经验，好像评论做得太简括，是极容易招得无意的误解，或有意的曲解似的。

又说：

　　这回连较长的东西也收在这里面。

"简单"改为不拘长短，配合着时代的要求，"杂文"于是乎成了大家都能用，尖利而又方便的武器了。这个创造是值得纪念的；虽然我们损失了一些诗，可是这是个更需要散文的时代。

第三辑　诗韵与经典

诗　韵

　　新诗开始的时候，以解放相号召，一般作者都不去理会那些旧形式。押韵不押韵自然也是自由的。不过押韵的并不少。到现在通盘看起来，似乎新诗押韵的并不比不押韵的少得很多。再说旧诗词曲的形式保存在新诗里的，除少数句调还见于初期新诗里以外，就没有别的，只有韵脚。这值得注意。新诗独独地接受了这一宗遗产，足见中国诗还在需要韵，而且可以说中国诗总在需要韵。原始的中国诗歌也许不押韵，但是自从押了韵以后，就不能完全甩开它似的。韵是它的存在的理由的。

　　韵是一种复沓，可以帮助情感的强调和意义的集中。至于带音乐性，方便记忆，还是次要的作用。从前往往过分重视这种次要的作用，有时会让音乐淹没了意义，反觉得浮滑而不真切。即如中国读诗重读韵脚，有时也会模糊了全句，近体律绝声调铿锵，更容易如此。幸而一般总是隔句押韵，重读的韵脚不至于句句碰头。句句碰头的像“柏梁体”的七言古诗，逐句押韵，一韵到底，虽然是强调，却不免单调。所以这一体不为人所重。新诗不应该再重读韵脚，但习惯不容易改，相信许多人都还免不了这个毛病。我读老舍先生的《剑北篇》，就因为重读韵脚的缘故，失去了许多意味；等听到他自己按着全句的意义朗读，只将韵脚自然地带过去，这才找补了那些意味。——不过这首诗每行押韵，一韵又有许多行，似乎也嫌密些。

有人觉得韵总不免有些浮滑，而且不自然。新诗不再为了悦耳；它重在意义，得采用说话的声调，不必押韵。这也言之成理。不过全是说话的声调也就全是说话，未必是诗。英国约翰·德林瓦特（John Drinkwater）曾在《论读诗》的一张留声机片中说全用说话调读诗，诗便跑了。是的，诗该采用说话的调子，但诗的自然究竟不是说话的自然，它得加减点儿，夸张点儿，像电影里特别镜头一般，它用的是提炼的说话的调子。既是提炼而得自然，押韵也就不至于妨碍这种自然。不过押韵的样式得多多变化，不可太密，不可太板，不可太响。

押韵不可太密，上文已举"柏梁体"为例。就是隔句押韵，有些人还恐怕单调，于是乎有转韵的办法；这用在古诗里，特别是七古里。五古转韵，因为句子短，隔韵近，转韵求变化，道理明白。但七古句子长，韵隔远，为什么转韵的反而多呢？这有特别的理由。原来六朝到唐代七古多用谐调，平仄铿锵，带音乐性已经很多，转韵为的是怕音乐性过多。后来宋人作七古，多用散文化的句调，却怕音乐性过少，便常一韵到底，不换韵。所以韵的作用，归根结底，还是随着意义变的；我们就韵论韵，只是一种方便，得其大概罢了，并没有什么铁律可言。词的句调比较近于说话，变化多，转韵也多。可是词又出于乐歌，带着很多的音乐性，所以一般地看，用韵比较密。它以转韵调剂密韵，显明的例子如《河传》。还有一种平仄通押（如贺铸《水调歌头》"南国本潇洒，六代竞豪奢"一首，见《东山寓声乐府》）也是转韵；变化虽然不及一般转韵的大，却能保存着那一韵到底的一贯的气势，是这一体的长处。曲的句调也近于说话，但以明快为主，并因乐调的配合，都是到底一韵。不过平仄通押是有的。

词的押韵的样式最多，它还有间韵。如温庭筠的《酒泉子》道：

楚女不归，
楼枕小河春水
月孤明，风又起，
杏花稀。
玉钗斜篸云鬟重，
裙上镂金凤。
八行书，千里梦，
雁南飞。

（据《词律》卷三）

这里间隔的错综地押着三个韵，很像新诗；而那"稀"和"飞"两韵，简直就是新诗的"章韵"。又如苏轼的《水调歌头》的前半阕道：

明月几时有？把酒问青天。
不知天上宫阙今夕是何年！
我欲乘风归去，
又恐琼楼玉宇，
高处不胜寒。
起舞弄清影，何似在人间！

（据任二北先生《词学研究法》，与《词律》异）

这也是间隔着押两个韵。这些都是转韵，不过是新样式罢了。

诗里早有人试过间韵。晚唐章碣有所谓"变体"律诗，平仄各一韵，就是这个：

> 东南路尽吴江畔，
> 正是穷愁暮雨天。
> 鸥鹭不嫌斜两岸，
> 波涛欺得逆风船。
> 偶逢岛寺停帆看，
> 深羡渔翁下钓眠。
> 今古若论英达算，
> 鸱夷高兴固无边。
>
> （《全唐诗》四函一册）

章碣"变体"只存这一首，也不见别人仿作，可见并未发生影响。他的试验是失败了。失败的原因，我想是在太板太密。新诗里常押这种间韵，但是诗行节奏的变化多，行又长，就没有什么毛病了。间韵还可以跨句。如上举《酒泉子》的"起"韵，《水调》的"宇"韵，都不在意义停顿的地方，得跟下面那个不同韵的韵句合成一个意义单位。这是减轻韵脚的重量，增加意义的重量，可以称为跨句韵。这个样式也从诗里来，鲍照是创始的人。如他的《梅花落》诗道：

> 中庭杂树多，偏为梅咨嗟。问君何独然？念其霜中
> 能作花，霜中能作实。　　摇荡春风媚春日，念尔零落

逐寒风，徒有霜华无霜质！

"实"韵正是跨句韵：但这首诗只是转韵，不是间韵。现在新诗里用间韵很多，用这种跨句韵也不少。

任二北先生在《词学研究法》里论"谐于吟讽之律"，以为押韵"连者密者为谐"。他以为《酒泉子》那样押韵嫌"隔"而不连，《西平乐》后半阕"十六句只三叶韵"，嫌"疏"而不密。他说这些"于歌唱之时，容或成为别调，若于吟讽之间，则皆无取焉"。他虽只论词，但喜欢连韵和密韵，却代表着传统的一般的意见。我们一向以高响的说话和歌唱为"好听"（见王了一先生《什么话好听》一文，《国文月刊》），所以才有这个意见。但是现代的生活和外国的影响磨锐了我们的感觉；我们尤其知道诗重在意义，不只为了悦耳。那首《酒泉子》的韵倒显得新鲜而不平凡，那《西平乐》一调的疏韵也别有一种"谐"处。《词律拾遗》卷六收吴文英的《西平乐》一首，后半阕十六句中有十三个四字短句。这种句式的整齐复沓也是一种"谐"，可以减少韵的负担。所以"十六句三叶韵"并不为少。

这种疏韵除利用句式的整齐复沓外，还可与句中韵（内韵）和双声叠韵等合作，得到新鲜的和谐。疏韵和间韵都有点儿"哑"，但在哑的严肃里，意义显出了重量。新诗逐行押韵的比较少，大概总是隔行押韵或押间韵。新诗行长，这就见得韵隔远，押韵疏了。间韵能够互相调谐，从十四行体的流行可知；隔行押韵，也许加点儿花样更和谐些。新诗这样减轻了韵脚的分量，只是我们有时还不免重读韵脚的老脾气。这得靠朗读运动来矫正。新诗对于韵的态度，是现代生活和外国诗的影响，前已提及。但这新种子，如本篇所叙，也曾在我们的泥土里滋长过，只不算欣欣向荣罢了。所以这究竟也是自然的发展。

作旧诗词曲讲究选韵。这就是按着意义选押合宜的韵——指韵部，不指韵脚。周济《宋四家词选》绪论中说到各韵部的音色，就是为的选韵。他道：

> 东、真韵宽平，支、先韵细腻，鱼、歌韵缠绵，萧、尤韵感慨，各具声响，莫草草乱用。

这只是大概的说法，有时很得用，但不可拘执不化。因为组成意义的分子很多，韵只居其一，不可给予太多的分量。韵部的音色固然可以帮助意义的表现，韵部的通押也有这种作用，而后者还容易运用些。作新诗不宜全押本韵，全押本韵嫌太谐太响。参用通押，可以哑些，所谓"不谐之谐"（现代音乐里也参用不和谐的乐句，正同一理）；而且通押时供选择的韵字也增多。不过现在的新诗作者，押韵并不查诗韵，只以自己的蓝青官话为据，又常平仄通押，倒是不谐而谐的多。不过"谐韵"也用得着。这里得提到教育部制定的《中华新韵》。这是一部标准的国音韵书，里面注明通韵；要谐，押本韵，要不谐，押通韵。有本韵书查查，比自己想韵方便得多。作方言诗自然可用方言押韵，也很新鲜别致的。新诗又常用"多字韵"或带轻音字的韵，有一种轻快利落的意味；这也在减少韵脚的重量。胡适之先生的"了字韵"创造于新诗的"多字韵"，但他似乎用得太多。

现在举卞之琳先生《傍晚》这首短诗，显示一些不平常的押韵的样式。

倚着西山的夕阳

和呆立着的庙墙

对望着：想要说什么呢？

又怎么不说呢？

驮着老汉的瘦驴

匆忙的赶回家去，

忒忒的，足蹄鼓着道儿——

枯涩的调儿！

半空里哇的一声

一只乌鸦从树顶

飞起来，可是没有话了，

依旧息下了。

　　按《中华新韵》，这首诗用的全是本韵。但"驴"与"去"，"声"与"顶"是平仄通押；"阳""墙""驴""顶"都是跨句韵，"么呢""说呢"，"道儿""调儿"，"话下""下了"，都是"多字韵"。而"么""去""下"都是轻音字，和非轻音字相押，为的顺应全诗的说话调。轻音字通常只作"多字韵"的韵尾，不宜与非轻音字押韵；但在要求轻快流利的说话的效用时，也不妨有例外。

诗的语言

一　诗是语言

普通人多以为诗是特别的东西，诗人也是特别的人。于是总觉得诗是难懂的，对它采取干脆不理的态度，这实在是诗的一种损失。其实，诗不过是一种语言，精粹的语言。

1. 诗先是口语：最初诗是口头的，初民的歌谣即是诗，口语的歌谣，是远在记录的诗之先的，现在的歌谣还是诗。今举对唱的山歌为例："你的山歌没得我的山歌多。我的山歌几箩筐。箩筐底下几个洞，唱的没有漏的多。""你的山歌没得我的山歌多。我的山歌牛毛多。唱了三年三个月，还没唱完牛耳朵。"

两边对唱，此歇彼继，有挑战的意味，第一句多重复，这是诗；不过是较原始的形式。

2. 诗是语言的精粹：诗是比较精粹的语言，但并不是诗人的私语，而是一般人都可以了解的。如李白《静夜思》：

床前明月光，疑是地上霜。
举头望明月，低头思故乡。

这四句诗很易懂。而且千年后仍能引起我们的共鸣。因为所写的是"人"的情感，用的是公众的语言，而不是私人的私语。孩子们的话有时很有诗味，如：

院子里的树叶已经巴掌一样大了，爸爸什么时候回来呢？

这也见出诗的语言并非私人的私语。

二　诗与文的分界

1. 形式不足尽凭：从表面看，似乎诗要押韵，有一定形式。但这并不一定是诗的特色。散文中有时有诗。诗中有时也有散文。前者如：

历览前贤国与家，成由勤俭破由奢。　　（李商隐）

向你倨，你也不削一块肉；向你恭，你也不长一块肉。　　　　　　　　　　　　　　　　　（傅斯年）

后者如：

暮春三月，江南草长，杂花生树，群莺乱飞。
　　　　　　　　　　　　　　　　　　（邱迟）

我们最当敬重的是疯子，最当亲爱的是孩子，疯子是我们的老师，孩子是我们的朋友。我们带着孩子，跟

着疯子走向光明。 （傅斯年）

颂美黑暗。讴歌黑暗。只有黑暗能将这一切都消灭
调和于虚无混沌之中。没有了人，没有了我，更没有了
世界。 （冰心）

上面举的例子，前两个虽是诗，意境却是散文的。后三个虽是
散文，意境却是诗的。又如歌诀，虽具有诗的形式，却不是诗，如：

平声平道莫低昂，上声高呼猛烈强，去声分明哀远
道，入声短促急收藏。

谚语虽押韵，也不是诗。如：

病来一大片，病去一条线。

2. 题材不足限制：题材也不能为诗、文的分界。五四时代，
曾有一回"丑的字句"的讨论。有人主张"洋楼"，"小火轮"，"革
命"，"电报"……不能入诗；世界上的事物，有许多许多——无
论是少数人的，或多数人所习闻的事物——是绝对不能入诗的。
但他们并没有从正面指出哪些字句是可以入诗的，而且上面所举
出的事物未尝不可入诗。如邵瑞彭的词：

电掣灵蛇走，云开怪蜃沉，烛天星汉压潮音，十美
灯船，摇荡大珠林。

（《咏轮船》）

这能说不是"诗"吗?

3. 美无定论:如果说"美的东西是诗",这句话本身就有语病;因为不仅是诗要美,文也要美。

大概诗与文并没有一定的界限,因时代而定。某一时代喜欢用诗来表现,某一时代却喜欢用文来表现。如,宋诗之多议论,因为宋代散文发达;这种发议论的诗也是诗。白话诗,最初是抒情的成分多,而抗战以后,则散文的成分多,但都是诗。现在的时代还是散文时代。

三　诗缘情

诗是抒情的。诗与文的相对的分别,多与语言有关。诗的语言更经济,情感更丰富。达到这种目的的方法:

1. 暗示与理解:用暗示,可以用经济的字句,表示或传达出多种的意义来,也就是可以增加情感的强度。如辛稼轩的词:

> 将军百战身名裂。向河梁、回头万里,故人长绝。
> 易水萧萧西风冷,满座衣冠似雪。正壮士、悲歌未彻。

这词是辛稼轩和他兄弟分别时作的,其中所引用的两个别离的故事之间没有桥梁;如果不懂得故事的意义,就不能把它们凑合起来,理解整个儿的意思,这里需要读者自己来搭桥梁,来理解它。又如朱熹的《观书有感》:

> 半亩方塘一鉴开,天光云影共徘徊。

问渠"哪得清如许"？ "为有源头活水来。"

也完全是用暗示的方法，表示读书才能明理。

2. 比喻与组织：从上段可以看出，用比喻是最经济的办法，一个比喻可以表达好几层意思。但读诗时，往往会觉得比喻难懂，比喻又可分：

（1）人事的比喻：比较容易懂。

（2）历史的比喻（典故）：比较难懂。

新诗中用比喻的例子，如卞之琳的《音尘》：

绿衣人熟稔的按门铃，

就按在住户的心上：

是游过黄海来的鱼？

是飞过西伯利亚来的雁？

"翻开地图看。"远人说。

他指示我他所在的地方

是哪条虚线旁的那个小黑点。

如果那是金黄的一点，

如果我的座椅是泰山顶，

在月夜，我要你猜你那儿

准是一个孤独的火车站。

然而我正对一本历史书。

西望夕阳里的咸阳古道，

我等到了一匹快马的蹄音。

在这首诗里，作者将那个小黑点形象化、具体化，用了"鱼"和"雁"的典故，又用了"泰山"和"火车站"作比喻，而"夕阳""古道"，来自李白《忆秦娥》："乐游原上清秋节，咸阳古道音尘绝；音尘绝，西风残照，汉家陵阙"，也是一种比喻，用古人的伤别的情感喻自己的情感。

诗中的比喻有许多是诗人自己创造出来的，他们从经验中找出一些新鲜而别致的东西来作比喻。如：陈散原先生的"乡县酱油应染梦"，"酱油"亦可创造比喻。可见只要有才，新警的比喻是俯拾即是的。

四　组织

1. 韵律：诗要讲究音节，旧诗词中更有人主张某种韵表示某种情感者，如周济《宋四家诗词叙论》：

阳声字多则沉顿，阴声字多则激昂，重阳间一阴，则柔而不靡，重阴间一阳，则高而不危。

东、真韵宽平，支、先韵细腻，鱼、歌韵缠绵，萧、尤韵感慨，各具声响。

2. 句式的复沓和倒置：因为诗是发抒情感的，而情感多是重复迂回的，如《古诗十九首》：

行行重行行，与君生离别。

相去万余里，各在天一涯。

　　　　道路阻且长，会面安可知。
　　　　　　　　　　　　　　　　　　

　　这几句都表示同一个意思——相隔之远，可算一种复沓。句式的复沓又可分字重与意重。前者较简单，后者较复杂。歌谣与故事也常用复沓，因为复沓可以加强情调，且易于记诵。如李商隐诗：

　　　　君问归期未有期，巴山夜雨涨秋池。
　　　　何当共剪西窗烛，却话巴山夜雨时。

　　这也是复沓，但比较地曲折了。
　　新诗如杜运燮《滇缅公路》：

　　　　……路永远使我们兴奋，
　　　　都来歌唱呵！
　　　　这是重要的日子，
　　　　幸福就在手头。
　　　　看它，
　　　　风一样有力，
　　　　航行绿色的田野，
　　　　蛇一样轻灵，
　　　　从茂密的草木间盘上高山的背脊，
　　　　飘行在云流中，
　　　　俨然在飞机的座舱里，发现新的世界，
　　　　而又鹰一般敏捷，

画几个优美的圆弧

降落下箕形的溪谷，

倾听村落里安息前欢愉的匆促，

轻烟的朦胧中，

溢着亲密的呼唤，

人性的温暖，

有时更懒散，

沿着水流缓缓走向城市，

而就在粗糙的寒夜里，

荒冷而空洞，

也一样负着全民族的食粮，

载重车的黄眼满山搜索，

搜索着跑向人民的渴望；

沉重的橡皮轮不绝滚动着，人民兴奋的脉搏，

像一块石子一样，

觉得为胜利尽忠而骄傲；

微笑了，在满足而微笑着的星月下面，

微笑了，在豪华的凯旋日子的好梦里……

一方面用比喻使许多事物形象化、具体化；一方面写全民族的情感，仍不离诗的复沓的原则：复沓地写民族抗战的胜利。

句式之倒置，在引起注意。如：

竹喧归浣女。

3.分行：分行则句子的结构可以紧凑一点，可以集中读者的边际注意。诗的用字须经济。如王维的：

大漠孤烟直，长河落日圆。

十字，是一幅好画，但比画表现得多，因为这两句诗中的"直""圆"是动的过程，画是无法表现的。

五　传达与了解

1.传达是不完全的：诗虽不如一般人所说的难懂，但表达时，不是完全的。如比喻或用典时往往不能将意思或情感全传达出来。

2.了解也是不完全的：因为读者读诗时的心情和周遭的情景，对读者对诗的了解都有影响。往往因心情或情景的不同，了解也不同。

诗究竟是不是如一般人所说的带有神秘性，有无限可能的解释呢？这是很不容易回答的。但有一点可以说：我们不能离开字句及全诗的连贯去解释诗。

诗与感觉

诗也许比别的文艺形式更依靠想象。所谓远，所谓深，所谓近，所谓妙，都是就想象的范围和程度而言。想象的素材是感觉，怎样玲珑缥缈的空中楼阁都建筑在感觉上。感觉人人有，可是或敏锐，或迟钝，因而有精粗之别。而各个感觉间交互错综的关系，千变万化，不容易把捉，这些往往是稍纵即逝的。偶尔把捉着了，要将这些组织起来，成功一种可以给人看的样式，又得有一番功夫，一副本领。这里所谓可以给人看的样式便是诗。

从这个立场看新诗，初期的作者似乎只在大自然和人生的悲剧里去寻找诗的感觉。大自然和人生的悲剧是诗的丰富的泉源，而且一向如此，传统如此。这些是无尽宝藏，只要眼明手快，随时可以得到新东西。但是花和光固然是诗，花和光以外也还有诗，那阴暗、潮湿，甚至霉腐的角落儿上，正有着许多未发现的诗。实际的爱固然是诗，假设的爱也是诗。山水田野里固然有诗，灯红酒酽里固然有诗，任一些颜色，一些声音，一些香气，一些味觉，一些触觉，也都可以有诗。惊心触目的生活里固然有诗，平淡的日常生活里也有诗。发现这些未发现的诗，第一步得靠敏锐的感觉，诗人的触角得穿透熟悉的表面向未经人到的底里去。那儿有的是新鲜的东西。闻一多、徐志摩、李金发、姚蓬子、冯乃超、戴望舒各位先生都曾分别向这方面努力。而下之琳、冯至两位先生更专向这方面发展；他们走得更远些。

假如我们说冯先生是在平淡的日常生活里发现了诗，我们可以说卞先生是在微细的琐屑的事物里发现了诗。他的《十年诗草》里处处都是例子，但这里只能举一两首。

淘气的孩子，有办法：
叫游鱼啮你的素足，
叫黄鹂啄你的指甲，
野蔷薇牵你的衣角……

白蝴蝶最懂色香味，
寻访你午睡的口脂。
我窥候你渴饮泉水，
取笑你吻了你自己。

我这八阵图好不好？
你笑笑，可有点不妙，
我知道你还有花样！

哈哈！到底算谁胜利？
你在我对面的墙上
写上了"我真是淘气"。

（《淘气》，《装饰集》）

这是十四行诗。三四段里活泼的调子。这变换了一般十四行诗的严肃，却有它的新鲜处。这是情诗，蕴藏在"淘气"这件微琐的事里。游鱼的啮，黄鹂的啄，野蔷薇的牵，白蝴蝶的寻访，"你吻了你自己"，便是所谓"八阵图"；而游鱼，黄鹂，野蔷薇，白蝴蝶都是"我""叫"它们去做这样那样的，"你吻了你自己"，也是"我"在"窥候"着的，"我这八阵图"便是治"淘气的孩子"——"你"——的"办法"了。那"啮"，那"啄"，那"牵"，那"寻访"，甚至于那"吻"，都是那"我"有意安排的，那"我"其实在分享着这些感觉。陶渊明《闲情赋》里道：

愿在丝而为履，附素足以周旋；
悲行止之有节，空委弃于床前。
愿在昼而为影，常依形而西东；
悲高树之多阴，慨有时而不同。

感觉也够敏锐的。那亲近的愿心其实跟本诗一样，不过一个来得迫切，一个来得从容罢了。"你吻了你自己"也就是"你的影子吻了你"；游鱼、黄鹂、野蔷薇、白蝴蝶也都是那"你"的影子。凭着从游鱼等等得到的感觉去想象"你"；或从"你"得到的感觉叫"我"想象游鱼等等；而"我"又"叫"游鱼等等去做这个那个，"我"便也分享这个那个。这已经是高度的交互错综，而"我"还分享着"淘气"。"你""写下了""我真是淘气"，是"你""真是淘气"，可是"我对面"读这句话，便成了"'我'真是淘气"了。那治"淘气的孩子"——"你"——的"八阵图"，到底也治了"我"自己。"到底算谁胜利？"瞧"我"为了"你"这些颠颠倒倒的！这一个回环复沓不是钟摆似的来往，而是螺旋似的钻进人心里。

《白螺壳》诗（《装饰集》）里的"你""我"也是交互错综的一例。

空灵的白螺壳，你，

孔眼里不留纤尘，

漏到了我的手里，

却有一千种感情：

掌心里波涛汹涌，

我感叹你的神工，

你的慧心啊，大海，

你细到可以穿珠！

可是我也禁不住：

你这个洁癖啊，唉！（第一段）

玲珑，白螺壳，我？

大海送我到海滩，

万一落到人掌握，

愿得原始人喜欢，

换一只山羊还差

三十分之二十八；

倒是值一只蟠桃。

怕给多思者捡起，

空灵的白螺壳，你

卷起了我的愁潮！（第三段）

这是理想的人生（爱情也在其中），蕴藏在一个萎琐的白螺壳里。"空灵的白螺壳""却有一千种感情"，象征着那理想的人生——"你"。"你的神工"，"你的慧心"的"你"是"大海"，"你细到可以穿珠"的"你"又是"慧心"，而这些又同时就是那"你"。"我"？"大海送我到海滩"的"我"，是代白螺壳自称，还是那"你"。最愿老是在海滩上，"万一落到人掌握"，也只是"愿得原始人喜欢"，因为自己一点用处没有——换山羊不成，"值一只蟠桃"，只是说一点用处没有。原始人有那股劲儿，不让现实纠缠着，所以不在乎这个。只"怕给多思者捡起"，怕落到那"我的手里"。可是那"多思者"的"我""捡起"来了，于是乎只有叹息："你卷起了我的愁潮！""愁潮"是现实和理想的冲突；而"潮"原是属于"大海"的。

　　　　请看这一湖烟雨
　　　　水一样把我浸透，
　　　　像浸透一片鸟羽。
　　　　我仿佛一所小楼
　　　　风穿过，柳絮穿过，
　　　　燕子穿过像穿梭，
　　　　楼中也许有珍本，
　　　　书叶给银鱼穿织
　　　　从爱字通到哀字——
　　　　出脱空华不就成！（第二段）

　　　　我梦见你的阑珊：

> 檐溜滴穿的石阶，
>
> 绳子锯缺的井栏……
>
> 时间磨透于忍耐！
>
> 黄色还诸小鸡雏，
>
> 青色还诸小碧梧，
>
> 玫瑰色还诸玫瑰，
>
> 可是你回顾道旁，
>
> 柔嫩的蔷薇刺上
>
> 还挂着你的宿泪。（第四段完）

从"波涛汹涌"的"大海"想到"一湖烟雨"，太容易"浸透"的是那"一片鸟羽"。从"一湖烟雨"想到"一所小楼"，从"穿珠"想到"风穿过，柳絮穿过，燕子穿过像穿梭"，以及"书叶给银鱼穿织"；而"珍本"又是从藏书楼想到的。"从爱字通到哀字"，"一片鸟羽"也罢，"一所小楼"也罢，"楼中也许有的"的"珍本"也罢，"出脱空华（花）"，一场春梦！虽然"时间磨透于忍耐"，还只"梦见你的阑珊"。于是"黄色还诸小鸡雏……""你"是"你"，现实是现实，一切还是一切。可是"柔嫩的蔷薇刺上"带着宿雨，那是"你的宿泪"。"你""有一千种感情"，只落得一副眼泪；这又有什么用呢？那"宿泪"终于会干枯的。这首诗和前一首都不显示从感觉生想象的痕迹，看去只是想象中一些感觉，安排成功复杂的样式。——"黄色还诸小鸡雏"等三行可以和冯至先生的

> 铜炉在向往深山的矿苗，

　　瓷壶在向往江边的陶泥，

　　它们都像风雨中的飞鸟

　　各自东西。

（《十四行集》），二一）

对照着看，很有意思。

　　《白螺壳》诗共四段，每段十行，每行一个单音节，三个双音节，共四个音节。这和前一首都是所谓"匀称""均齐"的形式。卞先生是最努力创造并输入诗的形式的人，《十年诗草》里存着的自由诗很少，大部分是种种形式的试验，他的试验可以说是成功的。他的自由诗也写得紧凑，不太参差，也见出感觉的敏锐来，《距离的组织》便是一例。他的《三秋草》里还有一首《过路居》，描写北平一间人力车夫的茶馆，也是自由诗，那些短而精悍的诗行由会话组成，见出平淡的生活里蕴藏着的悲喜剧。那是近乎人道主义的诗。

诗与幽默

旧诗里向不缺少幽默。南宋黄彻《碧溪诗话》云：

> 子建称孔北海文章多杂以嘲戏；子美亦"戏效俳谐体"，退之亦有"寄诗杂谈俳"，不独文举为然。自东方生而下，祢处士、张长史、颜延年辈往往多滑稽语。大体材力豪迈有余用之不尽，自然如此。……《坡集》类此不可胜数。《寄蕲簟与蒲传正》云："东坡病叟长羁旅，冻卧饥吟似饥鼠。倚赖东风洗破裘，一夜雪寒披故絮。"《黄州》云："自惭无补丝毫事，尚费官家压酒囊。"《将之湖州》云："吴儿脍缕薄欲飞，未去先说馋涎垂。"又，"寻花不论命，爱雪长忍冻。天公非不怜，听饱即喧哄"。……皆斡旋其章而弄之，信恢刃有余，与血指汉颜者异矣。

这里所谓滑稽语就是幽默。近来读到张骏祥先生《喜剧的导演》一文（《学术季刊》文哲号），其中论幽默很简明："幽默既须理智，亦须情感。幽默对于所笑的人，不是绝对的无情；反之，如西万提斯之于吉诃德先生，实在含有无限的同情。因为说到底，幽默所笑的不是第三者，而是我们自己。……幽默是温和的好意的笑。"黄彻举的东坡诗句，都在嘲弄自己，正是幽默的例子。

新文学的小说、散文、戏剧各项作品里也不缺少幽默，不论是会话体与否；会话体也许更便于幽默些。只诗里幽默却不多。我想这大概有两个缘由：一是一般将诗看得太严重了，不敢幽默，怕亵渎了诗的女神。二是小说、散文、戏剧的语言虽然需要创造，却还有些旧白话文，多少可以凭借；只有诗的语言得整个儿从头创造起来。诗作者的才力集中在这上头，也就不容易有余暇创造幽默。这一层只要诗的新语言的传统建立起来，自然会改变的。新诗已经有了二十多年的历史，看现在的作品，这个传统建立的时间大概快到来了。至于第一层，将诗看得那么严重，倒将它看窄了。诗只是人生的一种表现和批评；同时也是一种语言，不过是精神的语言。人生里短不了幽默，语言里短不了幽默，诗里也该不短幽默，才是自然之理。黄彻指出的情形，正是诗的自然现象。

新诗里纯粹的幽默的例子，我只能举出闻一多先生的《闻一多先生的书桌》一首：

> 忽然一切的静物都讲话了，
> 忽然书桌上怨声腾沸：
> 墨盒呻吟道"我渴得要死！"
> 字典喊雨水渍湿了他的背；
>
> 信笺忙叫道弯痛了他的腰，
> 钢笔说烟灰闭塞了他的嘴；

毛笔讲火柴燃秃了他的须，

铅笔抱怨牙刷压了他的腿；

香炉咕喽着"这些野蛮的书

早晚定规要把你挤倒了！"

大钢表叹息快睡锈了骨头；

"风来了！风来了！"稿纸都叫了；

笔洗说他分明是盛水的，

怎么吃得惯臭辣的雪茄灰；

桌子怨一年洗不上两回澡，

墨水壶说"我两天给你洗一回"。

"什么主人？谁是我们的主人？"

一切的静物都同声骂道。

"生活如果是这般的狼狈，

倒还不如没有生活的好！"

主人咬着烟斗迷迷的笑，

"一切的众生应该各安其位。

我何曾有意的糟蹋你们，

秩序不在我的能力之内。"

（《死水》）

这里将静物拟人，而且使书桌上的这些静物"都讲话"：有的是直接的话，有的是间接的话，互相映衬着。这够热闹的。而不止一次的矛盾的对照更能引人笑。墨盒"渴得要死"，字典却让雨水湿了背；笔洗不盛水，偏吃雪茄灰；桌子怨"一年洗不上两回澡"，墨水壶却偏说两天就给他洗一回。"书桌上怨声腾沸"，"一切的静物都同声骂"，主人却偏"眯眯的笑"；他说"一切的众生应该各安其位"，可又缩回去说"秩序不在我的能力之内"。这些都是矛盾的存在，而最后一个矛盾更是全诗的极峰。热闹，好笑，主人嘲弄自己，是的；可是"一切的众生应该各安其位"，见出他的抱负，他的身份——他不是一个小丑。

俞平伯先生的《忆》，都是追忆儿时心理的诗。亏他居然能和成年的自己隔离，回到儿时去。这里面有好些幽默。我选出两首：

> 有了两个橘子，
> 一个是我底，
> 一个是我姊姊底。
> 把有麻子的给了我，
> 把光脸的她自有了。

> "弟弟你底好，
> 绣花的呢？"
> 真不错！
> 好橘子，我吃了你罢。
> 真正是个好橘子啊！（第一）

亮汪汪的两根灯草的油盏，

摊开一本《礼记》，

且当它山歌般的唱。

乍听间壁又是说又是笑的，

"她来了罢？"

《礼记》中尽是些她了。

"娘，我书已读熟了。"（第二十二）

　　这里也是矛盾的和谐。第一首中"有麻子的"却变成"绣花的"；"绣花的"的"好"是看的"好"，"好橘子"和"好橘子"的"好"却是可吃的"好"和吃了的"好"。次一首中《礼记》却"当它山歌般的唱"，而且后来"《礼记》中尽是些她了"，"当它山歌般的唱"，却说"娘，我书已读熟了"。笑就蕴藏在这些别人的，自己的，别人和自己的矛盾里。但儿童自己觉得这些只是自然而然，矛盾是从成人的眼中看出的。所以更重要的，笑是蕴藏在儿童和成人的矛盾里。这种幽默是将儿童（儿时的自己和别的儿童）当作笑的对象，跟一般的幽默不一样；但不失为健康的。《忆》里的诗都用简短的口语，儿童的话原是如此；成人却更容易从这种口语里找出幽默来。

　　用口语或会话写成的幽默的诗，还可举出赵元任先生贺胡适之先生的四十生日的一首：

适之说不要过生日，

生日偏又到了。

我们一般爱起哄的，

又来跟你闹了。

今年你有四十岁了都，

我们有的要叫你老前辈了都：

天天听见你提倡这样，提倡那样，

觉得你真有点儿对了都！

你是提倡物质文明的咯，

所以我们就来吃你的面；

你是提倡整理国故的咯，

所以我们都进了研究院；

你是提倡白话诗人的咯，

所以我们就啰啰唆唆写上了一大片。

我们且别说带笑带吵的话，

我们且别说胡闹胡搞的话，

我们并不会说很巧妙的话，

我们更不会说"倚少卖老"的话；

但说些祝颂你们健康的话——

就是送给你们一家子大大小小的话。

（《北平晨报》，十九，十二，十八）

全诗用的是纯粹的会话；像"都"字（读音像"兜"字）的三行只在会话里有（"今年你有四十岁了都"就是"今年你都有

四十岁了"，余类推）。头二段是仿胡先生的"了"字韵；头两
行又是仿胡先生的

> 我本不要儿子，
> 儿子自来了。

那两行诗。三四段的"多字韵"（胡先生称为"长脚韵"）也可以
说是"了"字韵的引申。因为后者是前者的一例。全诗的游戏味
也许重些，但说的都是正经话，不至于成为过分夸张的打油诗。
胡先生在《尝试集·自序》里引过他自己的白话游戏诗，说"虽
是游戏诗，也有几段庄重的议论"；赵先生的诗，虽带游戏味，
意思却很庄重，所以不是游戏诗。

赵先生是长于滑稽的人，他的《国语留声机片课本》，《国音
新诗韵》，还有翻译的《阿丽斯漫游奇境记》，都可以见出。张
骏祥先生文中说滑稽可以为有意的和无意的两类，幽默属于前
者。赵先生似乎更长于后者，《奇境记》真不愧为"魂译"（丁西
林先生评语，见《现代评论》）。记得《新诗韵》里有一个"多字
韵"的例子：

> 你看见十个和尚没有？
> 他们坐在破锣上没有？

无意义，却不缺少趣味。无意的滑稽也是人生的一面，语言
的一端，歌谣里最多，特别是儿歌里。——歌谣里幽默却很少，
有的是诙谐和讽刺。这两项也属于有意的滑稽。张先生文中说

我们通常所谓话说得俏皮，大概就指诙谐。"诙谐是个无情的东西"，"多半伤人；因为诙谐所引起的笑，其对象不是说者而是第三者"。讽刺是"冷酷，毫不留情面"，"不只挞伐个人，有时也攻击社会"。我们很容易想起许多嘲笑残废的歌谣和"娶了媳妇忘了娘"一类的歌谣，这便是歌谣里诙谐和讽刺多的证据。

赋诗言志

《左传》里说到诗与志的关系的共三处，襄公二十七年最详：

> 郑伯享赵孟于垂陇，子展、伯有、子西、子产、子大叔、二子石从。赵孟曰："七子从君，以宠武也，请皆赋，以卒君贶。武亦以观七子之志。"
>
> 子展赋《草虫》。赵孟曰："善哉！民之主也！抑武也不足以当生二。"
>
> 伯有赋《鹑之贲贲》。赵孟曰："床笫之言不逾阈，况在野乎！非使人之所得闻也。"
>
> 子西赋《黍苗》之四章。赵孟曰："寡君在，武何能焉！"
>
> 子产赋《隰桑》。赵孟曰："武请受其卒章。"
>
> 子大叔赋《野有蔓草》。赵孟曰："吾子之惠也！"
>
> 印段（子石）赋《蟋蟀》。赵孟曰："善哉！保家之主也！吾有望矣。"
>
> 公孙段（子石）赋《桑扈》。赵孟曰："'匪，交匪敖'，福将焉往！若保是言也，欲辞福禄，得乎！"
>
> 卒享，文子告叔向曰："伯有将为戮矣。诗以言志。志诬其上而公怨之，以为宾荣，其能久乎！幸而后

亡！"叔向曰："然。已侈。所谓不及五稔者，夫子之
谓矣。"

文子曰："其馀数世之主也。子展其后亡者也，在
上不忘降。印氏其次也，乐而不荒，乐以安民，不淫以
使之，后亡，不亦可乎！"

这里赋诗的郑国诸臣，除伯有外，都志在称美赵孟，联络
晋、郑两国的交谊。赵孟对于这些颂美，"有的是谦而不敢受，
有的是回敬几句好话"。只伯有和郑伯有怨，所赋的诗里有云：
"人之无良，我以为君！"是在借机会骂郑伯。所以范文子说他
"志诬其上而公怨之"。又，在赋诗的人，诗所以"言志"；在听
诗的人，诗所以"观志""知志"。"观志"已见，"知志"见《左
传》昭公十六年：

郑六卿饯宣子于郊。宣子曰："二三君子请皆赋，
赵亦以知郑志。"

"观志"或"知志"的重要，上引例中已可见，但下一例更
显著。《左传》襄公十六年云：

晋侯与诸侯宴于温，使诸大夫舞，曰："歌诗必
类。"齐高厚之诗不类。荀偃怒，且曰："诸侯有异志
类矣！"使诸大夫盟高厚。高厚逃归。于是叔孙豹、晋
荀偃、宋向戌、卫宁殖、郑公孙虿、小邾之大夫盟曰：
"同讨不庭！"

孔颖达《正义》说："歌古诗，各从其恩好之义类。"高厚所歌之诗独不取恩好之义类，所以说"诸侯有异志"。

这都是从外交方面看，诗以言诸侯之志、一国之志，与献诗陈己志不同。在这种外交酬酢里言一国之志，自然颂多而讽少，与献诗相反。外交的赋诗也有出乎酬酢的讽颂即表示态度之外的。雷海宗先生曾在《古代中国的外交》一文中指出：

> 赋诗有时也可发生重大的具体作用。例如文公十三年郑伯背晋降楚后，又欲归服于晋，适逢鲁文公由晋回鲁，郑伯在半路与鲁侯相会，请他代为向晋说情，两方的应答全以赋诗为媒介。郑大夫子家赋《小雅·鸿雁》篇，义取侯伯哀恤鳏寡，有远行之劳，暗示郑国孤弱，需要鲁国哀恤，代为远行，往晋国去关说。鲁季文子答赋《小雅·四月》篇，义取行役逾时，思归祭礼；这当然是表示拒绝，不愿为郑国的事再往晋一行。郑子家又赋《载驰》篇之第四章，义取小国有急，相求大国救助。鲁季文子又答赋《小雅·采薇》篇之第四章，取其"岂敢定居，一月三捷"之句，鲁国过意不去，只得答应为郑奔走，不敢安居。

郑人赋诗，求而兼颂；鲁人赋诗，谢而后许。虽也还是"言志"，可是在办交涉，不止于酬酢了。称为"具体的重大作用"，是不错的。但赋诗究竟是酬酢的多。

不过就是酬酢的赋诗，一面言一国之志，一面也还流露着赋诗人之志，他自己的为人。垂陇之会，范文子论伯有、子展、印氏等的先亡后亡，便是从这方面着眼，听言知行而加推断的。《汉书》三十《艺文志》说："古者诸侯卿大夫交接邻国，以微言相感，当揖让之时，必称诗以谕其志。盖以别贤不肖而观盛衰焉。"这也是"观志"，《荀子》里称为"观人"。春秋以来很注重观人，而"观人以言"（《非相》篇）更多见于记载。"言"自然不限于赋诗，但"诗以言志"，"志以定言"，以赋诗"观人"也是顺理成章的。如此论诗，"言志"便引申了表德一义，不止于献诗陈志那样简单了。再说春秋时的赋诗虽然有时也有献诗之义，如上文所论，但外交的赋诗却都非自作，只是借诗言志。借诗言志并且也不限于外交，《国语·鲁语》下有一段记载：

> 公父文伯之母欲室文伯，飨其宗老，而为赋《绿衣》之三章。老请守龟卜室之族。师亥闻之曰："善哉！男女之飨，不及宗臣；宗室之谋，不过宗人。谋而不犯，微而昭矣。诗所以合意，歌所以咏诗也。今诗以合室，歌以咏之，度于法矣！"

《绿衣》之三章云："我思古人，实获我心"；韦昭解这回赋诗之志是"古之贤人正室家之道，我心所善也"。可见这种赋诗也用在私室的典礼上。韦昭解次"合"字为"成"；以现成的诗合自己的意，而以成礼，是这种赋诗的确释。清劳孝舆《春秋诗话》卷一云：

> 风诗之变，多春秋间人所作。……然作者不名，述者不作，何欤？盖当时只有诗，无诗人。古人所作，今

人可援为己诗，彼人之诗，此人可赓为自作，期于"言志"而止。人无定诗，诗无定指，以故可名不名，不作而作也。

论当时作诗和赋诗的情形，都很确切。

这种赋诗的情形关系很大。献诗的诗都有定指，全篇意义明白。赋诗却往往断章取义，随心所欲，即景生情，没有定准。譬如《野有蔓草》，原是男女私情之作，子太叔却堂皇地赋了出来；他只取其中"邂逅相遇，适我愿兮"两句，表示欢迎赵孟的意思。上文"野有蔓草，零露漙兮。有美一人，清扬婉兮"以及下章，恐怕都是不相干的。断章取义只是借用诗句作自己的话。所取的只是句子的文义，就是字面的意思；而不管全诗用意，就是上下文的意思。——有时却也取喻义，如《左传》昭公元年，郑伯享赵孟，鲁穆叔赋《鹊巢》，便是以"鹊巢鸠居""喻晋君有国，赵孟治之"（杜预注）。但所取喻义以易晓为主；偶然深曲些，便须由赋诗人加以说明。那时代只要诗熟，听人家赋，总知道所要言之志；若取喻义，就不能如此共晓了。听了赋诗而不知赋诗人的志的，大概是诗不熟，唱着听不清楚。所以卫献公教师曹歌《巧言》篇的末章给孙蒯听，讽刺孙文子"无拳无勇，职为乱阶"。师曹存心捣乱，还怕唱着孙蒯不懂，便朗诵了一回——"以声节之曰'诵'""诵"是有节奏的。孙蒯告诉孙文子，果然出了乱子。还有，不明了事势也不能知道赋诗人的志。齐庆封聘鲁，与叔孙穆子吃饭，不敬。叔孙赋《相鼠》，讽刺他"人而无仪，不死何为"！他竟不知道。后来因乱奔鲁，叔孙穆子又请他吃饭，他吃品还是不佳，叔孙不客气，索性教乐工朗诵《茅鸱》

给他听；这是逸诗，也是刺不敬的。但是庆封还是不知道。他实在太糊涂了！赋诗大都是自己歌唱。有时也教乐工歌唱；《左传》有以赋诗为"肄业"（习歌）的话，有"工歌""使大师歌"的话，又刚才举的两例中也由乐工诵诗。赋诗和献诗都合乐；到春秋时止，诗乐还没有分家。

六艺之教

"诗教"这个词始见于的《礼记·经解》篇：

> 孔子曰："入其国，其教可知也。其为人也温柔敦厚，《诗》教也。疏通知远，《书》教也。广博易良，《乐》教也。洁静精微，《易》教也。恭俭庄敬，《礼》教也。属辞比事，《春秋》教也。故《诗》之失愚，《书》之失诬，《乐》之失奢，《易》之失贼，《礼》之失烦，《春秋》之失乱。"

> "其为人也温柔敦厚而不愚，则深于《诗》者也。疏通知远而不诬，则深于《书》者也。广博易良而不奢，则深于《乐》者也。洁静精微而不贼，则深于《易》者也。恭俭庄敬而不烦，则深于《礼》者也。属辞比事而不乱，则深于《春秋》者也。"

《经典释文》引郑玄说："《经解》者，以其记六艺政教得失。"这里论的是六艺之教；《诗》教虽然居首，可也只是六中居一。《礼记》大概是汉儒的述作，其中称引孔子，只是儒家的传说，未必真是孔子的话。而这两节尤其显然。《淮南子·泰族》篇也论六艺之教，文极近似，不说出于孔子：

六艺异科而皆同道（《北堂书钞》九十五引作"六艺异用而皆通"）。温惠柔良者，《诗》之风也。淳庞敦厚者，《书》之教也。清明条达者，《易》之义也。恭俭尊让者，《礼》之为也。宽裕简易者，《乐》之化也。刺几（讥）辩义（议）者，《春秋》之靡也。故《易》之失鬼，《乐》之失淫，《诗》之失愚，《书》之失拘，《礼》之失忮，《春秋》之失訾。六者圣人兼用而财（裁）制之。失本则乱，得本则治。其美在调，其失在权。

"六艺"本是礼、乐、射、御、书、数，见《周官·保氏》和《大司徒》；汉人才用来指经籍。所谓"六艺异用而皆通"，冯友兰先生在《原杂家》里称为"本末说的道术统一论"，也就是汉儒所谓"六学"。六艺各有所以为教，各有得失，而其归则一。《泰族》篇的"风""义""为""化""靡"其实都是"教"；《经解》一律称为"教"，显得更明白些。——《经解》篇似乎写定在《淮南子》之后，所论六艺之教比《泰族》篇要确切些。《泰族》篇"诗风"和"书教"含混，《经解》篇便分得很清楚了。

汉儒六学，董仲舒说得很明白，《春秋繁露·玉杯》篇云：

君子知在位者之不能以恶服人也，是故简六艺以赡养之。《诗》《书》序其志，《礼》《乐》纯其养，《易》《春秋》明其知。"六学"皆大，而各有所长。《诗》道志，故长于质。《礼》制节，故长于文。《乐》咏德，故长于风。《书》著功，故长于事。《易》本天地，故长于数。

《春秋》正是非，故长于治人。能兼得其所长，而不能遍举其详也。

他将六艺分为"《诗》《书》""《礼》《乐》""《易》《春秋》"三科，又说"六学皆大，而各有所长"，可见并不特别注重诗教，和《经解》篇、《泰族》篇是相同的。《汉书》八十八《儒林传叙》也道：

> 古之儒者博学库六艺之文。六艺（原作"学"，从王念孙《读书杂志》校改）者，王教之典籍，先圣所以明天道、正人伦、致至治之成法也。……及至秦始皇……六学从此缺矣。……

这就是"异科而皆同道"了。六艺中早先只有"《诗》《书》《礼》《乐》"并称。《论语·述而》："《诗》《书》执礼，皆雅言也"，《泰伯》："兴于《诗》，立于礼，成于乐"；前者《诗》《书》和礼并称，后者《诗》和礼乐并称。《庄子·徐无鬼》篇："横说之则以《诗》《书》《礼》《乐》"，《荀子·儒效》篇："故《诗》《书》《礼》《乐》之[道]归是矣"（从王先谦《荀子集解》引刘台拱说加"道"字）；"《诗》《书》《礼》《乐》"已经是成语了。《诗》《书》《礼》《乐》加上《易》《春秋》，便是"六经"，也便是六艺。《庄子·天运》篇和《天下》篇都曾列举《诗》《书》《礼》《乐》《易》《春秋》，前者并明称"六经"，《荀子·儒效》篇的另一处却只举《诗》《书》《礼》《乐》《春秋》，没有《易》；可见那时"六经"还没有定论。段玉裁《说文解字叙注》里谈到这一层：

> 　　周人所习之文，以《礼》《乐》《诗》《书》为急。
> 故《左传》曰："说《礼》《乐》而敦《诗》《书》"，
> 《王制》曰："春秋教以《礼》《乐》，冬夏教以《诗》
> 《书》"。而《周易》，其用在卜筮，其道取精微，不以
> 教人。《春秋》则列国掌于史官，亦不以教人。故韩宣
> 子适鲁，乃见《易》象与鲁《春秋》；此二者非人所常
> 习明矣。

　　段氏指出《易》《春秋》不是周人所常习，确切可信。不过周
人所习之文，似乎只有《诗》《书》；礼乐是行，不是文。《礼古
经》等大概是战国时代的记载，所以孔子还只说"执礼"；乐本
无经，更是不争之论。而《诗》在乐章，古籍中屡称"诗三百"，
似乎都是人所常习；《书》不便讽诵，又无一定的篇数，散篇断
简，未必都是人所常习。《诗》居六经之首，并不是偶然的。

　　董仲舒承用旧来六经的次序而分《诗》《书》，《礼》《乐》，
《易》《春秋》为三科，合于传统的发展。西汉今文学序列六艺，
大致都依照旧传的次第。这次第的根据是六学发展的历史。后来
古文学兴，古文家根据六艺产生的时代重排它们的次序。《易》
的八卦，传是伏羲所画，而《书》有《尧典》，这两者该在《诗》
的前头。所以到了《汉书·艺文志》，六艺的次序便变为《易》
《书》《诗》《礼》《乐》《春秋》；《儒林传》叙列传经诸儒，也按
着这次序。《诗经》改在第三位。一方面西汉阴阳五行说极盛，
汉儒本重通经致用；这正是当世的大用，大家便都偏着那个方向

走。于是乎《周易》和《尚书·洪范》成了显学。而那时整个的六学也多少都和阴阳五行说牵连着。一面更都在竭力发挥一般的政教作用。这些情形，看《汉书·儒林传》就可知道：

《易》 宣帝时，闻京房为《易》明，求其门人得[梁丘]贺。……贺入说，上善之；以贺为郎。……以筮有应，繇是近幸，为大中大夫、给事中，至少府。……京房……以明灾异得幸。……费直……治《易》为郎，至单父令。长于卦筮。高相……治《易》……专说阴阳灾异。

《书》 许商……善为算，著《五行论历》。李寻……善说灾异，为骑都尉。

《诗》 申公……见上，上问治乱之事。申公……对曰："为治者不在多言，顾力行何如耳。"……即以为大中大夫……议明堂事。……弟子为博士十余人……其治官民，皆有廉节，称其学官。王式……为昌邑五师。昭帝崩，昌邑王嗣立，以行淫乱废。昌邑群臣皆下狱诛。唯中尉王吉、郎中令龚遂以数谏减死论。式系狱当死。治事使者责问曰："师何以亡谏书？"式对曰："臣以《诗》三百五篇朝夕授王，至于忠臣孝子之篇，未尝不为王反复诵之也；至于危亡失道之君，未尝不流涕为王深陈之也。臣以三百五篇谏，是以亡谏书。"使者以闻，亦得减死论。

《礼》 鲁徐生善为颂（客）。孝文时，徐生以颂为礼官大夫。传……孙延、襄。……襄亦以颂为大夫，至

广陵内史。延及徐氏弟子公户满意、桓生、单次皆为礼
官大夫。而瑕丘萧奋以《礼》至淮阳太守。

　　《春秋》　眭孟……为符节令，坐说灾异诛。

　　这里《易》《书》《春秋》三家都说"阴阳灾异"。而见于别
处的，《齐诗》说"五际"，《礼》家说"明堂阴阳"，也一道同风。
这也是所谓"异科而皆同道"，不过是另一方面罢了。

　　"阴阳灾异"是所谓天人之学；是阴阳家言，不是儒家言。
汉儒推尊孔子，究竟不能不维持儒家面目，不能奉阴阳家为正
传；所以一般立说，还只着眼在人事的政教上。前节所引《儒
林传》，《易》主筮，《诗》当谏书，《礼》习容仪，正是一般的
政教作用。而《书》"长于事"。《尚书大传》记于夏对孔子论
《书》道："《书》之论事也，昭昭若日月之代明，离离若参辰
之错行。上有尧、舜之道，下有三王之义。"这几句话可以说明
所谓《书》教。《春秋》"长于治人"。《春秋繁露·精华》篇：
"《春秋》之听狱也，必本其事而原其志。志邪者不待成，首
恶者罪特重，本直者其论轻。……听讼折狱，可无审邪！"《汉
书》三十《艺文志》有"《公羊董仲舒治狱》十六篇"。《后汉
书》七十八《应劭传》记着应劭的话："董仲舒老病致仕，朝廷
每有政议，数遣廷尉张汤亲至陋巷问其得失。于是作《春秋决
狱》二百三十二事，动以经对。"这就是《春秋》之教。这些是
所谓六学，"异科而皆同道"所指的以这些为主。就这六学而
论，应用最广的还得推《诗》。《诗》《书》传习比《礼》《易》
《春秋》早得多，上文已见。阮元辑《诗书古训》六卷，罗列先
秦、两汉著述中引用《诗》《书》的章节；《续经解》本分为十

卷，《诗》占七卷，《书》只有三卷。可见引《诗》的独多。这有三个缘故：《汉书·艺文志》云："凡三百五篇，遭秦而全者，以其讽诵，不独在竹帛故也。"《诗》因讽诵而全，因讽诵而传，更因讽诵而广传。《周易》也并无亡佚，《汉书·儒林传叙》云："及秦禁学，《易》为卜筮之书，独不禁，故传授者不绝。"可是《易》在汉代虽然成了显学，流传之广到底不如《诗》。这就因为《诗》一向是讽诵在人口上的。清劳孝舆《春秋诗话》卷三论引诗道：

[春秋时]自朝会聘享以至事物细微，皆引《诗》以证其得失焉。大而公卿大夫，以至舆台贱卒，所有论说，皆引《诗》以畅厥旨焉。……可以诵读而称引者，当时止有《诗》《书》。然《传》之所引，《易》乃仅见，《书》则十之二三。若夫《诗》，则横口之所出，触目之所见，沛然决江河而出之者，皆其肺腑中物，梦寐间所呻吟也。岂非《诗》之为教所以浸淫人之心志而厌饫之者，至深远而无涯哉？

这里所说的虽然不尽切合当日情形，但《诗》那样的讽诵在人口上，确是事实。——除了无亡佚和讽诵两层，诗语简约，可以触类引申，断章取义，便于引证，也帮助它的流传。董仲舒说："《诗》无达诂，《易》无达占，《春秋》无达辞"，是就解经论，不就引文论。——王应麟以为"《诗》无达诂"就是《孟子》的"不以文害辞，不以辞害志"，是不错的。——就引文论，像《诗》那样富于弹性，可以说是独一无二的。

歌谣释名

【歌谣与乐】

《诗经·魏风·园有桃》里有一句道："心之忧矣，我歌且谣。"《毛传》说："曲合乐曰歌，徒歌曰谣。"陈奂《诗毛氏传疏》九申其义云："'合乐曰歌'释'歌'字。《周语》，'瞽献曲'，韦注云，'曲，乐曲。'此'曲'之义也。'徒歌曰曲'释'谣'字。《尔雅·释乐》，'徒歌谓之谣。'此传所本也。《说文》，'䚻，徒歌。'䚻，古'谣'字，今字通作'谣'。"《初学记·乐部上》引《韩诗章句》云："'有章曲曰歌，无章曲曰谣。'章，乐章也；'无章曲'，所谓'徒歌'也。"《正义》云："此文'歌''谣'相对，谣既徒歌，则歌不徒矣。"《行苇传》曰："'歌者，合于琴瑟也。'案《行苇传》作'比于琴瑟'，孔依此传言'合乐'意改之耳。"

成伯屿《毛诗指说》引梁简文《十五国风义》也说："在辞为诗，在乐为歌。"（见阮元《经籍籑诂》）本来歌谣都是原始的诗，以"辞"而论，并无分别；只因一个合乐，一个徒歌，以"声"而论，便自不同了。但据杜文澜《古谣谚·凡例》，"合乐"又有两种：一是"工歌合乐"，（原注）如《史记·乐书》载《乐府太乙歌》《蒲梢歌》。一是"自歌合乐"。（原注）如《史记·

高祖纪》，击筑为《大风歌》。"一则本意在于合乐，非欲徒歌；一则本意在于徒歌，偶然合乐。故琴操、琴曲、琴引之类，从容而成，已著翰墨者，固与徒歌迥殊；（原注）如《后汉书·蔡邕传》所作《释诲》，末附琴歌。仓猝而作，立付弦徽者，仍与徒歌相仿。"（原注）如《琴操》卷上载《公无渡河箜篌引》。姑不论杜氏所举的例如何，这后一种是仍当属于谣的。

《尔雅·释乐·旧注》："谣，谓无丝竹之类，独歌之。"（《经籍纂诂》）桂馥《说文义证》引《一切经音义》二十："《尔雅》，'徒歌为谣'，《说文》，'独歌也'。"又十五："《说文》，'独歌也'，《尔雅》，'徒歌为谣。'徒，空也。"他说："独歌谓一人空歌，犹徒歌也。"但徒歌一名，并未明示人数；独歌若果如桂馥所释，实是确定了或增加了徒歌的意义。谣，还有"行歌"一解，见《国语·晋语》"辨妖祥于谣"韦注。桂馥说这又是"以道路行歌为徒歌"了。

《古谣谚·凡例》又说，"谣与歌相对，则有徒歌合乐之分，而歌字究系总名；凡单言之，则徒歌亦为歌（说本孔氏《正义》）。故谣可联歌以言之，（原注）如《史记·秦始皇本纪·集解》引嘉平谣歌，《晋书·五行志》载建兴中江南谣歌。亦可借歌以称之。"（原注）如孟子述孔子闻孺子歌，《左氏昭十二年传》载南蒯乡人歌，《史记·灌夫传》载颍川儿歌，《汉书·董宣传》载京师歌，《晋书·山简传》载襄阳童儿歌，《祖逖传》载豫州耆老歌，《旧唐书·薛仁贵传》载军中歌。至于歌谣联为一名则始见于《淮南子·主术训》，文云："古圣王……出言以副情，发号以明旨，陈以礼乐，风之以歌谣。"

【歌谣的字义】

以上从乐的关系上解释歌谣的意思。但这两个字的本义是什么呢？《书·舜典》，"歌永言"。马注又郑注："歌，所以长言诗之意也。"《诗·子衿传》"诵之歌之"《疏》"歌之，谓引声长咏之。"（并见《经籍籑诂》）这也就是《诗大序》说的"情动于中而形于言。言之不足，故嗟叹之；嗟叹之不足，故永歌之。"郝懿行《尔雅义疏》引《释名》云："人声曰歌。"他说，"歌有弦歌，笙歌，要以人声为主。"《尔雅·释乐·孙注》："谣，声消摇也。"（《经籍籑诂》）消摇是自得其乐的意思。《广韵·四宵》："繇，喜也。"引《诗》"我歌且繇"；陈奂说，"或本义《三家诗》。""喜"与"消摇"是很相近的。谣又有"毁"义，见《离骚》"谣琢谓余以善淫"（《王注》）。那是相去较远了。

【歌谣的异名】

《乐府诗集》引梁元章（一作帝）。《纂要》曰，"齐歌曰讴，吴歌曰欲，楚歌曰艳，浮歌曰哇……"前三种是因地异称，后一种许是声音的关系；《国语·楚语》注，"浮，轻也。"大概这种歌的调子是很轻靡的。近来又有"俗歌"一名（见《谈龙集》，《海外民歌译序》《江阴船歌序》），则是别于一般的诗歌而言。谣有"谣言"，"风谣"（见《后汉书》，据《古谣谚》卷一百引），"谣辞"（见《旧唐书》，据同书目录），"民谣"（见《晋书》），"百姓姚"（见《南史》），"口谣"（见《明季北略》，据同书目录）等名字。谣字有或作"讹"字者，如《风俗通·皇霸》篇，载赵王迁时童谣，《史记·赵世家》，"童谣"作"民讹言"。"谣"

字有误作"讹"字者，如《宋书·符瑞志》，载永光初谣言，前《废帝纪》"谣"作"讹"，而其词用韵，实系歌谣之体，与他处"讹言"无韵者不同（采录《古谣谚·凡例》本文与注）。又有以"风诗"总称歌谣的（《谈龙集·读童谣大观》）。

《古谣谚·凡例》说："讴有徒歌之训，（原注）《楚辞·大招王注》云：'徒歌曰讴'，亦可训谣。（原注）《庄子·大宗师·释文》云：'讴，歌谣也。'吟本训歌，（原注）《战国秦策》注云：'吟，歌吟也。'与讴谣之义相近。（原注）《文选》陈孔璋《答东阿王笺》'以为吟颂'注云：'吟颂，谓讴吟歌颂。'唱可训歌；（原注）《礼记·乐记》'一唱而三叹'郑注云：'倡，发歌句也，唱与倡同。'诵亦可训歌；（原注）《礼记·文王世子》'春诵夏弦'郑注云：'诵，谓歌乐也。'噪有欢呼之训；（原注）《国语》韦注云：'噪，欢呼也。'呼亦歌之声，（原注）《尚书·大传》云，'其歌之呼也'郑注云：'呼出声也。'并与讴谣之义相近。故谣可借讴以称之。"（原注）如《晋书·石虎载记》引佛图澄吟，《北齐书·后主纪》载童戏唱，《左氏僖二十八年传》载晋舆人诵，《哀十七年传》载卫侯梦浑良夫噪。这讴、吟、唱、诵、噪、呼几个名字里，吟、噪、呼（《古谣谚》目录中，加一字称为"呼语"）都甚少见，且据《古谣谚》所录的而论，也与我们现在所谓歌谣不合；那些只是各人的歌罢了。

此外南方还有"山歌"，广东也称为"歌仔"（见屈大均《广东新语粤歌条》），普通以指情歌，但据梁绍壬《秋雨庵随笔》四及钟敬文先生《歌谣杂谈》三（见《歌谣周刊》七十一号），其范围颇广，与"歌谣"之称，几乎无甚分别。——广西象县的僮人又有所谓"欢"，是用僮语所唱的山歌；用官话唱的仍叫作山歌（见《歌谣周刊》五十四号《僮人情歌》）。又有"秧歌"，义是农歌，但所包也甚杂。这两种大抵七言成句，与句法参差的不同。更有甘肃的"话儿"（见《歌谣周刊》八二号袁复礼先生文），直隶新河的"差儿""数大嘴儿""但掌儿"等俗名（见《歌谣周刊》六十八号，傅振伦先生《歌谣杂说》）。这些是只通行于一定地域的。

【歌谣的广义与狭义】

中国所谓歌谣的意义，向来极不确定：一是合乐与徒歌不分，二是民间歌谣与个人诗歌不分；而后一层，在我们现在看起来，关系更大。《诗经》所录，全为乐歌（顾颉刚先生说，见《北京大学研究所国学门周刊》第十，十一，十二期），所有的只是第二种混淆。《玉台新咏》与《乐府诗集》则两种混淆都有；这或因《玉台》的编辑者以艳辞为主，《乐府》的编辑者则以"乐府体"为主之故。后来杨慎辑《古今风谣》，杜文澜辑《古谣谚》，那第一种混淆是免了，而杜氏凡例，尤严于合乐、徒歌之辨；但第二种混淆依然存在。我想，"诗以声为用"的时代早已过去，就是乐府，汉以后也渐渐成了古诗之一体——郭茂倩虽想推尊乐府，使它为"《四诗》之续"，但他的努力几乎是徒然的；元明两代虽有少数注意他的书的人，真正地看重它、研究它的，直到近来才有——歌谣与乐府，于是都被吸收到诗里。杨氏、杜氏是以广义的诗为主来辑录歌谣的，自然民间的与个人的就无分别的需要了。但也有两个人，无论他们自己的歌谣观念如何，他们辑录的材料的范围，却能与我们现在所谓歌谣相合的；这就是李调元的《粤风》，和华广生的《白雪遗音》的大部分。这两个人都在杜文澜以前，所以我疑心他们未必有我们的歌谣观念，只是范围偶合罢了。

至于歌谣之别，《古谣谚·凡例》里有一段说明，可供参考。他说："谣谚二字之本义，各有专属主名。盖谣训徒歌，歌者，咏言之谓，咏言即永言，永言即长言也。谚训传言，言者，直言之谓，直言即径言，径言即捷言也。长言生于咏叹，故曲折而纡徐；捷言欲其显明，故平易而捷速；此谣谚所由判也。然二者皆系韵语，体格不甚悬殊，故对文则异，散文则通，可以彼此互训也。"所以杨慎《古今谚》，谚中杂谣（《古谣谚》一百引《书传正误》），范寅《越谚》也是如此。但大体说来，谚的意义，却比较是确定的。

我们所谓歌谣，是什么意义呢？我们对于歌谣有正确的认识，是在民国七年北京大学开始征集歌谣的时候。这件事有多少"外国的影响"，我不敢说；但我们研究的时候，参考些外国的资料，我想是有益的。我们在十一年前，虽已有了正确的歌谣的认识，但直到现在，似乎还没有正确的歌谣的界说。我现在且借用一些外国的东西：

Frank Kidson 在《英国民歌论》（*English Folk song*，1915）里说民歌是一种歌曲（song and melody），生于民间，为民间所用以表现情绪，或（如历史的叙事歌）为抒情的叙述者。……就其曲调而论，它又大抵是传说的，而且正如一切的传说一样，易于传讹或改变。它的起源不能确实知道，关于它的时代，也只能约略知道一个大概。

有人很巧妙地说，谚（proverb）是一人的机锋，多人的智慧。对于民歌，我们也可以用同样的界说，便是由一人的力将一件史事、一件传说或一种感情，放在可感觉的形式里表现出来，这些东西本为民众普通所知道或感到的，但少有人能够将它造成定形。我们可以推想，个人的这种制作或是粗糙，或是精炼，但这关系很小，倘若这感情是大家所共感到的，因为通用之后，自能渐就精炼，不然也总多少磨去它的棱角，使它稍为圆润了。（见《自己的园地·歌谣》一文中）

但"民"字的范围如何呢？Kidson 说："这里的'民'字，指不大受着文雅教育的社会层而言。"（同书十页）

Louise Pound 在《诗的起源与叙事歌》（*Poetic Origins and The Ballad*，1921）里，也有相似的话："在文学史家看来，无论哪种歌，只要满足下列两个条件的，便都是民歌。第一，民众必得喜欢这些歌，必得唱这些歌——它们必得'在民众口里活着'；第二，这些歌必得经过多年的口传而能留存。它们必须能不靠印本而存在。"（二〇二页）

《古谣谚·凡例》说："谣谚之兴，其始止发乎语言，未著于文字。其去取界限，总以初作之时，是否著于文字为断。"也是此意。民国七年以来，有着文人润色的痕迹，不是"自然的歌谣"。

【"自然民谣"与"假作民谣"】

《歌谣》第七号上有沈兼士先生给顾颉刚先生的信，信里说："民谣可以分为两种：一种为自然民谣，一种为假作民谣。二者的同点，都是流行乡里间的徒歌；二者的异点，假作民谣的命意属辞，没有民谣那么单纯质朴，其调子也渐变而流入弹词小曲的范围去了，例如广东的'粤讴'，和你所采的苏州的《戏婢》《十劝郎》诸首皆是。我主张把这两种民谣分作两类，所以示区别、明限制……"

我觉得弹词自然另是一流，小曲和"粤讴"则当加拣择，未可一概而论。"假作民谣"一名，不大妥当；它会将歌谣的意义变得太狭了。又潘力山先生有"自然民谣""技巧民谣"之说（《中国文学研究·从学理上论中国诗》），则系就歌谣的演进而言，与此有别。

【民歌歌词与歌谣】

"民歌"二字，似乎是英文 folk-song 或 peoples song 的译名。这两个名字的涵义，与我们现在所用歌谣之称最相切合；"口唱及合乐的歌"则是中国歌谣二字旧日的解释了。但英国民歌中，有所谓 ballad 者，实为大宗。Ballad 的原意，本也指感情的短歌或此种歌的曲调而言；十八世纪以来，才用为"抒情的叙事短歌"的专称（Pound 书四十二页）。这种叙事歌，中国歌谣里极少；只有汉乐府及后来的唱本《白雪遗音·吴歌甲集》里有一些。现在一般人将此字译为"歌谣"；有人译为"风谣"，其实是不妥的；有人译为"歌词"（《海外民歌·译序》），虽然与歌谣分别，但仍嫌泛而不切。有人还有"叙事歌"的名字，说"即韵文的故事"，大约也就指的 ballad。Ballad 原有解作"韵文的故事"的，只是严密地说，尚须加上"抒情的"和"短的"两个条件；所以用了"叙事歌"做它的译名，虽不十二分精确，却也适当的。

歌谣里的重叠

歌谣以重叠为生命，脚韵只是重叠的一种方式。从史的发展上看，歌谣原只要重叠，这重叠并不一定是脚韵；那就是说，歌谣并不一定要用韵。韵大概是后起的，是重叠的简化。现在的歌谣有又用韵又用别种重叠的，更可见出重叠的重要来。重叠为了强调，也为了记忆。顾颉刚先生说过：

> 对山歌因问作答，非复沓不可。……儿歌注重于说
> 话的练习，事物的记忆与滑稽的趣味，所以也有复沓的
> 需要。

（《论〈诗经〉所录全为乐歌》上）

"复沓"就是重叠。说"对山歌因问作答，非复沓不可"，是说重叠由于合唱；当然，合唱不止于对山歌。这可说是为了强调。说"儿歌注重于说话的练习，事物的记忆……也有复沓的需要"，是为了记忆；但是这也不限于儿歌。至于滑稽的趣味，似乎与重叠无关，绕口令或拗口令里的滑稽的趣味，是从词语的意义和声音来的，不是从重叠来的。

现在举几首近代的歌谣为例，意在欣赏，但是同时也在表示重叠的作用。美国何德兰《孺子歌图》（收录的以北平儿歌为主）

里有一首《足五趾歌》：

> 这个小牛儿吃草。
>
> 这个小牛儿吃料。
>
> 这个小牛儿喝水儿。
>
> 这个小牛儿打滚儿。
>
> 这个小牛儿竟卧着，
>
> 我们打它。

  这是一首游戏歌，一面念，一面用手指点着，末了儿还打一下。这首歌的完整全靠重叠，没有韵。将五个足趾当作五个"小牛儿"，末一个不做事，懒卧着，所以打他。这是变化。同书另一首歌：

> 玲珑塔，
>
> 塔玲珑，
>
> 玲珑宝塔十三层。

  这首歌主要的是"玲珑"一个词。前两行是颠倒的重叠，后一行还是重叠前两行，但是颠倒了"玲珑"这个词，又加上了"宝"和"十三层"两个词语，将句子伸长，其实还只是"玲珑"的意思。这些都是变化。这首歌据说现在还在游艺场里唱着，可是编得很长很复杂了。

  邱峻先生辑的《情歌唱答》里有两首对山歌，是客家话：

女唱：

> 一日唔见涯心肝，
>
> 唔见心肝心不安。
>
> 唔见心肝心肝脱，
>
> 一见心肝脱心肝。

男答：

> 闲来么事想心肝，
>
> 紧想心肝紧不安。
>
> 我想心肝心肝想，
>
> 正是心肝想心肝。

两首全篇各自重叠，又彼此重叠，强调的是"心肝"，就是情人。还有北京大学印的《歌谣纪念增刊》里有刘达九先生记的四川的两首对山歌，是两个牧童在赛唱：

唱：

> 你的山歌没得我的山歌多，
>
> 我的山歌几箩筥。
>
> 箩筥底下几个洞，
>
> 唱得没得漏的多。

答：

> 你的山歌没得我的山歌多，
>
> 我的山歌牛毛多。
>
> 唱了三年三个月，
>
> 还没有唱完牛耳朵。

两首的头两句各自重叠，又彼此重叠，各自夸各自的"山歌多"；比喻都是本地风光，活泼，新鲜，有趣味。重叠的方式多得很，这里只算是"牛耳朵"罢了。

陶诗的深度

——评古直《陶靖节诗笺定本》
（《层冰堂五种》之三）

　　注陶诗的南宋汤汉是第一人。他因为《述酒》诗"直吐忠愤"，而"乱以庾诗，千载之下，读者不省为何语"，故加笺释。"及他篇有可发明者，亦并注之。"所以《述酒》之外，注的极为简略。后来有李公焕的《笺注》，比较详些；但不止笺注，还采录评语。这个本子通行甚久；直到清代陶澍的《靖节先生集》止，各家注陶，都跳不出李公焕的圈子。陶澍的《靖节先生年谱考异》，却是他自力的工作。历来注家大约总以为陶诗除《述酒》等二三首外，文字都平易可解，用不着再费力去作注；一面趣味便移到字句的批评上去，所以收了不少评语。评语不是没有用，但夹杂在注里，实在有伤体例；仇兆鳌《杜诗详注》为人诟病，也在此。注以详密为贵；密就是密切，切合的意思。从前为诗文集作注，多只重在举出处，所谓"事"；但用"事"为目的，所谓"义"，也当同样看重。只重"事"，便只知找最初的出处，不管与当句当篇切合与否；兼重"义"才知道要找那些切合的。有些人看诗文，反对找出处；特别像陶诗，似乎那样平易，给找了出处倒损了它的天然。钟嵘也曾从作者方面说过这样的话；但在作者方面也许可以这么说，从读者的了解或欣赏方面说，找出作品字句篇章的来历，却一面教人觉得作品意味丰富些，一面也教人可以看出哪些才是作者的独创。固然所能找到的来历，即使切合，也还未必是作者有意引用；但一个人读书受用，有时候却便在无意的浸淫里。作者引用前人，自己尽可不觉得；可是读者得给搜寻出来，才能有充分的领会。古先生《陶靖节诗笺定本》用昔人注经的方法注陶，用力极勤；读了他的书才觉得陶诗并不如一般人所想的那么平易，平易里有的是"多义"。但"多义"当以切合为准，古先生书却也未必全能如此，详见下。

从《古笺定本》引书切合的各条看，陶诗用事，《庄子》最多，共四十九次，《论语》第二，共三十七次，《列子》第三，共二十一次。用吴瞻泰《陶诗汇注》及陶澍注本比看，本书所引为两家所无者，共《庄子》三十八条，《列子》十九条；至于引《论语》处两家全未注出，当时大约因为这是人人必读书，所以从略。这里可以看出古先生爬罗剔抉的工夫；而《列子》书向不及《庄子》煊赫，陶诗引《列子》竟有这些多条，尤为意料所不及。沈德潜说："晋人诗旷达者征引《老庄》，繁缛者征引班杨，而陶公专用《论语》。汉人以下宋人以前，可推圣门弟子者渊明也。"照本书以引，单是《庄子》便已比《论语》多；再算上《列子》，两共七十次，超过《论语》一倍有余。那么，沈氏的话便有问题了。历代论陶，大约六朝到北宋，多以为"隐逸诗人之宗"，南宋以后，他的"忠愤"的人格才扩大了。本来《宋书》本传已说他"耻复屈身异代"等等。经了真德秀诸人重为品题，加上汤汉的注本，渊明的二元的人格才确立了。但是渊明的思想究竟受道家影响多，还是受儒家影响多，似乎还值得讨论。沈德潜以多引《论语》为言，考渊明引用《论语》诸处，除了字句的胎袭，不外"游好在《六经》""忧道不忧贫"两个意思。这里《六经》自是儒家典籍，固穷也是儒家精神，只是"道"是什么呢？渊明两次说："道丧向千载"。但如何才叫作"道丧"，我们可以看《饮酒》诗第二十云："羲农去我久，举世少复真。汲汲鲁中叟，弥缝使其淳。""真"与"淳"都不见于《论语》，什么叫"真"呢？我们可以看《庄子·渔父》篇云：

> 真者，所以受于天也。自然不可易也。故圣人法天贵真，不拘于俗。

"真"就是自然。"淳"呢？《老子》五十八章"其政闷闷，其民淳淳"，王弼注云：

> 言善治政者无形无名，无事无政可举，闷闷然卒至于大治，故曰"其政闷闷"也。其民无所争竞，宽大淳淳，故曰"其民淳淳"也。

陶《劝农》诗云："悠悠上古，厥初生民，傲然自足，抱朴含真。"《感士不遇赋》云："……抱朴守静，君子之笃素。自真风告逝，大伪斯兴……""抱朴"也是老子的话，也就是"淳"的一面。"真"和"淳"都是道家的观念，而渊明却将"复真""还淳"的使命加在孔子身上；此所谓孔子学说的道家化，正是当时的趋势。所以陶诗里主要思想实在还是道家。又查慎行《诗评》论《归园田居》诗第四云："先生精于释理，但不入社耳。"此指"人生似幻化，终当归空无"二语。但本书引《列子》

《淮南子》解"幻化""归空无"甚确。陶诗里实在也看不出佛教影响。

陶诗里可以确指为"忠愤"之作者，大约只有《述酒》诗和《拟古》诗第九。《述酒》诗"庾词"太多，古先生所笺可以说十得六七，但还有不尽可信的地方，——比汤注自然详密得远了。《拟古》诗第九怕只是泛说，本书以为"追痛司马休之之败"，却未免穿凿。至于《拟古》诗第三，第七，《杂诗》第九，第十一，《读山海经》诗第九，本书也都以史事比附，文外悬谈，毫不切合，难以起信。大约以"忠愤"论陶的，《述酒》诗外，总以《咏荆轲》，《咏三良》及《拟古》诗，《杂诗》助成其说。汤汉说："三良与主同死，荆轲为主报仇，皆托古以自见"。其实"三良"与"荆轲"都是诗人的熟题目：曹植有《三良诗》，王粲《咏史》诗也咏"三良"；阮瑀有《咏史》诗二首，咏"三良"及荆轲事。渊明作此二诗，不过老实咏史，未必别有深意。真德秀、汤汉又以《拟古》诗第八"首阳""易水"为说；但还只是偶尔断章取义。刘履作《选诗补注》乃云："凡靖节退休后所作之诗，类多悼国伤时托讽之词。然不欲显斥，故以'拟古''杂诗'等目名其题"，二十一篇诗就全变成"忠愤"之作了。到了古先生，更以史事枝节附会，所谓变本加厉。固然这也有所本，《毛诗传郑笺》可以说便是如此；但毛郑所引史实大部分岂不也是不切合的！以上这些诗，连《述酒》在内，历来并不认为渊明的好诗。朱熹虽评《咏荆轲》诗"豪放"，但他总论陶诗，只说"平淡出于自然"，他所重的还是"萧散冲澹之趣"，便是那些田园诗里所表现的。田园诗才是渊明的独创；他到底还是"隐逸诗人之宗"，钟嵘的评语没有错。朱熹又说"陶欲有为而不能者也"，这却有些对的。《杂诗》第五云："忆我少壮时，无乐自欣豫。猛志逸四海，骞翮思远翥。"《饮酒》诗第十六及《荣木》诗也以"无成""无闻"为恨。但这似乎只是少壮时偶有的空想，他究竟是"少无适俗韵，性本爱丘山"的人。

钟嵘说陶诗"源出于应璩，又协左思风力"。应璩诗存者太少，无可参证。游国恩先生曾经想在陶诗字句里找出左思的影响。他所找出的共有七联，其中《招隐》诗，"杖策招隐士，荒涂横古今"，确可定为《和刘柴桑》诗"山泽久见招""荒途无归人"二语所本，"聊欲投吾簪"确可定为《和郭主簿》诗第一"聊用忘华簪"所本。本书所举却还有左思《咏史》诗"寂寂扬子宅"（为渊明《饮酒》诗"寂寂无行迹"所本），"寥寥空宇中"（为渊明《癸卯岁十二月中作》"萧索空宇中"所本），"遗烈光篇籍"（同上"历览千载书，时时见遗烈"所本），及《杂诗》"高志局四海"（为渊明《杂诗》"猛志逸四海"所本）四句。不过从本书里看，左思的影响并不顶大；陶诗意境及字句脱胎于《古诗十九首》的共十五处，字句脱胎于嵇康诗赋的八处，脱胎于阮籍《咏怀》诗的共九处。那么，《诗品》的话就未免不赅不备了。但就全诗而论，胎袭前人的地方究竟不多；他用散文化的笔调，却能不像"道德论"而合乎自然，才是特长。这与他的哲学一致。像"结庐在人境，而无车马喧"，"人生归有道，衣食固其端。孰是都不营，而以求自安"。都是从前诗里不曾有过的句法；虽然他是并不讲什么句法的。

本书颇多胜解。如《命子》诗，"既见其生，实欲其可"的"可"字，注家多忽略过去，本书却证明"题目入以'可'字，乃晋人之常"。《和刘柴桑》诗，题下引《隋书·经籍志·注》，

"梁有'晋'柴桑令《刘遗民集》五卷，《录》一卷"。证"刘柴桑"即"刘遗民"。此事向来只据李公焕注，得此确证，可为定论。又"弱女虽非男，慰情良胜无"，或以为比酒之醨薄，或以为赋，都无证据。本书解为比，引《魏书·徐邈传》及《世说》，以见"魏晋人每好为酒品目，靖节亦复尔尔"。《还旧居》诗"常恐大化尽，气方不及衰"，次句向无人能解；本书引《礼记·王制》"五十始衰"，及《檀弓·郑注》，才知"常恐……不及衰"，即常恐活不到五十岁之意。《饮酒》诗第十六"孟公不在兹，终以翳吾情"，旧注都以"孟公"为投辖的陈遵，实与本诗不切；本书据诗中境地定为刘龚，确当不易。又第十八前以杨子云自比，后复以柳下惠自比。这二人间的关系，向来无人能说；本书却引《法言》及他书证明"子云以柳下惠自比，故靖节以柳下惠比之"。又如《杂诗》第六起四句云："昔闻长老言，掩耳每不喜；奈何五十年，忽已亲此事！"诸家注都不知"此事"是何事。本书引陆机《叹逝赋序》"昔每闻长老追计平生同时亲故；或凋落已尽；或仅有存者……"，乃知指的是亲故凋零。

但书中也不免有疏漏的地方。如《停云》诗"岂无他人"，本书引《诗·唐风·杕杜》，实不如引《郑风·褰裳》切合些。《命子》诗"寄迹风云，冥兹愠喜"，下句本书引《庄子》为解，不如引《论语》公冶长"令尹子文三仕为令尹，无喜色；三已之，无愠色"。《归园田居》诗第二，"常恐霜霰至，零落同草莽"，上句无注，似可引《诗·小雅·頍弁》"如彼雨雪，先集维霰"，及《楚辞·九辩》"霜露惨凄而交下兮，心尚幸其弗济霰。雪雰糅其增加兮，乃知遭命之将至"。这两句诗是所谓赋而比的。怨诗《楚调示庞主簿邓治中》末云："慷慨独悲歌，钟期信为贤"，

"钟期"明指庞邓，意谓只有你们懂得我，不必引古诗为解。《答庞参军诗序》，"杨公所叹，岂惟常悲"；李公焕注，"杨公，杨朱也。"本书引《淮南子》杨子哭歧路故事，但未申其"义"。按《文选》有晋孙楚《征西官属送于陟阳侯作》诗，起四句云："晨风飘歧路，零雨被秋草。倾城远追送，饯我千里道"；这里的"歧路"只是各自东西的歧路，而不是那"可以南可以北"的了。可见这时候"歧路"一词，已有了新的引申义；渊明所用便是这个新义。"杨公所叹"只是"歧路"的代语，"叹"字的意思是不着重的。《和郭主簿》诗第一末云："遥遥望白云，怀古一何深。"本书解云："遥遥望白云"即"富贵非吾愿，帝乡不可期"也。这原是何焯的话，"富贵"二语见《归去来辞》。但怀古与白云或帝乡究竟怎样关联呢？按《庄子·天地》篇，"华封人谓尧曰：失圣人鹑居而鷇饮，鸟行而无章。天下有道，与物皆昌。千岁厌世，去而上仙。乘彼白云，至于帝乡。三患莫至，身无常殃，则何辱之有！"《怀古》也许怀的是这种乘白云至帝乡的古圣人。又第二末云："检素不获展，厌厌竟良月"，本书所解甚曲。"检素"即简素，就是书信；"检素不获展"就是接不着你的信。《饮酒》诗第十三"规规一何愚"，引《庄子·秋水》"适适然惊，规规然自失也"，不切，不如引下文"子乃规规然而求之以察，索之以辩。"《止酒》诗每句藏一"止"字，当系俳谐体。以前及当时诸作，虽无可供参考，但宋以后此等诗体大盛，建除、数名、县名、姓名、药名、卦名之类，不一而足，必有所受之。逆推而上，此体当早已存在，但现存的只《止酒》一首，便觉得莫名其妙了。本书引《庄子》"惟止能止众止"颇切；但此体源流未说及。

古先生有《陶靖节诗笺》，于民国十五年印行，已经很详尽。丁福保先生《陶渊明诗注》引用极多。《定本》又加了好些材料，删改处也有；虽然所删的有时并不应删，就如《停云》诗"搔首延伫"一句，原引《诗经·静女》"爱而不见，搔首踟蹰"和阮籍《咏怀》"感时兴思，企首延伫"，《定本》却将阮籍诗一条删去了。我们知道陶渊明常用阮诗，他那句话兼用《静女》及《咏怀》或从《静女》及《咏怀》脱胎，是很可能的；古先生这条注实在很切合。《定本》所改却有好的，如《饮酒》诗第十八的注便是（详上文）。《诗笺》中四言诗注未用十分力，《定本》这一卷里却几乎加了篇幅一半。

朗读与诗

诗与文都出于口语；而且无论如何复杂，原都本于口语，所以都是一种语言。语言不能离开声调，诗文是为了读而存在的，有朗读，有默读；所谓"看书"其实就是默读，和看画看风景并不一样。但诗跟文又不同。诗出于歌，歌特别注重节奏；徒歌如此，乐歌更如此。诗原是"乐语"，古代诗和乐是分不开的，那时诗的生命在唱。不过诗究竟是语言，它不仅存在在唱里，还存在在读里。唱得延长语音，有时更不免变化语音；为了帮助听者的了解，读有时是必需的。有了文字记录以后，读便更普遍了。《国语·楚语》记申叔时告诉士亹怎样做太子的师傅，曾说"教之诗……以耀明其志"。教诗明志，想来是要读的。《左传》记载言语，引诗的很多，自然也是读，不是唱。读以外还有所谓"诵"。《墨子》里记着儒家公孟子"诵诗三百"的话。《左传》襄公十四年记卫献公叫师曹"歌"《巧言》诗的末章给孙文子的使者孙蒯听。那时文子在国境上，献公叫"歌"这章诗，是骂他的，师曹和献公有私怨，想激怒孙蒯，怕"歌"了他听不清楚，便"诵"了一通。这"诵"是有节奏的。诵和读都比"歌"容易了解些。

《周礼》大司乐"以乐语教国子：兴、道、讽、诵、言、语"。郑玄注："以声节之曰诵。"诵是有腔调的；这腔调是"乐语"的腔调，该是从歌脱化而出。《汉书·艺文志》引《传》曰，"不歌而诵谓之赋"，而"赋者，古诗之流也"（班固《两都赋》序）。这"诵"就是师曹诵《巧言》诗的"诵"和公孟子说的"诵诗三百"的"诵"，都是"乐语"的腔调。这跟言语引诗是不同的。言语引诗，随说随引，固然不会是唱，也不会是"诵"，只是读，只是朗读——本文所谓读，兼指朗读、默读而言，朗读该是口语的腔调。现在儿童的读书腔，也许近乎古代的"诵"；而宣读文告的腔调，本于口语，却是朗读，不是"诵"。战国以来，"诗三百"和乐分了家，于是乎不能歌、不能诵，只能朗读和默读；四言诗于是乎只是存在着，不再是生活着。到了汉代，新的音乐又带来了新的诗，乐府诗，汉末便成立了五言诗的体制。这以后诗又和乐分家。五言诗四言诗不一样，分家后却还发展着、生活着。它不但能生活在唱里，并且能生活在读里。诗从此独立了；这是一个大变化。

　　四言变为五言，固然是跟着音乐发展，这也是语言本身在进展。因为语言本身也在进展，所以诗终于可以脱离音乐而独立，而只生活在读里。但是四言为什么停止进展呢？我想也许四言太呆板了，变化太少了，唱的时候有音乐帮衬，还不大觉得出；只读而不唱，便渐渐觉出它的单调了。不过四言却宜入文，东汉到六朝，四言差不多成了文的基本句式；后来又发展了六言，便成了所谓"四六"的体制。文句本多变化，又可多用虚助词，四言入文，不但不板滞，倒觉得整齐些。这也是语言本身的一种进展。语言本身的进展，靠口说，也靠朗读，而在言文分离像中国秦代以来的情形下，诗文的进展靠朗读更多——文尤其如此。五言诗脱离音乐独立以后，句子的组织越来越凝练，词语的表现也越来越细密，原因固然很多，朗读是主要的一个。"读"原是"抽绎意蕴"的意思。只有朗读才能玩索每一词每一语每一句的意蕴，同时吟味它们的节奏。默读只是"玩索意蕴"的工作做得好。唱歌只是"吟味节奏"的工作做得好——却往往让意蕴滑了过去。

六朝时佛经"转读"盛行，影响诗文的朗读很大。一面沈约等发见了四声。于是乎朗读转变为吟诵。到了唐代，四声又归纳为平仄，于是乎有律诗。这时候的文也越见铿锵入耳。这些多半是吟诵的作用。律诗和铿锵的骈文，我们可以称为谐调，也是语言本身的一种进展。就诗而论，这种进展是要使诗不经由音乐的途径，而成功另一种"乐语"，就是不唱而谐。目的是达到了，靠了吟诵这个外来的影响。但是这种进展究竟偏畸而不大自然，所以盛唐诸家所作，还是五七言古诗比五七言律诗多（据施子愉《唐代科举制度与五言的关系》文中附表统计，文见《东方杂志》四十卷八号）。并且这些人作律诗，一面还是因为考试规定用律诗的缘故。后来韩愈也少作律诗，他更主持古文运动，要废骈用散，都是在求自然。那时古文运动已经开了风气；律诗却因可以悦耳娱目，又是应试必需，逐渐昌盛。晚唐人有"吟安一个字，捻断数茎须"，"二句三年得，一吟双泪流"等诗句，特别见得对五律用力之专。而这种气力全用在"吟"上。律诗自然也可朗读，但它的生命在"吟"，从杜甫起就有"新诗改罢自长吟"的话。到了宋代，古文替代了骈文，诗也跟着散文化。七古七律特别进展；七律有意用不谐平仄的句子，所谓"拗调"。这一切表示重读而不重吟，回向口语的腔调。后世说宋诗以意为主，正是着重读书的表现。

　　这时候，新的音乐又带来了一种新的诗体——词。因为歌唱的缘故，重行严别四声。但在宋亡以后词又不能唱了，只生活在仅辨平仄的"吟"里。后来有时连平仄也多少可以通融了，这又是朗读的影响；词也脱离音乐而独立了。元代跟新音乐并起的新诗体又有曲，直到现在还能唱；四声之外，更辨阴阳。因为未到朗读阶段，"看"起来总还不够分量似的。曲以后的新诗体就是我们现代的"新诗"——白话诗。新诗不出于音乐，不起于民间，跟过去各种诗体全异。过去的诗体都发源于民间乐歌，这却是外来的影响。因为不是根生土长，所以不容易让一般人接受它。新文学运动已经二十六年，白话文一般人已经接受了，但是白话诗怀疑的还是很多。不过从语言本身和诗本体的进展来看，这也是自然的趋势。诗趋向脱离音乐独立，趋向变化而近自然，如上文所论。过去每一诗体都依附音乐而起，然后脱离音乐而存。新诗不依附音乐而已活了二十六年，正所谓自力更生。一面在这二十六年里屡次有人提倡新诗采取民歌（徒歌和乐歌）的形式，并有人实地试验，特别在抗战以后。但是效果绝不显著。这见得那种简单的音乐已经不能配合我们现代人复杂的情思。现代是个散文的时代，即使是诗，也得调整自己，多少倾向散文化。而这又正是宋以来诗的主要倾向——求自然。再说六朝时外来的影响可以改变向来的传统，终于形成了律诗，直活到民国初年，这回外来的影响还近乎自然些，又何可限量呢？新诗不要唱，不要吟；它的生命在朗读，它的生命在朗读里。我们该从这里努力，才可以加速它的进展。

　　过去的诗体都是在脱离音乐独立之后才有长足的进展。就是四言诗也如此，像嵇康的四言诗，岂不比"三百篇"复杂而细密得多？五七言古近体的进展，我们看来更是显著："取材广而命意新"（曹学佺《宋诗钞》序中语），一句话扼要地指出这种进展的方向。词的分量加重，也在清代常州词派以后；曲没有脱离音乐，进展就慢得多。这就是说，诗到了朗读阶段才能有独立的自由的进展，但是新诗一产生就在朗读阶段里，为什么现在落在白话文后面老远呢？一来诗的传统力量比文的传统大得多，特别在形式上。新诗起初得从破坏旧形式下手，直到民国十四年，新形势才渐渐建设起来，但一般人还是怀疑着。而当时诗的兴味也已赶不上散文的兴味浓厚。再说新诗既全然生活在朗读里，而诗又比文更重声调，若能有意的训练朗读，进展也可以快些；可是这种训练直到抗战以后才多起来。不过新诗由破坏形式而建设形式，现在已有相当成绩，正见出朗读的效用。

新诗的语言不是民间的语言，而是欧化的或现代化的语言，因此朗读起来不容易顺口顺耳。固然白话文也有同样情形，但是文的篇幅大，不顺的地方容易掩藏，诗的篇幅小，和谐的朗读更是困难。这种和谐的朗读本非二三十年可以达成。律诗的孕育经过二百多年；我们的新诗是由旧的人工走向新自然，和律诗方向相反，当然不需那么长的时期，但也只能移步换形，不能希望一蹴而就。有意的朗读训练该可以将期间缩短些，缩得怎样短，得看怎样努力。所谓顺口顺耳，就是现在一般人说的"上口"。"上口"的意义，严格地说，该是"口语里有了的"；现在白话诗文中有好些句式和词汇，特别是新诗中的隐喻，就是在受过中等教育的人的口语里也还没有，所以便不容易上口。

但照一般的用法，"不上口"好像只是拗口或不顺口，这当然没有明确的分野，不过若以受过现代中等教育的人为标准，出入也许不至于太大。第一意义的"上口"太严格了，按这个意义，白话诗文能够上口的恐怕不多；最重要的，这样限制足以阻碍白话诗文的进展，同时足以阻碍口语的进展。白话诗文和口语该是交互影响着而进展的，所谓"国语的文学——文学的国语"。

第二意义的"上口"，该可用作朗读的标准。这所谓"上口"，就是使我们不致歪曲我们一般的语调。如何算"歪曲"，还待分析的具体的研究，但从这些年的经验里，我们也可以知道大略。例如长到二三十字的句，十余字的读，中间若无短的停顿，便不能上口；国语每十字间总要有个停顿才好。又如国语中常用被动句，现在固然不妨斟酌加一些，但不斟酌而滥用，便觉刺耳。口语和白话文里常用的译名，不容易上口；诗里最好不用，至少也须不多用——外国文更应该如此。他称代词"它"和"它们"，国语里极少，也当细酌。文言夹在白话里，不容易和谐；除非白话里的确缺少那种表现，或者熟语新用，但总是避免的好。至于新诗里的隐喻常是创造的，上口自然不易。

可是这种隐喻的发展也是诗的生长的主要的成分，所谓"形象化"。旧日各种诗体里也有这个，不过也许没有新诗里多；而且，那些比较凝定的诗体可以掩藏新创的隐喻，使它得到平衡。所以我们得靠朗读熟悉这种表现，读惯了就可以上口了。其实除了一些句式，所谓不能上口的生硬的语汇，经过相当时间的流转，也许入了口语，或由于朗读，也会上口；这种"不上口"并不是绝对的。——我们所谓朗读，和宣读文告的宣读是一类，要见出每一词语每一句子的分量。这跟说话不同；新诗能够"说"的很少。

现时的诗朗诵运动，似乎用的是第一意义的"上口"的标准，并且用的是一般民众的口语的标准。这固然不失为诗的一体，但要将诗一概朗诵化就很难。文化的进展使我们朗读不全靠耳朵，也兼靠眼睛。这增加了我们的能力。现在的白话诗有许多是读出来不能让人全听懂的，特别是诗。新的词汇、句式和隐喻，以及不熟练的朗读技术，都可能是原因；但除了这些，还有些复杂精细的表现，原不是一听就能懂的。这种诗文也有它们存在的理由。这种特别的诗，也还需要朗读，但只是读给自己听，读给几个看着原诗的朋友听；这种朗读是为了研究节奏与表现，自然也为了欣赏、受用。谁都可以去朗读并欣赏这种诗，只是这种诗不宜于大庭广众。卞之琳先生的一些诗，冯至先生的一些十四行，就有这种情形。近来读到鸥外鸥先生的一首诗，似乎也可作例。这首诗题为《和平的础石》，写在香港，歌咏的是香港老总督的铜像。现在节抄如下：

　　　金属了的他
　　　是否怀疑巍巍高竿在亚洲风云下的
　　　休战纪念坊呢？
　　　莫和平基础于此地吗？
　　　那样想着而不瞑目的总督，
　　　日夕踞坐在花岗石上永久的支着腮，
　　　腮与指之间
　　　生上了铜绿的苔藓了——
　　　……
　　　手永远支住了的总督，

何时可把手放下来呢？

那只金属了的手。

诗行也许太参差些。但"金属了的他""金属了的手"里的"金属"这个名词用作动词，便创出了新的词汇，可以注意。这二语跟第六七行原都是描述事实，但是全诗将那僵冷的铜像灌上活泼的情思，前二语便见得如何动不了，动不了手，第三语也便见得如何"永久的支着腮"在"怀疑"。这就都带上了隐喻的意味。这些都比较生硬而复杂，只可朗读给自己听；要是教一般人听，恐怕不容易听懂。不过为己的朗读和为人的朗读却该同时并进，诗才能有独立的圆满的进展。

《诗经》

　　诗的源头是歌谣。上古时候，没有文字，只有唱的歌谣，没有写的诗。一个人高兴的时候或悲哀的时候，常愿意将自己的心情诉说出来，给别人或自己听。日常的言语不够劲儿，便用歌唱；一唱三叹地叫别人回肠荡气。唱叹再不够的话，便手也舞起来了，脚也蹈起来了，反正要将劲儿使到了家。碰到节日，大家聚在一起酬神作乐，唱歌的机会更多。或一唱众和，或彼此竞胜。传说葛天氏的乐八章，三个人唱，拿着牛尾，踏着脚，似乎就是描写这种光景的。歌谣越唱越多，虽没有书，却存在人的记忆里。有了现在的歌儿，就可借他人酒杯，浇自己块垒；随时拣一支合适的唱唱，也足可消愁解闷。若没有完全合适的，尽可删一些、改一些，到称意为止。流行的歌谣中往往不同的词句并行不悖，就是为此。可也有经过众人修饰，作为定本的。歌谣真可说是"一人的机锋，多人的智慧"了。

　　歌谣可分为徒歌和乐歌。徒歌是随口唱，乐歌是随着乐器唱。徒歌也有节奏，手舞脚蹈便是帮助节奏的；可是乐歌的节奏更规律化些。乐器在中国似乎早就有了，《礼记》里说的土鼓土槌儿、芦管儿，也许是我们乐器的老祖宗。到了《诗经》时代，有了琴瑟钟鼓，已是洋洋大观了。歌谣的节奏，最主要的靠重叠或叫复沓；本来歌谣以表情为主，只要翻来覆去将情表到了家就成，用不着费话。重叠可以说原是歌谣的生命，节奏也便建立在这上头。字数的均齐，韵脚的调协，似乎是后来发展出来的。有了这些，重叠才在诗歌里失去主要的地位。

有了文字以后，才有人将那些歌谣记录下来，便是最初的写的诗了。但记录的人似乎并不是因为欣赏的缘故，更不是因为研究的缘故。他们大概是些乐工，乐工的职务是奏乐和唱歌；唱歌得有词儿，一面是口头传授，一面也就有了唱本儿。歌谣便是这么写下来的。我们知道春秋时的乐工就和后世阔人家的戏班子一样，老板叫作太师。那时各国都养着一班乐工，各国使臣来往，宴会时都得奏乐唱歌。太师们不但得搜集本国乐歌，还得搜集别国乐歌。不但搜集乐词，还得搜集乐谱。那时的社会有贵族与平民两级。太师们是伺候贵族的，所搜集的歌儿自然得合贵族们的口味；平民的作品是不会入选的。他们搜得的歌谣，有些是乐歌，有些是徒歌。徒歌得合乐才好用。合乐的时候，往往得增加重叠的字句或章节，便不能保存歌词的原来样子。除了这种搜集的歌谣以外，太师们所保存的还有贵族们为了特种事情，如祭祖、宴客、房屋落成、出兵、打猎等等作的诗。这些可以说是典礼的诗。又有讽谏、颂美等等的献诗；献诗是臣下作了献给君上，准备让乐工唱给君上听的，可以说是政治的诗。太师们保存下这些唱本儿，带着乐谱；唱词儿共有三百多篇，当时通称作"诗三百"。到了战国时代，贵族渐渐衰落，平民渐渐抬头，新乐代替了古乐，职业的乐工纷纷散走。乐谱就此亡失，但是还有三百来篇唱词儿流传下来，便是后来的《诗经》了。

"诗言志"是一句古话；"诗"这个字就是"言""志"两个字合成的。但古代所谓"言志"和现在所谓"抒情"并不一样；

那"志"是关联着政治或教化的。春秋时通行赋诗。在外交的宴会里，各国使臣往往得点一篇诗或几篇诗叫乐工唱。这很像现在的请客点戏，不同处是所点的诗句必加上政治的意味。这可以表示这国对那国或这人对那人的愿望、感谢、责难等等，都从诗篇里断章取义。断章取义是不管上下文的意义，只将一章中一两句拉出来，就当前的环境，作政治的暗示。如《左传》襄公二十七年，郑伯宴晋使赵孟于垂陇，赵孟请大家赋诗，他想看看大家的"志"。子太叔赋的是《野有蔓草》。原诗首章云："野有蔓草，零露漙兮，有美一人，清扬婉兮。邂逅相遇，适我愿兮。"子太叔只取末两句，借以表示郑国欢迎赵孟的意思；上文他就不管。全诗原是男女私情之作，他更不管了。可是这样办正是"诗言志"；在那回宴会里，赵孟就和子太叔说了"诗以言志"这句话。

到了孔子时代，赋诗的事已经不行了，孔子却采取了断章取义的办法，用诗来讨论做学问做人的道理。"如切如磋，如琢如磨"，本来说的是治玉；他却将玉比人，用来教训学生做学问的工夫。"巧笑倩兮，美目盼兮，素以为绚兮"，本来说的是美人，所谓天生丽质。他却拉出末句来比方作画，说先有白底子，才会有画，是一步步进展的；作画还是比方，他说的是文化，人先是朴素的，后来才进展了文化——文化必须修养而得，并不是与生俱来的。他如此解诗，所以说"思无邪"一句话可以包括"诗三百"的道理；又说诗可以鼓舞人，联合人，增加阅历，发泄牢骚，事父事君的道理都在里面。孔子以后，"诗三百"成为儒家的六经之一，《庄子》和《荀子》里都说到"诗言志"，那个"志"便指教化而言。

但春秋时列国的赋诗只是用诗，并非解诗；那时诗的主要作用还在乐歌，因乐歌而加以借用，不过是一种方便罢了。至于诗篇本来的意义，那时原很明白，用不着讨论。到了孔子时代，诗已经不常歌唱了，诗篇本来的意义，经过了多年的借用，也渐渐含糊了。他就按着借用的办法，根据他教授学生的需要，断章取义地来解释那些诗篇。后来解释《诗经》的儒生都跟着他的脚步走。最有权威的毛氏《诗传》和郑玄《诗笺》，差不多全是断章取义，甚至断句断义——断句取义是在一句、两句里拉出一个两个字来发挥，比起断章取义，真是变本加厉了。

毛氏有两个人：一个毛亨，汉时鲁国人，人称为大毛公；一个毛苌，赵国人，人称为小毛公。是大毛公创始《诗经》的注解，传给小毛公，在小毛公手里完成的。郑玄是东汉人，他是专给毛《传》作《笺》的，有时也采取别家的解说；不过别家的解说在原则上也还和毛氏一鼻孔出气，他们都是以史证诗。他们接受了孔子"无邪"的见解，又摘取了孟子的"知人论世"的见解，以为用孔子的诗的哲学，别裁古代的史说，拿来证明那些诗篇是什么时代作的，为什么事作的，便是孟子所谓"以意逆志"。其实孟子所谓"以意逆志"倒是说要看全篇大意，不可拘泥在字句上，与他们不同。他们这样猜出来的作诗人的志，自然不会与作诗人相合；但那种志倒是关联着政治教化而与"诗言志"一语相合的。这样的以史证诗的思想，最先具体地表现在《诗序》里。

《诗序》有《大序》《小序》。《大序》好像总论，托名子夏，说不定是谁作的。《小序》每篇一条，大约是大、小毛公作的。以史证诗，似乎是《小序》的专门任务；传里虽也偶然提及，却总以训诂为主，不过所选取的字义，意在助成序说，无形中有个一定方向罢了。可是《小序》也还是泛说的多，确指的少。到了郑玄，才更详密地发展了这个条理。他按着《诗经》中的国别和篇次，系统地附和史料，编成了《诗谱》，差不多给每篇诗确定了时代；《笺》中也更多地发挥了作为各篇诗的背景的历史。以史证诗，在他手里算是集大成了。

《大序》说明诗的教化作用；这种作用似乎建立在风、雅、颂、赋、比、兴所谓"六义"上。《大序》只解释了风、雅、颂。说风是风化（感化）、讽刺的意思，雅是正的意思，颂是形容盛德的意思。这都是按着教化作用解释的。照近人的研究，这三个字大概都从音乐得名。风是各地方的乐调，《国风》便是各国土乐的意思。雅就是"乌"字，似乎描写这种乐的呜呜之音。雅也就是"夏"字，古代乐章叫作"夏"的很多，也许原是地名或族名。雅又分《大雅》《小雅》，大约也是乐调不同的缘故。颂就是"容"字，容就是"样子"；这种乐连歌带舞，舞就有种种样子了。风、雅、颂之外，其实还该有个"南"。南是南音或南调，《诗经》中《周南》《召南》的诗，原是相当于现在河南、湖北一带地方的歌谣。《国风》旧有十五，分出二南，还剩十三；而其中邶、鄘两国的诗，现经考定，都是卫诗，那么只有十一《国风》了。颂有《周颂》《鲁颂》《商颂》，《商颂》经考定实是《宋颂》。至于搜集的歌谣，大概是在二南、《国风》和《小雅》里。

赋、比、兴的意义，说法最多。大约这三个名字原都含有政治和教化的意味。赋本是唱诗给人听，但在《大序》里，也许是"直铺陈今之政教善恶"的意思。比、兴都是《大序》所谓"主文而谲谏"；不直陈而用譬喻叫"主文"，委婉讽刺叫"谲谏"。说的人无罪，听的人却可警戒自己。《诗经》里许多譬喻就在比兴的看法下，断章断句的硬派作政教的意义了。比、兴都是政教的譬喻，但在诗篇发端的叫作兴。《毛传》只在有兴的地方标出，不标赋、比；想来赋义是易见的，比、兴虽都是曲折成义，但兴在发端，往往关系全诗，比较更重要些，所以便特别标出了。《毛传》标出的兴诗，共一百十六篇，《国风》中最多，《小雅》第二，按现在说，这两部分搜集的歌谣多，所以譬喻的句子也便多了。

三《礼》

许多人家的中堂里，供奉着"天地君亲师"的大牌位。天地代表生命的本源。亲是祖先的意思，祖先是家族的本源。君师是政教的本源。人情不能忘本，所以供奉着这些。荀子只称这些为礼的三本；大概是到了后世才宗教化了的。荀子是儒家大师。儒家所称道的礼，包括政治制度、宗教仪式、社会风俗习惯等等，却都加以合理的说明。从那"三本说"，可以知道儒家有拿礼来包罗万象的野心，他们认礼为治乱的根本；这种思想可以叫作礼治主义。

怎样叫作礼治呢？儒家说初有人的时候，各人有各人的欲望，各人都要满足自己的欲望；没有界限，没有分际，大家就争起来了。你争我争，社会就乱起来了。那时的君师们看了这种情形，就渐渐给定出礼来，让大家按着贵贱的等级，长幼的次序，各人得着自己该得的一份儿吃的、喝的、穿的、住的，各人也做着自己该做的一份儿工作。各等人有各等人的界限和分际；若是只顾自己，不管别人，任性儿贪多务得，偷懒图快活，这种人就得受严厉的制裁，有时候保不住性命。这种礼，教人节制，教人和平，建立起社会的秩序，可以说是政治制度。

天生万物，是个很古的信仰。这个天是个能视能听的上帝，管生杀，管赏罚。在地上的代表，便是天子。天子祭天，和子孙祭祖先一样。地生万物是个事实。人都靠着地里长的活着，地里长得不够了，便闹饥荒；地的力量自然也引起了信仰。天子诸侯祭社稷，祭山川，都是这个来由。最普遍的还是祖先的信仰。直到我们的时代，这个信仰还是很有力的。按儒家说，这些信仰都是"报本返始"的意思。报本返始是庆幸生命的延续，追念本源，感恩怀德，勉力去报答的意思。但是这里面怕不单是怀德，还有畏威的成分。感谢和恐惧产生了种种祭典。儒家却只从感恩一面加以说明，看作礼的一部分。但这种礼教人恭敬，恭敬便是畏威的遗迹了。儒家的丧礼，最主要的如三年之丧，也建立在感恩的意味上；却因恩谊的亲疏，又定出等等差别来。这种礼，大部分可以说是宗教仪式。

居丧一面是宗教仪式，一面是普通人事。普通人事包括一切日常生活而言，日常生活都需要秩序和规矩。居丧以外，如婚姻、宴会等大事，也各有一套程序，不能随便马虎过去；这样是表示郑重，也便是表示敬意和诚心。至于对人，事君，事父母，待兄弟、姊妹，待子女，以及夫妇、朋友之间，也都自有一番道理。按着尊卑的分际，各守各的道理，君仁臣忠，父慈子孝，兄友弟恭，夫妇朋友互相敬爱，才算能做人；人人能做人，天下便治了。就是一个人饮食言动，也都该有个规矩，别叫旁人难过，更别侵犯着旁人，反正诸事都记得着自己的份儿。这些个规矩也是礼的一部分；有些固然含着宗教意味，但大部分可以说是风俗习惯。这些风俗习惯有一些也可以说是生活的艺术。

王道不外乎人情，礼是王道的一部分，按儒家说是通乎人情的。既通乎人情，自然该诚而不伪了。但儒家所称道的礼，并不全是实际施行的。有许多只是他们的理想，这种就不一定能通乎人情了。就按那些实际施行的说，每一个制度、仪式或规矩，固然都有它的需要和意义。但是社会情形变了，人的生活跟着变；人的喜、怒、爱、恶，虽然还是喜、怒、爱、恶，可是对象变了。那些礼的惰性却很大，并不跟着变。这就留下了许许多多遗形物，没有了需要，没有了意义；不近人情的伪礼，只会束缚人。《老子》里攻击礼，说"有了礼，忠信就差了"；后世有些人攻击礼，说"礼不是为我们定的"；近来大家攻击礼教，说"礼教是吃人的"。这都是指着那些个伪礼说的。

从来礼乐并称，但乐实在是礼的一部分；乐附属于礼，用来补助仪文的不足。乐包括歌和舞，是"人情之所必不免"的。不但是"人情之所必不免"，而且乐声的绵延和融合也象征着天地万物的"流而不息，合同而化"。这便是乐本。乐教人平心静气，互相和爱；教人联合起来，成为一整个儿。人人能够平心静气，互相和爱，自然没有贪欲、捣乱、欺诈等事，天下就治了。乐有改善人心、移风易俗的功用，所以与政治是相通的。按儒家说，礼、乐、刑、政，到头来只是一个道理；这四件都顺理成章了，便是王道。这四件是互为因果的。礼坏乐崩，政治一定不成；所以审乐可以知政。"治世之音安以乐，其政和；乱世之音怨以怒，其政乖；亡国之音哀以思，其民困。"吴公子季札到鲁国观乐，乐工奏哪一国的乐，他就知道是哪一国的；他是从乐歌里所表现的政治气象而知道的。歌词就是诗；诗与礼乐也是分不开的。孔子教学生要"兴于诗，立于礼，成于乐"；那时要养成一个人才，必须学习这些。这些诗、礼、乐，在那时代都是贵族社会所专有，与平民是无干的。到了战国，新声兴起，古乐衰废，听者只求悦耳，就无所谓这一套乐意。汉以来胡乐大行，那就更说不到了。

古代似乎没有关于乐的经典；只有《礼记》里的《乐记》，是抄录儒家的《公孙尼子》等书而成，原本已经是战国时代的东西了。关于礼，汉代学者所传习的有三种经和无数的"记"。那三种经是《仪礼》《礼古经》《周礼》。《礼古经》已亡佚，《仪礼》和《周礼》相传都是周公作的。但据近来的研究，这两部书实在是战国时代的产物。《仪礼》大约是当时实施的礼制，但多半只是士的礼。那些礼是很繁琐的，踵事增华的多，表示诚意的少，已经不全是通乎人情的了。《仪礼》可以说是宗教仪式和风俗习惯的混合物；《周礼》却是一套理想的政治制度。那些制度的背景可以看出是战国时代；但组成了整齐的系统，便是著书人的理想了。

"记"是儒家杂述礼制、礼制变迁的历史或礼论之作；所述的礼制有实施的，也有理想的。又叫作《礼记》；这《礼记》是一个广泛的名称。这些"记"里包含着《礼古经》的一部分。汉代所见的"记"很多，但流传到现在的只有三十八篇《大戴记》和四十九篇《小戴记》。后世所称《礼记》，多半专指《小戴记》。大戴是戴德；小戴是戴圣，戴德的侄儿。相传他们是这两部书的编辑人。但二戴都是西汉的《仪》《礼》专家。汉代有"五经"博士；凡是一家一派的经学影响大的，都可以立博士。大戴仪礼学后来立了博士，小戴本人就是博士。汉代经师的家法最严，一家的学说里绝不能掺杂别家。但现存的两部"记"里都各掺杂着非二戴的学说。所以有人说这两部书是别人假托二戴的名字纂辑的；至少是二戴原书多半亡佚，由别人拉杂凑成的——可是成书也还在汉代——这两部书里，《小戴记》容易些，后世诵习的人比较多些，所以差不多专占了《礼记》的名字。

《史记》《汉书》

说起中国的史书，《史记》《汉书》，真是无人不知，无人不晓。这有两个原因：一则，这两部书是最早的有系统的历史。再早虽然还有《尚书》《鲁春秋》《国语》《春秋左氏传》《战国策》等，但《尚书》《国语》《战国策》，都是记言的史，不是记事的史。《春秋》和《左传》是记事的史了，可是《春秋》太简短，《左氏传》虽够铺排的，而跟着《春秋》编年的系统，所记的事还不免散碎。《史记》创了"纪传体"，叙事自黄帝以来到著者当世，就是汉武帝的时候，首尾三千多年。《汉书》采用了《史记》的体制，却以汉事为断，从高祖到王莽，只二百三十年。后来的史书全用《汉书》的体制，断代成书；二十四史里，《史记》《汉书》以外的二十二史都如此。这称为"正史"。《史记》《汉书》，可以说都是"正史"的源头。二则，这两部书都成了文学的古典。两书有许多相同处，虽然也有许多相异处。大概东汉、魏、晋到唐，喜欢《汉书》的多；唐以后喜欢《史记》的多，而明、清两代犹然。这是两书文体各有所胜的缘故。但历来班、马并称，《史》《汉》连举，它们叙事写人的技术，毕竟是大同的。

《史记》，汉司马迁著。司马迁，字子长，左冯翊夏阳（今陕西韩城）人，景帝中元五年——西元前一四五年——生，卒年不详。他是太史令司马谈的儿子。小时候在本乡只帮人家耕耕田、放放牛玩儿。司马谈做了太史令，才将他带到京师（今西安）读书。他十岁的时候，便认识"古文"的书了。二十岁以后，到处游历，真是足迹遍天下。他东边到过现在的河北、山东及江、浙沿海，南边到过湖南、江西、云南、贵州，西边到过陕、甘、西康等处，北边到过长城等处；当时的"大汉帝国"，除了朝鲜、河西（今宁夏一带）、岭南几个新开郡外，他都走到了。他的出游，相传是父亲命他搜求史料去的，但也有些处是因公去的。他搜得了多少写的史料，没有明文，不能知道。可是他却看到了好些古代的遗迹，听到了好些古代的轶闻；这些都是活史料，他用来印证并补充他所读的书。他作《史记》，叙述和描写往往特别亲切有味，便是为此。他的游历不但增扩了他的见闻，也增扩了他的胸襟；他能够综括三千多年的事，写成一部大书，而行文又极其抑扬变化之致，可见他的胸襟是如何的阔大。

他二十几岁的时候，应试得高第，做了郎中。武帝元封年（西元前一一〇），大行封禅典礼，步骑十八万，旌旗千余里。司马谈是史官，本该从行；但是病得很重，留在洛阳不能去。司马迁却跟去了。回来见父亲，父亲已经快死了，拉着他的手呜咽道："我们先人从虞、夏以来，世代做史官；周末弃职他去，从此我家便衰微了。我虽然恢复了世传的职务，可是不成；你看这回封禅大典，我竟不能从行，真是命该如此！再说孔子因为眼见王道缺、礼乐衰，才整理文献，论《诗》《书》，作《春秋》，他的功绩是不朽的。孔子到现在又四百多年了，各国只管争战，史籍都散失了，这得搜求整理；汉朝一统天下，明主、贤君、忠臣、死义之士，也得记载表彰。我做了太史令，却没能尽职，无所论著，真是惶恐万分。你若能继承先业，再做太史令，成就我的未竟之志，扬名于后世，那就是大孝了。你想着我的话罢。"司马迁听了父亲这番遗命，低头流泪答道："儿子虽然不肖，定当将你老人家所搜集的材料，小心整理起来，不敢有所遗失。"司马谈便在这年死了；司马迁这年三十六岁。父亲的遗命指示了他一条伟大的路。

父亲死的第三年，司马迁果然做了太史令。他有机会看到许多史籍和别的藏书，便开始作整理的工夫。那时史料都集中在太史令手里，特别是汉代各地方行政报告，他那里都有。他一面整理史料，一面却忙着改历的工作；直到太初元年（西元前一○四），太初历完成，才动手著他的书。天汉二年（西元前九九），李陵奉了贰师将军李广利的命，领了五千兵，出塞打匈奴。匈奴八万人围着他们；他们杀伤了匈奴一万多，可是自己的人也死了一大半。箭完了，又没有吃的，耗了八天，等贰师将军派救兵。救兵竟没有影子。匈奴却派人来招降。李陵想着回去也没有脸，就降了。武帝听了这个消息，又急又气。朝廷里纷纷说李陵的坏话。武帝问司马迁，李陵到底是个怎样的人。李陵也做过郎中，和司马迁同过事，司马迁是知道他的。

他说李陵这个人秉性忠义，常想牺牲自己，报效国家。这回以少敌众，兵尽路穷，但还杀伤那么些人，功劳其实也不算小。他绝不是怕死的，他的降大概是假意的，也许在等机会给汉朝出力呢。武帝听了他的话，想着贰师将军是自己派的元帅，司马迁却将功劳归在投降的李陵身上，真是大不敬；便教将他抓起来，下在狱里。第二年，武帝杀了李陵全家，处司马迁宫刑。宫刑是个大辱，污及先人，见笑亲友。他灰心失望已极，只能发愤努力，在狱中专心致志写他的书，希图留个后世名。过了两年，武帝改元太始，大赦天下。他出了狱，不久却又做了宦者做的官——中令书，重被宠信。但他还继续写他的书。直到征和二年（西元前九一），全书才得完成，共一百三十篇，五十二万六千五百字。他死后，这部书部分的流传；到宣帝时，他的外孙杨恽才将全书献上朝廷去，并传写公行于世。汉人称为《太史公书》《太史公》《太史公记》《太史记》。魏、晋间才简称为《史记》，《史记》便成了定名。这部书流传时颇有缺佚，经后人补续窜改了不少；只有元帝、成帝间褚少孙补的有主名，其余都不容易考了。

司马迁是窃比孔子的。孔子是在周末官守散失时代第一个保存文献的人；司马迁是秦灭以后第一个保存文献的人。他们保存的方法不同，但是用心一样。《史记·自序》里记着司马迁和上大夫壶遂讨论作史的一番话。司马迁引述他的父亲称扬孔子整理"六经"的丰功伟业，而特别着重《春秋》的著作。他们父子都是相信孔子作《春秋》的。他又引董仲舒所述孔子的话："我有种种觉民救世的理想，凭空发议论，恐怕人不理会；不如借历史上现成的事实来表现，可以深切著明些。"这便是孔子作《春秋》的趣旨；他是要明王道，辨人事，分明是非、善恶、贤不肖，存亡继绝，补敝起废，作后世君臣龟鉴。《春秋》实在是礼义的大宗，司马迁相信礼治是胜于法治的。他相信《春秋》包罗万象，采善贬恶，并非以刺讥为主。像他父亲遗命所说的，汉兴以来，人主明圣盛德，和功臣、世家、贤大夫之业，是他父子职守所在，正该记载表彰。他的书记汉事较详，固然是史料多，也是他意主尊汉的缘故。他排斥暴秦，要将汉远承三代。这正和今文家说的《春秋》尊鲁一样，他的书实在是窃比《春秋》的。他虽自称只是"厥协六经异传，整齐百家杂语"，述而不作，不敢与《春秋》比，那不过是谦词罢了。

他在《报任安书》里说他的书"欲以究天人之际，通古今之变，成一家之言"。《史记·自序》里说："罔（网）罗天下放佚旧闻，王迹所兴，原始察终，见盛观衰，论考之行事。""王迹所兴"，始终盛衰，便是"古今之变"，也便是"天人之际"。"天人之际"只是天道对于人事的影响；这和所谓"始终盛衰"都是阴阳家言。阴阳家倡"五德终始说"，以为金、木、水、火、土五行之德，互相克胜，终始运行，循环不息。当运者盛，王迹所兴；运去则衰。西汉此说大行，与"今文经学"合而为一。司马迁是请教过董仲舒的，董就是今文派的大师；他也许受了董的影响。"五德终始说"原是一种历史哲学；实际的教训只是让人君顺时修德。

《史记》虽然窃比《春秋》，却并不用那咬文嚼字的书法，只据事实录，使善恶自见。书里也有议论，那不过是著者牢骚之辞，与大体是无关的。原来司马迁自遭李陵之祸，更加努力著书。他觉得自己已经身废名裂，要发抒意中的郁结，只有这一条通路。他在《报任安书》和《史记·自序》里引文王以下到韩非诸贤圣，都是发愤才著书的。他自己也是个发愤著书的人。天道的无常，世变的无常，引起了他的慨叹；他悲天悯人，发为牢骚抑扬之辞。这增加了他的书的情韵。后世论文的人推尊《史记》，一个原因便在这里。

班彪论前史得失，却说他"论议浅而不笃。其论术学，则崇黄老而薄'五经'；序货殖，则轻仁义而羞贫穷；论游侠，则贱守节而贵俗功"。以为"大敝伤道"。班固也说他"是非颇谬于圣人"。其实推崇道家的是司马谈；司马迁时，儒学已成独尊之势，他也成了一个推崇的人了。至于《游侠》《货殖》两传，确有他的身世之感。那时候有钱可以赎罪，他遭了李陵之祸，刑重家贫，不能自赎，所以才有"羞贫穷"的话；他在穷窘之中，交游竟没有一个抱不平来救他的，所以才有称扬游侠的话。这和《伯夷传》里天道无常的疑问，都只是偶一借题发挥，无关全书大旨。东汉王允看"发愤"著书一语，加上咬文嚼字的成见，便说《史记》是"佞臣"的"谤书"，那不但误解了《史记》，也太小看了司马迁。

《史记》体例有五：十二本纪，记帝王政迹，是编年的；十表，以分年略记世代为主；八书，记典章制度的沿革；三十世家，记侯国世代存亡；七十列传，类记各方面人物。史家称为"纪传体"，因为"纪传"是最重要的部分。古史不是断片的杂记，便是顺案年月的纂录；自出机杼，创立规模，以驾驭去取各种史料的，从《史记》起始。司马迁的确能够贯穿经传，整齐百家杂语，成一家言。他明白"整齐"的必要，并知道怎样去"整齐"：这实在是创作，是以述为作。他这样将自有文化以来三千年间君臣士庶的行事，"合一炉而冶之"，却反映着秦汉大一统的局势。《春秋左氏传》虽也可算通史，但是规模完具的通史，还得推《史记》为第一部书。班固根据他父亲班彪的意见，说司马迁"善叙事理，辩而不华，质而不俚；其文直，其事核，不虚美，不隐恶，故谓之实录"。"直"是"简省"的意思；简省而能明确，便见本领。《史记》共一百三十篇，列传占了全书的过半数；司马迁的史观是以人物为中心的。他最长于描写；靠了他的笔，古代许多重要人物的面形，至今还活现在纸上。

《汉书》，汉班固著。班固，字孟坚，扶风安陵（今陕西咸阳）人，光武帝建武八年——西元三二年——生，和帝永元四年——西元九二年——卒。他家和司马氏一样，也是个世家；《汉书》是子继父业，也和司马迁差不多。但班固的凭借，比司马迁好多了。他曾祖班斿，博学有才气，成帝时，和刘向同校皇家藏书。成帝赐了他全套藏书的副本，《史记》也在其中。当时书籍流传很少，得来不易；班家得了这批赐书，真像大图书馆似的。他家又有钱，能够招待客人。后来有好些学者，老远地跑到他家来看书；扬雄便是一个。班斿的次孙班彪，既有书看，又得接触许多学者；于是尽心儒术，成了一个史学家。《史记》以后，续作很多，但不是偏私，就是鄙俗；班彪加以整理补充，著了六十五篇《后传》。他详论《史记》的得失，大体确当不移。他的书似乎只有本纪和列传；世家是并在列传里。这部书没有流传下来，但他的儿子班固的《汉书》是用它作底本的。

班固生在河西，那时班彪避乱在那里。班固有弟班超、妹班昭，后来都有功于《汉书》。他五岁时随父亲到那时的京师洛阳。九岁时能作文章，读诗赋。大概是十六岁罢，他入了洛阳的大学，博览群书。他治学不专守一家；只重大义，不沾沾在章句上。又善作辞赋。为人宽和容众，不以才能骄人。在大学里读了七年书，二十三岁上，父亲死了，他回到安陵去。明帝永平元年（西元五八），他二十八岁，开始改撰父亲的书。他觉得《后传》不够详明，自己专心精究，想完成一部大书。过了三年，有人上书给明帝，告他私自改作旧史。当时天下新定，常有人假造预言，摇惑民心；私改旧史，更有机会造谣，罪名可以很大。

明帝当即诏令扶风郡逮捕班固，解到洛阳狱中，并调看他的稿子。他兄弟班超怕闹出大乱子，永平五年（西元六二），带了全家赶到洛阳：他上书给明帝，陈明原委，请求召见。明帝果然召见，他陈明班固不敢私改旧史，只是续父所作。那时扶风郡也已将班固稿子送呈。明帝却很赏识那稿子，便命班固做校书郎，兰台令史，跟别的几个人同修世祖（光武帝）本纪。班家这时候很穷。班超也做了一名书记，帮助哥哥养家。后来班固等又述诸功臣的事迹，作列传载记二十八篇奏上。这些后来都成了刘珍等所撰的《东观汉记》的一部分，与《汉书》是无关的。

明帝这时候才命班固续完前稿。永平七年（西元六四），班固三十三岁，在兰台重行写他的大著。兰台是皇家藏书之处，他取精用弘，比家中自然更好。次年，班超也做了兰台令史。虽然在官不久，就从军去了，但一定给班固帮助很多。章帝即位，好辞赋，更赏识班固了。他因此得常到宫中读书，往往连日带夜的读下去。大概在建初七年（西元八二），他的书才大致完成。那年他是五十一岁了。和帝永元元年（西元八九），车骑将军窦宪出征匈奴，用他做中护军，参议军机大事。这一回匈奴大败，逃得不知去向。窦宪在出塞三千多里外的燕然山上刻石纪功，教班固作铭。这是著名的大手笔。

次年他回到京师，就做了窦宪的秘书。当时窦宪威势极盛；班固倒没有仗窦家的势欺压人，但他的儿子和奴仆却都无法无天的。这就得罪了许多地面上的官儿；他们都敢怒而不敢言。有一回他的奴子喝醉了，在街上骂了洛阳令种兢，种兢气恨极了，但也只能记在心里。永元四年（西元九二），窦宪阴谋弑和帝，事败，自杀。他的党羽，或诛死，或免官。班固先只免了官，种兢却饶不过他，逮捕了他，下在狱里。他已经六十一岁了，受不得那种苦，便在狱里死了。和帝得知，很觉可惜，特地下诏申斥种兢，命他将主办的官员抵罪。班固死后，《汉书》的稿子很散乱。他的妹子班昭也是高才博学，嫁给曹世叔，世叔早死，她的节行并为人所重。当时称为曹大家。这时候她奉诏整理哥哥的书；并有高才郎官十人从她研究这部书——经学大师扶风马融，就在这十人里。书中的八表和天文志那时还未完成，她和马融的哥哥马续参考皇家藏书，将这些篇写定，这也是奉诏办的。

《汉书》的名称从《尚书》来，是班固定的。他说唐、虞、三代当时都有记载，颂述功德；汉朝却到了第六代才有司马迁的《史记》。而《史记》是通史，将汉朝皇帝的本纪放在尽后头，并且将尧的后裔的汉和秦、项放在相等的地位，这实在不足以推尊本朝。况《史记》只到武帝而止，也没有成段落似的。他所以断代述史，起于高祖，终于平帝时王莽之诛，共十二世，二百三十年，作纪、表、志、传凡百篇，称为《汉书》。班固著《汉书》，虽然根据父亲的评论，修正了《史记》的缺失，但断代的主张，却是他的创见。他这样一面保存了文献，一面贯彻了发扬本朝的功德的趣旨。所以后来的正史都以他的书为范本，名称也多叫作"书"。他这个创见，影响是极大的。他的书所包举的，比《史记》更为广大：天地、鬼神、人事、政治、道德、艺术、文章，尽在其中。

书里没有"世家"一体，本于班彪《后传》。汉代封建制度，实际上已不存在；无所谓侯国，也就无所谓世家。这一体的并入列传，也是自然之势。至于改"书"为"志"，只是避免与《汉书》的"书"字相重，无关得失。但增加了《艺文志》，叙述古代学术源流，记载皇家藏书目录，所关却就大了。《艺文志》的底本是刘歆的《七略》。刘向、刘歆父子都曾奉诏校读皇家藏书；他们开始分别源流，编订目录，使那些"中秘书"渐得流传于世，功劳是很大的。他们的原著都已不存，但《艺文志》还保留着刘歆《七略》的大部分。这是后来目录学家的宝典。原来秦火之后，直到成帝时，书籍才渐渐出现；成帝诏求遗书于天下，这些书便多聚在皇家。刘氏父子所以能有那样大的贡献，班固所以想到《汉书》里增立《艺文志》，都是时代使然。司马迁便没有这样好运气。

《史记》成于一人之手，《汉书》成于四人之手。表、志由曹大家和马续补成；纪、传从昭帝至平帝有班彪的《后传》作底本。而从高祖至武帝，更多用《史记》的文字。这样一看，班固自己作的似乎太少。因此有人说他的书是"剽窃"而成，算不得著作。但那时的著作权的观念还不甚分明，不以抄袭为嫌；而史书也不能凭虚别构。班固删润旧文，正是所谓"述而不作"。他删润的地方，却颇有别裁，决非率尔下笔。史书叙汉事，有阙略的，有隐晦的，经他润色，便变得详明；这是他的独到处。汉代"明主、贤君、忠臣、死义之士"，他实在表彰得更为到家。书中收载别人整篇的文章甚多，有人因此说他是"浮华"之士。这些文章大抵关系政治学术，多是经世有用之作。那时还没有文集，史书加以搜罗，不失保存文献之旨。至于收录辞赋，却是当时的风气和他个人的嗜好；不过从现在看来，这些也正是文学史料，不能抹杀的。

班、马优劣论起于王充《论衡》。他说班氏父子"文义浃备，纪事详赡"，观者以为胜于《史记》。王充论文，是主张华实俱成的。汉代是个辞赋的时代，所谓"华"，便是辞赋化。《史记》当时还用散行文字；到了《汉书》，便宏丽精整，多用排偶，句子也长了。这正是辞赋的影响。自此以后，直到唐代，一般文士，大多偏爱《汉书》，专门传习，《史记》的传习者却甚少。这反映着那时期崇尚骈文的风气。唐以后，散文渐成正统，大家才提倡起《史记》来；明归有光及清桐城派更力加推尊，《史记》差不多要驾乎《汉书》之上了。这种优劣论起于二书散整不同，质文各异；其实是跟着时代的好尚而转变的。

晋代张辅，独不好《汉书》。他说："世人论司马迁班固才的优劣，多以固为胜，但是司马迁叙三千年事，只五十万言，班固叙二百年事，却有八十万言。烦省相差如此之远，班固那里赶得上司马迁呢！"刘知几《史通》却以为"《史记》虽叙三千年事，详备的也只汉兴七十多年，前省后烦，未能折中；若教他作《汉书》，恐怕比班固还要烦些"。刘知几左祖班固，不无过甚其辞。平心而论，《汉书》确比《史记》繁些。《史记》是通史，虽然意在尊汉，不妨详近略远，但叙汉事到底不能太详：司马迁是知道"折中"的。《汉书》断代为书，尽可充分利用史料，尽其颂述功德的职分；载事既多，文字自然繁了，这是一。《汉书》载别人的文字也比《史记》多，这是二。《汉书》文字趋向骈体，句子比散体长，这是三。这都是"事有必至，理有固然"，不足为《汉书》病。范晔《后汉书·班固传赞》说班固叙事"不激诡，不抑抗，赡而不秽，详而有体，使读之者亹亹而不厌"，这是不错的。

宋代郑樵在《通志·总序》里抨击班固，几乎说得他不值一钱。刘知几论通史不如断代，以为通史年月悠长，史料亡佚太多，所可采录的大都陈陈相因，难得新异。《史记》已不免此失；

后世仿作，贪多务得，又加繁杂的毛病，简直教人懒得去看。按他的说法，像《鲁春秋》等，怕也只能算是截取一个时代的一段儿，相当于《史记》的叙述汉事；不是无首无尾，就是有首无尾。这都不如断代史的首尾一贯好。像《汉书》那样，所记的只是班固的近代，史料丰富，搜求不难。只需破费工夫，总可一新耳目，"使读之者亹亹而不厌"的。郑樵的意见恰相反，他注重会通，以为历史是连贯的，要明白因革损益的轨迹，非会通不可。通史好在能见其全，能见其大。他称赞《史记》，说是"六经之后，惟有此作"。他说班固断汉为书，古今间隔，因革不明，失了会通之道，真只算是片段罢了。其实通古和断代，各有短长，刘、郑都不免一偏之见。

《史》《汉》可以说是自各成家。《史记》"文直而事核"，《汉书》"文赡而事详"。司马迁感慨多，微情妙旨，时在文字蹊径之外；《汉书》却一览之余，情词俱尽。但是就史论史，班固也许比较客观些，比较合体些。明茅坤说："《汉书》以矩矱用"，清章学诚说"班氏守绳墨"，"班氏体方用智"，都是这个意思。晋傅玄评班固，"论国体则饰主阙而折忠臣，叙世教则贵取容而贱直节"。这些只关识见高低，不见性情偏正，和司马迁《游侠》《货殖》两传蕴含着无穷的身世之痛的不能相比，所以还无碍其为客观的。总之《史》《汉》二书，文质和繁省虽然各不相同。而所采者博，所择者精，却是一样；组织弘大，描写的曲达，也同工异曲。二书并称良史，决不是偶然的。

诸 子

春秋末年，封建制度开始崩坏，贵族的统治权，渐渐维持不住。社会上的阶级，有了紊乱的现象。到了战国，更看见农奴解放，商人抬头。这时候一切政治的、社会的、经济的制度，都起了根本的变化。大家平等自由，形成了一个大解放的时代。在这个大变动当中，一些才智之士对于当前的形势，有种种的看法，有种种的主张；他们都想收拾那动乱的局面，让它稳定下来。有些倾向于守旧的，便起来拥护旧文化、旧制度；向当世的君主和一般人申述他们拥护的理由，给旧文化、旧制度找出理论上的根据。也有些人起来批评或反对旧文化、旧制度，又有些人要修正那些。还有人要建立新文化、新制度来代替旧的；还有人压根儿反对一切文化和制度。这些人也都根据他们自己的见解各说各的，都"持之有故，言之成理"。这便是诸子之学，大部分可以称为哲学。这是一个思想解放的时代，也是一个思想发达的时代，在中国学术史里是稀有的。

诸子都出于职业的"士"。"士"本是封建制度里贵族的末一级；但到了春秋、战国之际，"士"成了有才能的人的通称。在贵族政治未崩坏的时候，所有的知识、礼、乐等等，都在贵族手里，平民是没份的。那时有知识技能的专家，都由贵族专养专用，都是在官的。到了贵族政治崩坏以后，贵族有的失了势，穷了，养不起自用的专家。这些专家失了业，流落到民间，便卖他们的知识技能为生。凡有权有钱的都可以临时雇用他们；他们起初还是伺候贵族的时候多，不过不限于一家贵族罢了。这样发展了一些自由职业；靠这些自由职业为生的，渐渐形成了一个特殊阶级，便是"士农工商"的"士"。这些"士"，这些专家，后来居然开门授徒起来。徒弟多了，声势就大了，地位也高了。他们除掉执行自己的职业之外，不免根据他们专门的知识技能，研究起当时的文化和制度来了。这就有了种种看法和主张。各"思以其道易天下"。诸子百家便是这样兴起的。

第一个开门授徒发扬光大那非农非工非商非官的"士"的阶级的，是孔子。孔子名丘，他家原是宋国的贵族，贫寒失势，才流落到鲁国去。他自己做了一个儒士；儒士是以教书和相礼为职业的，他却只是一个"老教书匠"。他的教书有一个特别的地方，就是"有教无类"。他大招学生，不问身家，只要缴相当的学费就收；收来的学生，一律教他们读《诗》《书》等名贵的古籍，并教他们礼、乐等功课。这些从前是只有贵族才能够享受的，孔子是第一个将学术民众化的人。他又带着学生，周游列国，说当世的君主；这也是从前没有的。他一个人开了讲学和游说的风气，是"士"阶级的老祖宗。他是旧文化、旧制度的辩护人，以这种姿态创始了所谓儒家。所谓旧文化、旧制度，主要的是西周的文化和制度，孔子相信是文王、周公创造的。继续文王、周公的事业，便是他给他自己的使命。他自己说，"述而不作，信而好古"；所述的，所信所好的，都是周代的文化和制度。《诗》《书》《礼》《乐》等是周文化的代表，所以他拿来作学生的必修科目。这些原是共同的遗产，但后来各家都讲自己的新学说，不讲这些；讲这些的始终只有述而不作的儒家。因此《诗》《书》《礼》《乐》等便成为儒家的专有品了。

孔子是个博学多能的人，他的讲学是多方面的。他讲学的目的在于养成"人"，养成为国家服务的人，并不在于养成某一家的学者。他教学生读各种书，学各种功课之外，更注重人格的修养。他说为人要有真性情，要有同情心，能够推己及人，这所谓"直""仁""忠""恕"；一面还得合乎礼，就是遵守社会的规范。凡事只问该做不该做，不必问有用无用；只重义，不计利。这样人才配去干政治，为国家服务。孔子的政治学说，是"正名主义"。他想着当时制度的崩坏，阶级的紊乱，都是名不正的缘故。君没有君道，臣没有臣道，父没有父道，子没有子道，实和名不能符合起来，天下自然乱了。救时之道，便是"君君，臣臣，父父，子子"；正名定分，社会的秩序，封建的阶级便会恢复的。他是给封建制度找了一个理论的根据。这个正名主义，又是从《春秋》和古史官的种种书法归纳得来的。他所谓"述而不作"，其实是以述为作，就是理论化旧文化、旧制度，要将那些维持下去。他对于中国文化的贡献，便在这里。

孔子以后，儒家还出了两位大师，孟子和荀子。孟子名轲，邹人；荀子名况，赵人。这两位大师代表儒家的两派。他们也都拥护周代的文化和制度，但是更进一步地加以理论化和理想化。孟子说人性是善的。人都有恻隐心、羞恶心、辞让心、是非心；这便是仁、义、礼、智等善端，只要能够加以扩充，便成善人。这些善端，又总称为"不忍人之心"。圣王本于"不忍人之心"，发为"不忍人之政"，便是"仁政"，"王政"。一切政治的、经济的制度都是为民设的，君也是为民设的——这却已经不是封建制度的精神了。和王政相对的是霸政。霸主的种种制作设施，有时也似乎为民，其实不过是达到好名、好利、好尊荣的手段罢了。荀子说人性是恶的。性是生之本然，里面不但没有善端，还有争夺放纵等恶端。但是人有相当聪明才力，可以渐渐改善学好；积久了，习惯自然，再加上专一的功夫，可以到圣人的地步。所以善是人为的。孟子反对功利，他却注重它。他论王霸的分别，也从功利着眼。孟子注重圣王的道德，他却注重圣王的威权。他说生民之初，纵欲相争，乱得一团糟；圣王建立社会国家，是为明分、息争的。礼是社会的秩序和规范，作用便在明分；乐是调和情感的，作用便在息争。他这样从功利主义出发，给一切文化和制度找到了理论的根据。

儒士多半是上层社会的失业流民；儒家所拥护的制度，所讲、所行的道德，也是上层社会所讲、所行的。还有原业农工的下层失业流民，却多半成为武士。武士是以帮人打仗为职业的专家。墨翟便出于武士。墨家的创始者墨翟，鲁国人，后来做到宋国的大夫，但出身大概是很微贱的。"墨"原是做苦工的犯人的意思，大概是个诨名；"翟"是名字。墨家本是贱者，也就不辞用那个诨名自称他们的学派。墨家是有团体组织的，他们的首领叫作"巨子"；墨子大约就是第一任"巨子"。他们不但是打仗的专家，并且是制造战争器械的专家。

但墨家和别的武士不同，他们是有主义的。他们虽以帮人打仗为生，却反对侵略的打仗；他们只帮被侵略的弱小国家做防卫的工作。《墨子》里只讲守的器械和方法，攻的方面，特意不讲。这是他们的"非攻"主义。他们说天下大害，在于人的互争；天下人都该视人如己，互相帮助，不但利他，而且利己。这是"兼爱"主义。墨家更注重功利，凡与国家人民有利的事情，才认为有价值。国家人民，利在富庶；凡能使人民富庶的事物是有用的，别的都是无益或有害。他们是平民的代言人，所以反对贵族的周代的文化和制度。他们主张"节葬""短丧""节用""非乐"，都和儒家相反。他们说他们是以节俭勤苦的夏禹为法的。他们又相信有上帝和鬼神，能够赏善罚恶；这也是下层社会的旧信仰。儒家和墨家其实都是守旧的，不过，一个守原来上层社会的旧，一个守原来下层社会的旧罢了。

压根儿反对一切文化和制度的是道家。道家出于隐士。孔子一生曾遇到好些"避世"之士；他们着实讥评孔子。这些人都是有知识学问的。他们看见时世太乱，难以挽救，便消极起来，对于世事，取一种不闻不问的态度。他们讥评孔子"知其不可而为之"，费力不讨好；他们自己便是知其不可而不为的、独善其身的聪明人。后来有个杨朱，也是这一流人，他却将这种态度理论化了，建立"为我"的学说。他主张"全生保真，不以物累形"；将天下给他，换他小腿上一根汗毛，他是不干的。天下虽大，是外物；一根毛虽小，却是自己的一部分。所谓"真"，便是自然。杨朱所说的只是教人因生命的自然，不加伤害；"避世"便是"全生保真"的路。不过世事变化无穷，避世未必就能避害，杨朱的教义到这里却穷了。老子、庄子的学说似乎便是从这里出发，加以扩充的。杨朱实在是道家的先锋。

老子相传姓李名耳，楚国隐士。楚人是南方新兴的民族，受周文化的影响很少；他们往往有极新的思想。孔子遇到那些隐士，也都在楚国，这似乎不是偶然的。庄子名周，宋国人，他的思想却接近楚人。老学以为宇宙间事物的变化，都遵循一定的公律，在天然界如此，在人事界也如此。这叫作"常"。顺应这些公律，便不须避害，自然能避害。所以说，"知常曰明。"事物变化的最大公律是物极则反。处世接物，最好先从反面下手。"将欲翕之，必固张之；将欲弱之，必固强之；将欲废之，必固兴之；将欲夺之，必固与之。""大直若屈，大巧若拙，大辩若讷。"这样以退为进，便不至于有什么冲突了。因为物极则反，所以社会上政治上种种制度，推行起来，结果往往和原来目的相反。"法令滋彰，盗贼多有。"治天下本求有所作为，但这是费力不讨好的，不如排除一切制度，顺应自然，无为而为，不治而治。那就无不为，无不治了。自然就是"道"，就是天地万物所以生的总原理。物得道而生，是道的具体表现。一物所以生的原理叫作"德"，"德"是"得"的意思。所以宇宙万物都是自然的。这是老学的根本思想，也是庄学的根本思想。但庄学比老学更进一步。他们主张绝对的自由，绝对的平等。天地万物，无时不在变化之中，不齐是自然的。一切但须顺其自然，所有的分别，所有的标准，都是不必要的。社会上、政治上的制度，硬教不齐的齐起来，只徒然伤害人性罢了。所以圣人是要不得的；儒、墨是"不知耻"的。按庄学说，凡天下之物都无不好，凡天下的意见，都无不对；无所谓物我，无所谓是非。甚至死和生也都是自然的变化，都是可喜的。明白这些个，便能与自然打成一片，成为"无人而不自得"的圣人了。老、庄两派，汉代总称为道家。

庄学排除是非，是当时"辩者"的影响。"辩者"汉代称为名家，出于讼师。辩者的一个首领郑国邓析，便是春秋末年著名的讼师。另一个首领梁相惠施，也是法律行家。邓析的本事在对于法令能够咬文嚼字地取巧，"以是为非，以非为是。"语言文字往往是多义的；他能够分析语言文字的意义，利用来做种种不同甚至相反的解释。这样发展了辩者的学说。当时的辩者有惠施和公孙龙两派。惠施派说，世间各个体的物，各有许多性质；但这些性质，都因比较而显，所以不是绝对的。各物都有相同之处，也都有相异之处。从同的一方面看，可以说万物无不相同；从异的一方面看，可以说万物无不相异。同异都是相对的：这叫作"合同异"。

公孙龙，赵人。他这一派不重个体而重根本，他说概念有独立分离的存在。譬如一块坚而白的石头，看的时候只见白，没有坚；摸的时候只觉坚，不见白。所以白性与坚性两者是分离的。况且天下白的东西很多，坚的东西也很多，有白而不坚的，也有坚而不白的。也可见白性与坚性是分离的。白性使物白，坚性使物坚；这些虽然必须因具体的物而见，但实在有着独立的存在，不过是潜存罢了。这叫作"离坚白"。这种讨论与一般人感觉和常识相反，所以当时以为"怪说""琦辞"，"辩而无用"。但这种纯理论的兴趣，在哲学上是有它的价值的。至于辩者对于社会政治的主张，却近于墨家。

儒、墨、道各家有一个共通的态度，就是托古立言；他们都假托古圣贤之言以自重。孔子托文王、周公，墨子托于禹，孟子托于尧、舜，老、庄托于传说中尧、舜以前的人物；一个比一个古，一个压一个。不托古而变古的只有法家。法家出于"法术之士"，法术之士是以政治为职业的专家。贵族政治崩坏的结果，一方面是平民的解放，一方面是君主的集权。这时候国家的范围，一天一天扩大，社会的组织也一天一天复杂。人治、礼治，都不适用了。法术之士便创一种新的政治方法帮助当时的君主整理国政，做他们的参谋。这就是法治。当时现实政治和各方面的趋势是变古——尊君权、禁私学、重富豪。法术之士便拥护这种趋势，加以理论化。

他们中间有重势、重术、重法三派，而韩非子集其大成。他本是韩国的贵族，学于荀子。他采取荀学、老学和辩者的理论，创立他的一家言；他说势、术、法三者都是"帝王之具"，缺一不可。势的表现是赏罚，赏罚严，才可以推行法和术。因为人性究竟是恶的。术是君主驾驭臣下的技巧。综核名实是一个例。譬如教人做某官，按那官的名位，该能做出某些成绩来；君主就可以照着去考核，看他名实能相副否。又如臣下有所建议，君主便叫他去做，看他能照所说的做到否。名实相副的赏；否则罚。法是规矩准绳，明主制下了法，庸主只要守着，也就可以治了。君主能够兼用法、术、势，就可以一驭万，以静制动，无为而治。诸子都讲政治，但都是非职业的，多偏于理想。只有法家的学说，从实际政治出来，切于实用。中国后来的政治，大部分是受法家的学说支配的。

古代贵族养着礼、乐专家，也养着巫祝、术数专家。礼、乐原来的最大的用处在丧、祭。丧、祭用礼、乐专家，也用巫祝；这两种人是常在一处的同事。巫祝固然是迷信的；礼、乐里原先也是有迷信成分的。礼、乐专家后来沦为儒；巫祝术数专家便沦为方士。他们关系极密切，所注意的事有些是相同的。汉代所称的阴阳家便出于方士。古代术数注意于所谓"天人之际"，以为天道人事互相影响。战国末年有些人更将这种思想推行起来，并加以理论化，使它成为一贯的学说。这就是阴阳家。

当时阴阳家的首领是齐人驺衍。他研究"阴阳消息"，创为

"五德终始"说。"五德"就是五行之德。五行是古代信仰。邹衍以为五行是五种天然势力，所谓"德"。每一德，各有盛衰的循环。在它当运的时候，天道人事，都受它支配。等到它运尽而衰，为别一德所胜所克，别一德就继起当运。木胜土，金胜木，火胜金，水胜火，土胜水，这样"终始"不息。历史上的事变都是这些天然势力的表现。每一朝代，代表一德；朝代是常变的，不是一家一姓可以永保。阴阳家也讲仁义名分，却是受儒家的影响。那时候儒家也在开始受他们的影响，讲《周易》，作《易传》。到了秦、汉间，儒家更几乎与他们混合为一；西汉今文家的经学大部便建立在阴阳家的基础上。后来"古文经学"虽然扫除了一些"非常""可怪"之论，但阴阳家的思想已深入人心，牢不可拔了。

战国末期，一般人渐渐感觉统一思想的需要，秦相吕不韦便是作这种尝试的第一个人。他教许多门客合撰了一部《吕氏春秋》。现在所传的诸子书，大概都是汉人整理编定的；他们大概是将同一学派的各篇编辑起来，题为某子，所以都不是有系统的著作。《吕氏春秋》却不然；它是第一部完整的书。吕不韦所以编这部书，就是想化零为整，集合众长，统一思想。他的基调却是道家。秦始皇统一天下，李斯为相，实行统一思想。他烧书，禁天下藏"《诗》《书》百家语"。但时机到底还未成熟，而秦不久也就亡了，李斯是失败了。所以汉初诸子学依然很盛。

到了汉武帝的时候，淮南王刘安仿效吕不韦的故智，教门客编了一部《淮南子》，也以道家为基调，也想来统一思想，但成功的不是他，是董仲舒。董仲舒向武帝建议："《六经》和孔子的学说以外，各家一概禁止。邪说息了，秩序才可统一，标准才可分明，人民才知道他们应走的路。"武帝采纳了他的话。从此，帝王用功名、利禄提倡他们所定的儒学，儒学统于一尊；春秋战国时代言论思想极端自由的空气便消灭了。这时候政治上既开了从来未有的大局面，社会和经济各方面的变动也渐渐凝成了新秩序，思想渐归于统一，也是自然的趋势。在这新秩序里，农民还占着大多数，宗法社会还保留着，旧时的礼教与制度一部分还可适用，不过民众化了罢了。另一方面，要创立政治上、社会上各种新制度，也得参考旧的。这里便非用儒者不可了。儒者通晓以前的典籍，熟悉以前的制度，而又能够加以理想化、理论化，使那些东西秩然有序，粲然可观。别家虽也有政治社会学说，却无具体的办法，就是有，也不完备，赶不上儒家；在这建设时代，自然不能和儒学争胜。儒学的独尊，也是当然的。

辞　赋

屈原是我国历史里永被纪念着的一个人。旧历五月五日端午节，相传便是他的忌日；他是投水死的，竞渡据说原来是表示救他的，粽子原来是祭他的。现在定五月五日为诗人节，也是为了纪念的缘故。他是个忠臣，而且是个缠绵悱恻的忠臣；他是个节士，而且是个浮游尘外、清白不污的节士。"举世皆浊而我独清，众人皆醉而我独醒"，他的身世是一出悲剧。可是他永生在我们的敬意尤其是我们的同情里。"原"是他的号，"平"是他的名字。他是楚国的贵族，怀王时候，做"左徒"的官。左徒好像现在的秘书。他很有学问，熟悉历史和政治，口才又好。一方面参赞国事，一方面给怀王见客，办外交，头头是道，怀王很信任他。

当时楚国有亲秦、亲齐两派；屈原是亲齐派。秦国看见屈原得势，便派张仪买通了楚国的贵臣上官大夫、靳尚等，在怀王面前说他的坏话。怀王果然被他们所惑，将屈原放逐到汉北去。张仪便劝怀王和齐国绝交，说秦国答应割地六百里。楚和齐绝了交，张仪却说答应的是六里。怀王大怒，便举兵伐秦，不料大败而归。这时候想起屈原来了，将他召回，教他出使齐国。亲齐派暂时抬头。但是亲秦派不久又得势。怀王终于让秦国骗了去，拘留着，就死在那里。这件事是楚人最痛心的，屈原更不用说了。可是怀王的儿子顷襄王，却还是听亲秦派的话，将他二次放逐到江南去。他流浪了九年，秦国的侵略一天紧似一天；他不忍亲见亡国的惨相，又想以一死来感悟顷襄王，便自沉在汨罗江里。

《楚辞》中《离骚》和《九章》的各篇，都是他放逐时候所作。《离骚》尤其是千古流传的杰作。这一篇大概是二次被放时作的。他感念怀王的信任，却恨他糊涂，让一群小人蒙蔽着，播弄着。而顷襄王又不能觉悟；以致国土日削，国势日危。他自己呢，"信而见疑，忠而被谤"，简直走投无路；满腔委屈，千端万绪的，没人可以诉说。终于只能告诉自己的一支笔，《离骚》便是这样写成的。"离骚"是"别愁"或"遭忧"的意思。他是个富于感情的人，那一腔遏抑不住的悲愤，随着他的笔奔进出来，"东一句，西一句，天上一句，地下一句"，只是一片一段的，没有篇章可言。这和人在疲倦或苦痛的时候，叫"妈呀！""天哪！"一样；心里乱极，闷极了，叫叫透一口气，自然是顾不到什么组织的。

篇中陈说唐、虞、三代的治，桀、纣、羿、浇的乱，善恶因果，历历分明；用来讽刺当世，感悟君王。他又用了许多神话里的譬喻和动植物的譬喻，委屈地表达出他对于怀王的忠爱，对于贤人君子的向往，对于群小的深恶痛疾。他将怀王比作美人，他是"求之不得"，"辗转反侧"；情辞凄切，缠绵不已。他又将贤臣比作香草。"美人香草"从此便成为政治的譬喻，影响后来解诗、作诗的人很大。汉淮南王刘安作《离骚传》说："《国风》好色而不淫，《小雅》怨诽而不乱，若《离骚》者可谓兼之矣。""好色而不淫"似乎就指美人香草用作政治的譬喻而言；"怨诽而不乱"是怨而不怒的意思。虽然我们相信《国风》的男女之辞并非政治的譬喻，但断章取义，淮南王的话却是《离骚》的确切评语。

《九章》的各篇原是分立的，大约汉人才合在一起，给了"九章"的名字。这里面有些是屈原初次被放时作的，有些是二次被放时作的。差不多都是"上以讽谏，下以自慰"；引史事，用譬喻，也和《离骚》一样。《离骚》里记着屈原的世系和生辰，这几篇里也记着他放逐的时期和地域；这些都可以算是他的自叙传。他还作了《九歌》《天问》《远游》《招魂》等，却不能算自叙传，也"不皆是怨君"；后世都说成怨君，便埋没了他的别一面的出世观了。他其实也是一"子"，也是一家之学。这可以说是神仙家，出于巫。《离骚》里说到周游上下四方，驾车的动物，驱使的役夫，都是神话里的。《远游》更全是说的周游上下四方的乐处。这种游仙的境界，便是神仙家的理想。

《远游》开篇说："悲时俗之迫厄兮，愿轻举而远游"，篇中又说："临不死之旧乡"。人间世太狭窄了，也太短促了，人是太不自由自在了。神仙家要无穷大的空间，所以要周行无碍；要无穷久的时间，所以要长生不老。他们要打破现实的有限的世界，用幻想创出一个无限的世界来。在这无限的世界里，所有的都是神话里的人物；有些是美丽的，也有些是丑怪的。《九歌》里的神大都可爱；《招魂》里一半是上下四方的怪物，说得顶怕人的，可是一方面也奇诡可喜。因为注意空间的扩大，所以对于天地、山川、日月、星辰都有兴味。《天问》里许多关于天文地理的疑问，便是这样来的。一面惊奇天地之广大，一面也惊奇人事之诡异——善恶因果，往往有不相应的；《天问》里许多关于历史的疑问，便从这里着眼。这却又是他的人世观了。

要达到游仙的境界，须要"虚静以恬愉"，"无为而自得"，还须导引养生的修炼工夫，这在《远游》里都说了。屈原受庄学的影响极大。这些都是庄学；周行无碍，长生不老，以及神话里的人物，也都是庄学。但庄学只到"我"与自然打成一片而止，并不想创造一个无限的世界；神仙家似乎比庄学更进了一步。神仙家也受阴阳家的影响；阴阳家原也讲天地广大，讲禽兽异物的。阴阳家是齐学。齐国滨海，多有怪诞的思想。屈原常常出使到那里，所以也沾了齐气。还有齐人好"隐"。"隐"是"遁词以隐意，谲譬以指事"，是用一种滑稽的态度来讽谏。淳于髡可为代表。楚人也好"隐"。屈原是楚人，而他的思想又受齐国的影响，他爱用种种政治的譬喻，大约也不免沾点齐气。但是他不取滑稽的态度，他是用一副悲剧面孔说话的。《诗大序》所谓"谲谏"，所谓"言之者无罪，闻之者足以戒"，倒是合式的说明。至于像《招魂》里的铺张排比，也许是纵横家的风气。

《离骚》各篇多用"兮"字足句，句逗以参差不齐为主。"兮"字足句，三百篇中已经不少；句逗参差，也许是"南音"的发展。南本是南乐的名称；三百篇中的二南，本该与风、雅、颂分立为四。二南是楚诗，乐调虽已不能知道，但和风、雅、颂必有异处。从二南到《离骚》，现在只能看出句逗由短而长、由齐而畸的一个趋势；这中间变迁的轨迹，我们还能找到一些，总之，绝不是突如其来的。这句逗的发展，大概多少有音乐的影响。从《汉书·王褒传》，可以知道楚辞的诵读是有特别的调子的，这正是音乐的影响。屈原诸作奠定了这种体制，模拟的日渐其多。就中最出色的是宋玉，他作了《九辩》。宋玉传说是屈原的弟子；《九辩》的题材和体制都模拟《离骚》和《九章》，算是代屈原说话，不过没有屈原那样激切罢了。宋玉自己可也加上一些新思想；他是第一个描写"悲秋"的人。还有个景差，据说是

《大招》的作者;《大招》是模拟《招魂》的。

到了汉代,模拟《离骚》的更多,东方朔、王褒、刘向、王逸都走着宋玉的路。大概武帝时候最盛,以后就渐渐的差了。汉人称这种体制为"辞",又称为"楚辞"。刘向将这些东西编辑起来,成为《楚辞》一书。东汉王逸给作注,并加进自己的拟作,叫作《楚辞章句》。北宋洪兴祖又作《楚辞补注》;《章句》和《补注》合为《楚辞》标准的注本。但汉人又称《离骚》等为"赋"。《史记·屈原传》说他"作《怀沙》之赋";《怀沙》是《九章》之一,本无"赋"名。《传》尾又说:"宋玉、唐勒、景差之徒,皆好辞而以赋见称。"《汉书·艺文志·诗赋略》列"屈原赋二十五篇",就是《离骚》等。大概"辞"是后来的名字,专指屈、宋一类作品;赋虽从辞出,却是先起的名字,在未采用"辞"的名字以前,本包括辞而言。所以浑言称"赋",称"辞赋",分言称"辞"和"赋"。后世引述屈、宋诸家,只通称"楚辞",没有单称"辞"的。但却有称"骚""骚体""骚赋"的,这自然是《离骚》的影响。

荀子的《赋篇》最早称"赋"。篇中分咏"礼""知""云""蚕""箴"(针)五件事物,像是谜语;其中颇有讽世的话,可以说是"隐"的支流余裔。荀子久居齐国的稷下,又在楚国做过县令,死在那里。他的好"隐",也是自然的。《赋篇》总题分咏,自然和后来的赋不同,但是安排客主,问答成篇,却开了后来赋家的风气。荀赋和屈辞原来似乎各是各的;这两体的合一,也许是在贾谊手里。贾谊是荀卿的再传弟子,他的境遇却近于屈原,又久居屈原的故乡;很可能的,他模拟屈原的体制,却袭用了荀卿的"赋"的名字。这种赋日渐发展,屈原诸作也便被称为

"赋"；"辞"的名字许是后来因为拟作多了，才分化出来，作为此体的专称的。辞本是"辩解的言语"的意思，用来称屈、宋诸家所作，倒也并无不合之处。

《汉书·艺文志·诗赋略》分赋为四类。"杂赋"十二家是总集，可以不论。屈原以下二十家，是言情之作。陆贾以下二十一家，已佚，大概近于纵横家言。就中"陆贾赋三篇"，在贾谊之先；但作品既不可见，是他自题为赋，还是后人追题，不能知道，只好存疑了。荀卿以下二十五家，大概是叙物明理之作。这三类里，贾谊以后各家，多少免不了屈原的影响，但已渐有散文化的趋势；第一类中的司马相如便是创始的人。——托为屈原作的《卜居》《渔父》，通篇散文化，只有几处用韵，似乎是《庄子》和荀赋的混合体制，又当别论。——散文化更容易铺张些。"赋"本是"铺"的意思，铺张倒是本来面目。可是铺张的作用原在讽谏；这时候却为铺张而铺张，所谓"劝百而讽一"。当时汉武帝好辞赋，作者极众，争相竞胜，所以致此。扬雄说，"诗人之赋丽以则，辞人之赋丽以淫"；"诗人之赋"便是前者，"辞人之赋"便是后者。甚至有诙谐嫚戏，毫无主旨的。难怪辞赋家会被人鄙视为倡优了。

东汉以来，班固作《两都赋》，"极众人之所眩曜，折以今之法度"；张衡仿他作《二京赋》。晋左思又仿作《三都赋》。这种赋铺叙历史地理，近于后世的类书；是陆贾、荀卿两派的混合，是散文的更进一步。这和屈、贾言情之作，却迥不相同了。此后赋体渐渐缩短，字句却整炼起来。那时期一般诗文都趋向排偶化，赋先是领着走，后来是跟着走；作赋专重写景述情，务求精巧，不再用来讽谏。这种赋发展到齐、梁、唐初为极盛，称为"俳体"的赋。"俳"是游戏的意思，对讽谏而言；其实这种作品倒也并非滑稽嫚戏之作。唐代古文运动起来，宋代加以发挥光大，诗文不再重排偶而趋向散文化，赋体也变了。像欧阳修的《秋声赋》，苏轼的前、后两篇《赤壁赋》，虽然有韵而全篇散行，排偶极少，比《卜居》《渔父》更其散文的。这称为"文体"的赋。唐宋两代，以诗赋取士，规定程式。那种赋定为八韵，调平仄，讲对仗；制题新巧，限韵险难。这只是一种技艺罢了。这称为"律赋"。对"律赋"而言，"俳体"和"文体"的赋都是"古赋"；这"古赋"的名字和"古文"的名字差不多，真正的"古"如屈、宋的辞，汉人的赋，倒是不包括在内的。赋似乎是我国特有的体制；虽然有韵，而就它全部的发展看，却与文近些，不算是诗。

诗

汉武帝立乐府，采集代、赵、秦、楚的歌谣和乐谱；教李延年做协律都尉，负责整理那些歌辞和谱子，以备传习唱奏。当时乐府里养着各地的乐工好几百人，大约便是演奏这些乐歌的。歌谣采来以后，他们先审查一下。没有谱子的，便给制谱；有谱子的，也得看看合式不合式，不合式的地方，便给改动一些。这就是"协律"的工作。歌谣的"本辞"合乐时，有的保存原来的样子，有的删节，有的加进些复沓的甚至不相干的章句。"协律"以乐为主，只要合调，歌辞通不通，他们是不大在乎的。他们有时还在歌辞时夹进些泛声；"辞"写大字，"声"写小字。但流传久了，声辞混杂起来，后世便不容易看懂了。这种种乐歌，后来称为"乐府诗"，简称就叫"乐府"。北宋太原郭茂倩收集汉乐府以下历代合乐的和不合乐的歌谣，以及模拟之作，成为一书，题作《乐府诗集》；他所谓"乐府诗"，范围是很广的。就中汉乐府，沈约《宋书·乐志》特称为"古辞"。

汉乐府的声调和当时称为"雅乐"的三百篇不同，所采取的是新调子。这种新调子有两种："楚声"和"新声"。屈原的辞可为楚声的代表。汉高祖是楚人，喜欢楚声；楚声比雅乐好听。一般人不用说也是喜欢楚声。楚声便成了风气。武帝时乐府所采的歌谣，楚以外虽然还有代、赵、秦各地的，但声调也许差不很多。那时却又输入了新声；新声出于西域和北狄的军歌。李延年多采取这种调子唱奏歌谣，从此大行，楚声便让压下去了。楚声句调比较雅乐参差得多，新声的更比楚声参差得多。可是楚声里也有整齐的五言，楚调曲里各篇更全然如此，像著名的《白头吟》《梁甫吟》《怨歌行》都是的。这就是五言诗的源头。

　　汉乐府以叙事为主。所叙的社会故事和风俗最多，历史及游仙的故事也占一部分。此外便是男女相思和离别之作，格言式的教训，人生的慨叹等等。这些都是一般人所喜欢的题材。用一般人所喜欢的调子，歌咏一般人所喜欢的题材，自然可以风靡一世。哀帝即位，却以为这些都是不正经的乐歌；他废了乐府，裁了多一半乐工——共四百四十一人——大概都是唱奏各地乐歌的。当时颇想恢复雅乐，但没人懂得，只好罢了。不过一般人还是爱好那些乐歌。这风气直到汉末不变。东汉时候，这些乐歌已经普遍化，文人仿作的渐多；就中也有仿作整齐的五言的，像班固《咏史》。但这种五言的拟作极少；而班固那一首也未成熟，钟嵘在《诗品序》里评为"质木无文"，是不错的。直到汉末，一般文体都走向整炼一路，试验这五言体的便多起来；而最高的成就是《文选》所录的《古诗十九首》。

　　旧传最早的五言诗，是《古诗十九首》和苏武、李陵诗；说"十九首"里有七首是枚乘作的，和苏、李诗都出现于汉武帝时代。但据近来的研究，这十九首古诗实在都是汉末的作品；苏、李诗虽题了苏、李的名字，却不合于他们的事迹，从风格上看，大约也和"十九首"出现在差不多的时候。这十九首古诗并非一人之作，也非一时之作，但都模拟言情的乐府。歌咏的多是相思离别，以及人生无常当及时行乐的意思；也有对于邪臣当道、贤人放逐、朋友富贵相忘、知音难得等事的慨叹。这些都算是普遍的题材；但后一类是所谓"失志"之作，自然兼受了《楚辞》的影响。钟嵘评古诗，"可谓几乎一字千金"。因为所咏的几乎是人人心中所要说的，却不是人人口中、笔下所能说的，而又能够那样平平说出，曲曲说出，所以是好。"十九首"只像对朋友说家常话，并不在字面上用功夫，而自然达意，委婉尽情，合于所谓"温柔敦厚"的诗教。到唐为止，这是五言诗的标准。

汉献帝建安年间（西元一九六——二一九），文学极盛，曹操和他的儿子曹丕、曹植兄弟是文坛的主持人；而曹植更是个大诗家。这时乐府声调已多失传，他们却用乐府旧题，改作新词；曹丕、曹植兄弟尤其努力在五言体上。他们一班人也作独立的五言诗，叙游宴，述恩荣，开后来应酬一派。但只求明白诚恳，还是歌谣本色。就中曹植在曹丕做了皇帝之后，颇受猜忌，忧患的情感，时时流露在他的作品里。诗中有了"我"，所以独成大家。这时候五言作者既多，开始有了工拙的评论，曹丕说刘桢"五言诗之善者，妙绝时人"，便是例子。但真正奠定了五言诗的基础是魏代的阮籍，他是第一个用全力作五言诗的人。

阮籍是老、庄和屈原的信徒。他生在魏晋交替的时代，眼见司马氏三代专权，欺负曹家，压迫名士，一肚皮牢骚只得发泄在酒和诗里。他作了《咏怀诗》八十多首，述神话，引史事，叙艳情，托于鸟兽草木之名，主旨不外说富贵不能常保，祸患随时可至，年岁有限，一般人钻在利禄的圈子里，不知放怀远大，真是可怜之极。他的诗充满了这种悲悯的情感，"忧思独伤心"一句可以表现。这里《楚辞》的影响很大；钟嵘说他"源出于《小雅》"，似乎是皮相之谈。本来五言诗自始就脱不了《楚辞》的影响，不过他尤其如此。他还没有用心琢句；但语既浑括，譬喻又多，旨趣更往往难详。这许是当时的不得已，却因此增加了五言诗文人化的程度。他是这样扩大了诗的范围，正式成立了抒情的五言诗。

晋代诗渐渐排偶化、典故化。就中左思的《咏史诗》，郭璞的《游仙诗》，也取法《楚辞》，借古人及神仙抒写自己的怀抱，为后世所宗。郭璞是东晋初的人。跟着就流行了一派玄言诗。孙绰、许询是领袖。他们作诗，只是融化老、庄的文句，抽象说理，所以钟嵘说像"道德论"。这种诗千篇一律，没有"我"；《兰亭集诗》各人所作四言、五言各一首，都是一个味儿，正是好例。但在这种影响下，却孕育了陶渊明和谢灵运两个大诗人。

陶渊明，浔阳柴桑人，做了几回小官，觉得做官不自由，终于回到田园，躬耕自活。他也是老、庄的信徒，从躬耕里领略到自然的恬美和人生的道理。他是第一个将田园生活描写在诗里的人。他的躬耕免祸的哲学也许不是新的，可都是他从真实生活里体验得来的，与口头的玄理不同，所以亲切有味。诗也不妨说理，但须有理趣，他的诗能够做到这一步。他作诗也只求明白诚恳，不排不典；他的诗是散文化的。这违反了当时的趋势，所以《诗品》只将他放在中品里。但他后来却成了千古"隐逸诗人之宗"。

谢灵运，宋时做到临川太守。他是有政治野心的，可是不得志。他不但是老、庄的信徒，也是佛的信徒。他最爱游山玩水，常常领了一群人到处探奇访胜；他的自然的哲学和出世的哲学教他沉溺在山水的清幽里。他是第一个在诗里用全力刻画山水的人；他也可以说是第一个用全力雕琢字句的人。他用排偶，用典故，却能创造新鲜的句子；不过描写有时不免太繁重罢了。他在赏玩山水的时候，也常悟到一些隐遁的、超旷的人生哲理；但写到诗里，不能和那精巧的描写打成一片，像硬装进去似的。这便不如陶渊明的理趣足，但比那些"道德论"自然高妙得多。陶诗教给人怎样赏味田园，谢诗教给人怎样赏味山水；他们都是发现自然的诗人。陶是写意，谢是工笔。谢诗从制题到造句，无一不是工笔。他开了后世诗人着意描写的路子；他所以成为大家，一半也在这里。

齐武帝永明年间（西元四八三—四九三），"声律说"大盛。四声的分别，平仄的性质，双声叠韵的作用，都有人指出，让诗文作家注意。从前只着重句末的韵，这时更着重句中的"和"；"和"就是念起来顺口，听起来顺耳。从此诗文都力求谐调，远于语言的自然。这时的诗，一面讲究用典，一面讲究声律，不免有侧重技巧的毛病。到了梁简文帝，又加新变，专咏艳情，称为"宫体"，诗的境界更狭窄了。这种形式与题材的新变，一直影响到唐初的诗。这时候七言的乐歌渐渐发展。汉、魏文士仿作乐府，已经有七言的，但只零星偶见，后来舞曲里常有七言之作。到了南朝宋，鲍照有《行路难》十八首，人生的感慨颇多，和舞曲描写声容的不一样，影响唐代的李白、杜甫很大。但是梁以来七言的发展，却还跟着舞曲的路子，不跟着鲍照的路子。这些都是宫体的谐调。

唐代谐调发展，成立了律诗绝句，称为近体；不是谐调的诗，称为古体；又成立了古、近体的七言诗。古体的五言诗也变了格调，这些都是划时代的。初唐时候，大体上还继续着南朝的风气，辗转在艳情的圈子里。但是就在这时候，沈佺期、宋之问奠定了律诗的体制。南朝论声律，只就一联两句说：沈、宋却能看出谐调有四种句式。两联四句才是谐调的单位，可以称为周期。这单位后来写成"仄仄平平仄　平平仄仄平　平平平仄仄　仄仄仄平平"的谱。沈、宋在一首诗里用两个周期，就是重叠一次；这样，声调便谐和富厚，又不致单调。这就是八句的律诗。律有"声律""法律"两义。律诗体制短小，组织必须经济，才能发挥它的效力；"法律"便是这个意思。但沈、宋的成就只在声律上，"法律"上的进展，还等待后来的作家。

宫体诗渐渐有人觉得腻味了；陈子昂、李白等说这种诗颓靡浅薄，没有价值。他们不但否定了当时古体诗的题材，也否定了那些诗的形式。他们的五言古体，模拟阮籍的《咏怀》，但是失败了。一般作家却只大量地仿作七言的乐府歌行，带着多少的排偶与谐调。——当时往往就这种歌行里截取谐调的四句入乐奏唱。——可是李白更撇开了排偶和谐调作他的七言乐府。李白，蜀人，明皇时做供奉翰林；触犯了杨贵妃，不能得志。他是个放流不羁的人，便辞了职，游山水，喝酒，作诗。他的乐府很多，取材很广；他是借着乐府旧题来抒写自己生活的。他的生活态度是出世的；他作诗也全任自然。人家称他为"天上谪仙人"；这说明了他的人和他的诗。他的歌行增进了七言诗的价值；但他的绝句更代表着新制。绝句是五言或七言的四句，大多数是谐调。南北朝民歌中，五言四句的谐调最多，影响了唐人；南朝乐府里也有七言四句的，但不太多。李白和别的诗家纷纷制作，大约因为当时输入的西域乐调宜于这体制，作来可供宫廷及贵人家奏唱。绝句最短小，贵储蓄，忌说尽。李白所作，自然而不觉费力，并且暗示着超远的境界；他给这新体诗立下了一个标准。

但是真正继往开来的诗人是杜甫。他是河南巩县人。安禄山陷长安，肃宗在灵武即位，他从长安逃到灵武，做了"左拾遗"的官，因为谏救房琯，被放了出去。那时很乱，又是荒年，他辗转流落到成都，依靠故人严武，做到"检校工部员外郎"，所以后来称为杜工部。他在蜀中住了很久。严武死后，他避难到湖南，就死在那里。他是儒家的信徒："致君尧舜上，再使风俗淳"是他的素志。又身经乱离，亲见了民间疾苦。他的诗努力描写当时的情形，发抒自己的感想。唐代以诗取士，诗原是应试的玩意儿；诗又是供给乐工歌伎唱了去伺候宫廷及贵人的玩意儿。李白用来抒写自己的生活，杜甫用来抒写那个大时代，诗的领域扩大了，价值也增高了。而杜甫写"民间的实在痛苦，社会的实在问题，国家的实在状况，人生的实在希望与恐惧"，更给诗开辟了新世界。

他不大仿作乐府，可是他描写社会生活正是乐府的精神；他的写实的态度也是从乐府来的。他常在诗里发议论，并且引证经史百家；但这些议论和典故都是通过了他的满腔热情奔迸出来的，所以还是诗。他这样将诗历史化和散文化；他这样给诗创造了新语言。古体的七言诗到他手里正式成立；古体的五言诗到他手里变了格调。从此"温柔敦厚"之外，又开了"沉着痛快"一派。五言律诗，王维、孟浩然已经不用来写艳情而来写山水；杜甫却更用来表现广大的实在的人生。他的七言律诗，也是如此。他作律诗很用心在组织上。他的五言律诗最多，差不多穷尽了这体制的变化。他的绝句直述胸怀，嫌没有余味；但那些描写片段的生活印象的，却也不缺少暗示的力量。他也能欣赏自然，晚年所作，颇有清新的刻画的句子。他又是个有谐趣的人，他的诗往往透着滑稽的风味。但这种滑稽的风味和他的严肃的态度调和得那样恰到好处，一点也不至于减损他和他的诗的身份。

杜甫的影响直贯到两宋时代；没有一个诗人不直接、间接学他的，没有一个诗人不发扬光大他的。古文家韩愈，跟着他将诗进一步散文化；而又造奇喻，押险韵，铺张描写，像汉赋似的。他的诗逞才使气，不怕说尽，是"沉着痛快"的诗。后来有元稹、白居易二人在政治上都升沉了一番；他们却继承杜甫写实的表现人生的态度。他们开始将这种态度理论化；主张诗要"上以补察时政，下以泄导人情"，"嘲风雪，弄花草"是没有意义的。他们反对雕琢字句，主张诚实自然。他们将自己的诗分为"讽喻"的和"非讽喻"的两类。他们的诗却容易懂，又能道出人人心中的话，所以雅俗共赏，一时风行。当时最流传的是他们新创的谐调的七言叙事诗，所谓"长庆体"的，还有社会问题诗。

晚唐诗向来推李商隐、杜牧为大家。李一生辗转在党争的影响中。他和温庭筠并称；他们的诗又走回艳情一路。他们集中力量在律诗上，用典精巧，对偶整切。但李学杜、韩，器局较大；他的艳情诗有些实是政治的譬喻，实在是感时伤事之作。所以地位在温之上。杜牧做了些小官儿，放荡不羁，而很负盛名，人家称为小杜——老杜是杜甫。他的诗词采华艳，却富有纵横气，又和温、李不同。然而都可以归为绮丽一派。这时候别的诗家也集中力量在律诗上。一些人专学张籍、贾岛的五言律，这两家都重苦吟，总捉摸着将平常的题材写得出奇，所以思深语精，别出蹊径。但是这种诗写景有时不免琐屑，写情有时不免偏僻，便觉不大方。这是僻涩一派。另一派出于元、白，作诗如说话，嬉笑怒骂，兼而有之，又时时杂用俗语。这是粗豪一派。这些其实都是杜甫的鳞爪，也都是宋诗的先驱；绮丽一派只影响宋初的诗，僻涩、粗豪两派却影响了宋一代的诗。

宋初的诗专学李商隐；末流只知道典故对偶，真成了诗玩意儿。王禹偁独学杜甫，开了新风气。欧阳修、梅尧臣接着发现了韩愈，起始了宋诗的散文化。欧阳修曾遭贬谪；他是古文家。梅尧臣一生不得志。欧诗虽学韩，却平易舒畅，没有奇险的地方。梅诗幽深淡远，欧评他"譬如妖韶女，老自有余态"，"初如食橄榄，真味久愈在"。宋诗散文化，到苏轼而极。他是眉州眉山（今四川眉山）人。因为攻击王安石新法，一辈子升沉在党争中。他将禅理大量地放进诗里，开了一个新境界。他的诗气象宏阔，铺叙宛转，又长于譬喻，真到用笔如舌的地步；但不免"掉书袋"的毛病。他门下出了一个黄庭坚，是第一个有意讲究诗的技巧的人。他是洪州分宁（今江西修水）人，也因党争的影响，屡遭贬谪，终于死在贬所。他作诗着重锻炼，着重句律；句律就是篇章字句的组织与变化。他开了江西诗派。

刘克庄《江西诗派小序》说他"荟萃百家句律之长，究极历代体制之变，搜猎奇书，穿穴异闻，作为古律，自成一家；虽只字半句不轻出"。他不但讲究句律，并且讲究运用经史以至奇书异闻，来增富他的诗。这些都是杜甫传统的发扬光大。王安石已经提倡杜诗，但到黄庭坚，这风气才昌盛。黄还是继续将诗散文化，但组织得更是经济些；他还是在创造那阔大的气象，但要使它更富厚些。他所求的是新变。他研究历代诗的利病，将作诗的规矩得失指示给后学，教他们知道路子，自己去创造，发展到变化不测的地步。所以能够独开一派。他不但创新，还主张点化经陈腐以为新；创新需要大才，点化陈腐，中才都可勉力作去。他不但能够"以故为新"，并且能够"以俗为雅"。其实宋诗都可以说是如此，不过他开始有意地运用这两个原则罢了。他的成就尤其在七言律上；组织固然更精密，音调也谐中有拗，使每个字都斩绝地站在纸面上，不至于随口滑过去。

南宋的三大诗家都是从江西派变化出来的。杨万里为人有气节；他的诗常常变格调。写景最工；新鲜活泼的譬喻，层见叠出，而且不碎不僻，能从大处下手。写人的情意，也能铺叙纤悉，曲尽其妙；所谓"笔端有口，句中有眼"。他作诗只是自然流出，可是一句一转，一转一意；所以只觉得熟，不觉得滑。不过就全诗而论，范围究竟狭窄些。范成大是个达官。他是个自然诗人，清新中兼有拗峭。陆游是个爱君爱国的诗人。吴之振《宋诗钞》说他学杜而能得杜的心。他的诗有两种：一种是感激豪宕、沉郁深婉之作，一种是流连光景、清新刻露之作。他作诗也重真率，轻"藻绘"，所谓"文章本天成，妙手偶得之"。他活到八十五岁，诗有万首；最熟于诗律，七言律尤为擅长。——宋人的七言律实在比唐人进步。

向来论诗的对于唐以前的五言古诗，大概推尊，以为是诗的正宗；唐以后的五言古诗，却说是变格，价值差些，可还是诗。诗以"吟咏情性"，该是"温柔敦厚"的。按这个界说，齐、梁、陈、隋的五言古诗其实也不够格，因为题材太小，声调太软，算不得"敦厚"。七言歌行及近体成立于唐代，却只能以唐代为正宗。宋诗议论多，又一味刻画，多用俗语，拗折声调。他们说这只是押韵的文，不是诗。但是推尊宋诗的却以为天下事物穷则变，变则通，诗也是如此。变是创新，是增扩，也就是进步。若不容许变，那就只有模拟，甚至只有抄袭；那种"优孟衣冠"，甚至土偶木人，又有什么意义可言！即如模拟所谓盛唐诗的，末流往往只剩了空廓的架格和浮滑的声调；要是再不变，诗道岂不真穷了？所以诗的界说应该随时扩展；"吟咏情性""温柔敦厚"诸语，也当因历代的诗辞而调整原语的意义。诗毕竟是诗，无论如何地扩展与调整，总不会与文混合为一的。诗体正变说起于宋代，唐、宋分界说起于明代。其实，历代诗各有胜场，也各有短处，只要知道新、变，便是进步，这些争论是都不成问题的。

文

现存的中国最早的文，是商代的卜辞。这只算是些句子，很少有一章一节的。后来《周易》卦爻辞和《鲁春秋》也是如此，不过经卜官和史官按着卦爻与年月的顺序编纂起来，比卜辞显得整齐些罢了。便是这样，王安石还说《鲁春秋》是"断烂朝报"。所谓"断"，正是不成片段、不成章节的意思。卜辞的简略大概是工具的缘故；在脆而狭的甲骨上用刀笔刻字，自然不得不如此。卦爻辞和《鲁春秋》似乎没有能够跳出卜辞的氛围去；虽然写在竹木简上，自由比较多，却依然只跟着卜辞走。《尚书》就不同了。《虞书》《夏书》大概是后人追记，而且大部分是战国末年的追记，可以不论；但那几篇《商书》，即使有些是追记，也总在商、周之间。那不但有章节，并且成了篇，足以代表当时史的发展，就是叙述文的发展。而议论文也在这里面见了源头。卜辞是辞，《尚书》里大部分也是"辞"。这些都是官文书。

记言、记事的辞之外，还有讼辞。打官司的时候，原被告的口供都叫作"辞"；辞原是"讼"的意思，是辩解的言语。这种辞关系两造的利害很大，两造都得用心陈说；审判官也得用心听，他得公平地听两面儿的。这种辞也兼有叙述和议论；两造自己办不了，可以请教讼师。这至少是周代的情形。春秋时候，列国交际频繁，外交的言语关系国体和国家的利害更大，不用说更需慎重了。这也称为"辞"，又称为"命"，又合称为"辞命"或"辞令"。郑子产便是个善于辞命的人。郑是个小国，他办外交，却能教大国折服，便靠他的辞命。他的辞引古为证，宛转而有理；他的态度却坚强不屈。孔子赞美他的辞，更赞美他的"慎辞"。孔子说当时郑国的辞命，子产先教裨谌创意起草，交给世叔审查，再教行人子羽修改，末了儿他再加润色。他的确很慎重的。辞命得"顺"，就是宛转而有理；还得"文"，就是引古为证。

孔子很注意辞命，他觉得这不是件易事，所以自己谦虚地说是办不了。但教学生却有这一科；他称赞宰我、子贡，擅长言语，"言语"就是"辞命"。那时候言文似乎是合一的。辞多指说出的言语，命多指写出的言语；但也可以兼指。各国派使臣，有时只口头指示策略，有时预备下稿子让他带着走。这都是命。使臣受了命，到时候总还得随机应变，自己想说话；因为许多情形是没法预料的。——当时言语，方言之外有"雅言"。"雅言"就是"夏言"，是当时的京话或官话。孔子讲学似乎就用雅言，不用鲁语。卜、《尚书》和辞命，大概都是历代的雅言。讼辞也许不同些。雅言用得既多，所以每字都能写出，而写出的和说出的雅言，大体上是一致的。孔子说"辞"只要"达"就成。辞是辞命，"达"是明白，辞多了像背书，少了说不明白，多少要恰如其分。辞命的重要，代表议论文的发展。

战国时代，游说之风大盛。游士立谈可以取卿相，所以最重说辞。他们的说辞却不像春秋的辞命那样从容宛转了。他们铺张局势，滔滔不绝，真像背书似的；他们的话，像天花乱坠，有时夸饰，有时诡曲，不问是非，只图激动人主的心。那时最重辩。

墨子是第一个注意辩论方法的人，他主张"言必有三表"。"三表"是"上本之于古者圣王之事"，"下原察百姓耳目之实"，"废（发）以为刑政，观其中国家百姓人民之利"；便是三个标准。不过他究竟是个注重功利的人，不大喜欢文饰，"恐人怀其文，忘其'用'"，所以楚王说他"言多不辩"。——后来有了专以辩论为事的"辩者"，墨家这才更发展了他们的辩论方法，所谓《墨经》便成于那班墨家的手里。——儒家的孟、荀也重辩。孟子说："予岂好辩哉？予不得已也！"荀子也说："君子必辩。"这些都是游士的影响。但道家的老、庄，法家的韩非，却不重辩。《老子》里说，"信言不美，美言不信"，"老学"所重的是自然。《庄子》里说"大辩不言"，"庄学"所要的是神秘。韩非也注重功利，主张以法禁辩，说辩"生于上之不明"。后来儒家作《易·文言传》，也道："君子进德修业。忠信，所以进德也；修辞立其诚，所以居业也。"这不但是在暗暗的批评着游士好辩的风气，恐怕还在暗暗地批评着后来称为名家的"辩者"呢。《文言传》旧传是孔子所作，不足信；但这几句话和"辞达"论倒是合拍的。

孔子开了私人讲学的风气，从此也便有了私家的著作。第一种私家著作是《论语》，却不是孔子自作而是他的弟子们记的他的说话。诸子书大概多是弟子们及后学者所记，自作的极少。《论语》以记言为主，所记的多是很简单的。孔子主张"慎言"，痛恨"巧言"和"利口"，他向弟子们说话，大概是很质直的，弟子们体念他的意思，也只简单地记出。到了墨子和孟子，可就铺排得多。《墨子》大约也是弟子们所记。《孟子》据说是孟子晚年和他的弟子公孙丑、万章等编定的，可也是弟子们记言的体制。那时是个好辩的时代。墨子虽不好辩，却也脱不了时代影响。孟子本是个好辩的人。记言体制的恢张，也是自然的趋势。这种记言是直接的对话。由对话而发展为独白，便是"论"。初期的论，言意浑括，《老子》可为代表；后来的《墨经》，《韩非子·储说》的经，《管子》的《经言》，都是这体制。再进一步，便是恢张的论，《庄子·齐物论》等篇，以及《荀子》《韩非子》《管子》的一部分，都是的。——群经诸子书里常常夹着一些韵句，大概是为了强调。后世的文也偶尔有这种例子。中国的有韵文和无韵文的界限，是并不怎样严格的。

还有一种"寓言"，借着神话或历史故事来抒论。《庄子》多用神话，《韩非子》多用历史故事，《庄子》有些神仙家言，《韩非子》是继承《庄子》的寓言而加以变化。战国游士的说辞也好用譬喻。譬喻成了风气，这开了后来辞赋的路。论是进步的体制，但还只以篇为单位，"书"的观念还没有。直到《吕氏春秋》，才成了第一部有系统的书。这部书成于吕不韦的门客之手，有十二纪、八览、六论，共有三十多万字。十二代表十二月，八是卦数，六是秦代的圣数；这些数目是本书的间架，是外在的系统，并非逻辑的秩序。汉代刘安主编《淮南子》，才按照逻辑的秩序，结构就严密多了。自从有了私家著作，学术日渐平民化。著作越过越多，流传也越过越广，"雅言"便成了凝定的文体了。后世大体采用，言文渐渐分离。战国末期，"雅言"之外，原还有齐语、楚语两种有势力的方言。但是齐语只在《春秋公羊传》里留下一些，楚语只在屈原"辞"里留下几个助词如"羌""些"等；这些都让"雅言"压倒了。

伴随着议论文的发展，记事文也有了长足的进步。这里《春秋左氏传》是一座里程碑。在前有分国记言的《国语》，《左传》

从它里面取材很多。那是铺排的记言，一面以《尚书》为范本，一面让当时记言体、恢张的趋势推动着，成了这部书。其中自然免不了记事的文字；《左传》便从这里出发，将那恢张的趋势表现在记事文里。那时游士的说辞也有人分国记载，也是铺排的记言，后来成为《战国策》那部书。《左传》是说明《春秋》的，是中国第一部编年史。它最长于战争的记载；它能够将千头万绪的战事叙得层次分明，它的描写更是栩栩如生。它的记言也异曲同工，不过不算独创罢了。它可还算不得一部有自己的系统的书；它的顺序是依着《春秋》的。《春秋》的编年并不是自觉的系统，而且"断如复断"，也不成一部"书"。

汉代司马迁的《史记》才是第一部有自己的系统的史书。他创造了"纪传"的体制。他的书包括十二本纪、十表、八书、三十世家、七十列传，共五十多万字。十二是十二月，是地支，十是天干，八是卦数，三十取《老子》"三十辐共一毂"的意思，表示那些"辅弼股肱之臣"，"忠信行道以奉主上"；七十表示人寿之大齐，因为列传是记载人物的。这也是用数目的哲学作系统，并非逻辑的秩序，和《吕氏春秋》一样。这部书"厥协《六经》异传，整齐百家杂语"，以剪裁与组织见长。但是它的文字最大的贡献，还在描写人物。左氏只是描写事，司马迁进一步描写人；写人更需要精细的观察和选择，比较的更难些。班彪论《史记》"善叙事理，辩而不华，质而不野，文质相称"，这是说司马迁行文委曲自然。他写人也是如此。他又往往即事寓情，低徊不尽；他的悲愤的襟怀，常流露在字里行间。明代茅坤称他"出《风》入《骚》"，是不错的。

汉武帝时候，盛行辞赋；后世说"楚辞汉赋"，真的，汉代简直可以说是赋的时代。所有的作家几乎都是赋的作家。赋既有这样压倒的势力，一切的文体，自然都受它的影响。赋的特色是铺张、排偶、用典故。西汉记事记言，都还用散行的文字，语意大抵简明；东汉就在散行里夹排偶，汉、魏之际，排偶更甚。西汉的赋，虽用排偶，却还重自然，并不力求工整；东汉到魏，越来越工整，典故也越用越多。西汉普通文字，句子很短，最短有两个字的。东汉的句子，便长起来了，最短的是四个字；魏代更长，往往用上四下六或上六下四的两句以完一意。所谓"骈文"或"骈体"，便这样开始发展。骈体出于辞赋，夹带着不少的抒情的成分；而句读整齐，对偶工丽，可以悦目，声调和谐，又可悦耳，也都助人情韵。因此能够投人所好，成功了不废的体制。

梁昭明太子在《文选》里第一次提出"文"的标准，可以说是骈体发展的指路牌。他不选经、子、史，也不选"辞"。经太尊，不可选；史"褒贬是非，纪别异同"，不算"文"；子"以立意为宗，不以能文为本"；"辞"是子史的支流，也都不算"文"。他所选的只是"事出于沉思，义归乎翰藻"之作。"事"是"事类"，就是典故；"翰藻"兼指典故和譬喻。典故用得好的，譬喻用得好的，他才选在他的书里。这种作品好像各种乐器，"并为人耳之娱"；好像各种绣衣，"俱为悦目之玩"。这是"文"，和经、子、史及"辞"的作用不同，性质自异。后来梁元帝又说："吟咏风谣，流连哀思者谓之文"，"文者，惟须绮縠纷披，宫征靡曼，唇吻遒会，情灵摇荡"。这是说，用典故、有对偶、谐声调的抒情作品才叫作"文"呢。这种"文"大体上专指诗赋和骈体而言；但应用的骈体如章奏等，却不算在里头。汉代本已称诗赋为"文"，而以"文辞"或"文章"称记言、记事之作。骈体原也是些记言、记事之作，这时候却被提出一部分来，与诗赋并列在"文"的尊称之下，真是"附庸蔚为大国"了。

这时有两种新文体发展。一是佛典的翻译，一是群经的义疏。佛典翻译从前不是太直，便是太华；太直的不好懂，太华的简直是魏、晋人讲老、庄之学的文字，不见新义。这些译笔都不能做到"达"的地步。东晋时候，后秦主姚兴聘龟兹僧鸠摩罗什为国师，主持译事。他兼通华语及西域语；所译诸书，一面曲从华语，一面不失本旨。他的译笔可也不完全华化，往往有"天然西域之语趣"；他介绍的"西域之语趣"是华语所能容纳的，所以觉得"天然"。新文体这样成立在他的手里。但他的翻译虽能"达"，却还不能尽"信"；他对原文是不太忠实的。到了唐代的玄奘，更求精确，才能"信""达"兼尽，集佛典翻译的大成。这种新文体一面增扩了国语的词汇，也增扩了国语的句式。词汇的增扩，影响最大而易见，如现在口语里还用着的"因果""忏悔""刹那"等词，便都是佛典的译语。句式的增扩，直接的影响比较小些，但像文言里常用的"所以者何""何以故"等也都是佛典的译语。另一面，这种文体是"组织的，解剖的"。这直接影响了佛教徒的注疏和"科分"之学，间接影响了一般解经和讲学的人。

演释古人的话的有"故""解""传""注"等。用故事来说明或补充原文，叫作"故"。演释原来辞意，叫作"解"。但后来解释字句，也叫作"故"或"解"。"传"，转也，兼有"故""解"的各种意义。如《春秋左氏传》补充故事，兼阐明《春秋》辞意。《公羊传》《穀梁传》只阐明《春秋》辞意——用的是问答式的记言。《易传》推演卦爻辞的意旨，也是铺排的记言。《诗毛氏传》解释字句，并给每篇诗作小序，阐明辞意。"注"原只解释字句，但后来也有推演辞意、补充故事的。用故事来说明或补充原文，以及一般的解释辞意，大抵明白易晓。《春秋》三传和《诗毛氏传》阐明辞意，却是断章取义，甚至断句取义，所以支离破碎，无中生有。注字句的本不该有大出入，但因对于辞意的见解不同，去取字义，也有个别的标准。注辞意的出入更大。像王弼注《周易》，实在是发挥老、庄的哲学；郭象注《庄子》，更是借了《庄子》发挥他自己的哲学。南北朝人作群经"义疏"，一面便是王弼等人的影响，一面也是翻译文体的间接影响。这称为"义疏"之学。

汉、晋人作群经的注，注文简括，时代久了，有些便不容易通晓。南北朝人给这些注作解释，也是补充材料，或推演辞意。"义疏"便是这个。无论补充或推演，都得先解剖文义；这种解剖必然的比注文解剖经文更精细一层。这种精细的却不算是破坏的解剖，似乎是佛典翻译的影响。就中推演辞意的有些也只发挥老、庄之学，虽然也是无中生有，却能自成片段，便比汉人的支离破碎进步。这是王弼等人的衣钵，也是魏晋以来哲学发展的表现。这是又一种新文体的分化。到了唐修《五经正义》，削去玄谈，力求切实，只以疏明注义为重。解剖字句的工夫，至此而极详。宋人所谓"注疏"的文体，便成立在这时代。后来清代的精详的考证文，就是从这里变化出来的。

不过佛典只是佛典，义疏只是义疏，当时没有人将这些当作"文"的。"文"只用来称"沉思翰藻"的作品。但"沉思翰藻"的"文"渐渐有人嫌"浮""艳"了。"浮"是不直说，不简截说的意思。"艳"正是隋代李谔《上文帝书》中所指斥的："连篇累牍，不出月露之形，积案盈箱，唯是风云之状。"那时北周的苏绰是首先提倡复古的人，李谔等纷纷响应。但是他们都没有找到路子，死板地模仿古人到底是行不通的。唐初，陈子昂提倡改革文体，和者尚少。到了中叶，才有一班人"宪章六艺，能探古人述作之旨"，而元结、独孤及、梁肃最著。他们作文，主于教化，力避排偶，辞取朴拙。但教化的观念，广泛难以动众，而关于文体，他们不曾积极宣扬，因此未成宗派。开宗派的是韩愈。

韩愈，邓州南阳（今河南南阳人）。唐宪宗时，他做刑部侍郎，因谏迎佛骨被贬；后来官至吏部侍郎，所以称为韩吏部。他很称赞陈子昂、元结复古的功劳，又曾请教过梁肃、独孤及。他的脾气很坏，但提携后进，最是热肠。当时人不愿为师，以避标榜之名；他却不在乎，大收其弟子。他可不愿作章句师，他说师是"传道、授业、解惑"的。他实是以文辞为教的创始者。他所谓"传道"，便是传尧、舜、禹、汤、文、武、周公、孔子、孟子的道；所谓"解惑"，便是排斥佛、老。他是以继承孟子自命的；他排佛、老，正和孟子的拒杨、墨一样。当时佛、老的势力极大，他敢公然排斥，而且因此触犯了皇帝。这自然足以惊动一世。他并没有传了什么新的道，却指示了道统，给宋儒开了先路。他的重要的贡献，还在他所提倡的"古文"上。

他说他作文取法《尚书》《春秋》《左传》《周易》《诗经》，以及《庄子》《楚辞》《史记》、扬雄、司马相如等。《文先》所不收的经、子、史，他都排进"文"里去。这是一个大改革、大解放。他这样建立起文统来。但他并不死板的复古，而以变古为复古。他说："惟古于辞必己出，降而不能乃剽贼"，又说："惟陈言之务去，戛戛乎其难哉"；他是在创造新语。他力求以散行的句子换去排偶的句子，句逗总弄得参参差差的。但他有他的标准，那就是"气"。他说："气盛则言之短长与声之高下者皆宜"；"气"就是自然的语气，也就是自然的音节。他还不能跳出那定体"雅言"的圈子而采用当时的白话；但有意的将白话的自然音节引到文里去，他是第一个人。在这一点上，所谓"古文"也是不"古"的；不过他提出"语气流畅"（气盛）这个标准，却给后进指点了一条明路。他的弟子本就不少，再加上私塾的，都往这条路上走，文体于是乎大变。这实在是新体的"古文"，宋代又称为"散文"——算成立在他的手里。

柳宗元与韩愈，宋代并称，他们是好朋友。柳作文取法《书》《诗》《礼》《春秋》《易》，以及《穀梁》《孟》《荀》《庄》《老》《国语》《离骚》《史记》，也将经、子、史排在"文"里，和韩的文统大同小异。但他不敢为师，"摧陷廓清"的劳绩，比韩差得多。他的学问见解，却在韩之上，并不墨守儒言。他的文深幽精洁，最工游记，他创造了描写景物的新语。韩愈的门下有难、易两派。爱易派主张新而不失自然，李翱是代表；爱难派主张新就不妨奇怪，皇甫湜是代表。当时爱难派的流传盛些。他们矫枉过正，语艰意奥，扭曲了自然的语气、自然的音节，僻涩诡异，不易读诵。所以唐末宋初，骈体文又回光返照了一下。雕琢的骈体文和僻涩的古文先后盘踞着宋初的文坛，直到欧阳修出来，才又回到韩愈与李翱，走上平正通达的古文的路。

韩愈抗颜为人师而提倡古文，形势比较难；欧阳修居高位而提倡古文，形势比较容易。明代所称唐宋八大家，韩、柳之外，六家都是宋人。欧阳修为首；以下是曾巩、王安石、苏洵和他的儿子苏轼、苏辙。曾巩、苏轼是欧阳修的门生，别的三个也都是他提拔的。他真是当时文坛的盟主。韩愈虽然开了宗派，却不曾有意立宗派；欧、苏是有意的立宗派。他们虽也提倡道，但只促进了并且扩大了古文的发展。欧文主自然。他所作纡徐曲折，而能条达舒畅，无艰难劳苦之态；最以言情见长，评者说是从《史记》脱化而出。曾学问有根底，他的文确实而谨严；王是政治家，所作以精悍胜人。三苏长于议论，得力于《战国策》《孟子》；而苏轼才气纵横，并得力于《庄子》。他说他的文"随物赋形"，"常行于所当行，常止于不可不止"；又说他意到笔随，无不尽之处。这真是自然的极致了。他的文，学的人最多。南宋有"苏文熟，秀才足"的俗谚，可见影响之大。

欧、苏以后，古文成了正宗。辞赋虽还算在古文里头，可是从辞赋出来的骈体却只拿来作应用文了。骈体声调铿锵，便于宣读，又可铺张辞藻不着边际，便于酬酢，作应用文是很相宜的。所以流传到现在，还没有完全死去。但中间却经过了散文化。自从唐代中叶的陆贽开始。他的奏议切实恳挚，绝不浮夸，而且明白晓畅，用笔如舌。唐末骈体的应用文专称"四六"，却更趋雕琢；宋初还是如此。转移风气的也是欧阳修。他多用虚字和长句，使骈体稍稍近于语气之自然。嗣后群起仿效，散文化的骈文竟成了定体了。这也是古文运动的大收获。

唐代又有两种新文体发展。一是语录，一是"传奇"，都是佛家的影响。语录起于禅宗。禅宗是革命的宗派，他们只说法而不著书。他们大胆地将师父们的话参用当时的口语记下来。后来称这种体制为语录。他们不但用这种体制记录演讲，还用来通信和讨论。这是新的记言的体制，里面夹杂着"雅言"和译语。宋儒讲学，也采用这种记言的体制，不过不大夹杂译语。宋儒的影响究竟比禅宗大得多，语录体从此便成立了，盛行了。传奇是有结构的小说。从前只有杂录或琐记的小说，有结构的从传奇起头。传奇记述艳情，也记述神怪，但将神怪人情化。这里面描写的人生，并非全是设想，大抵还是以亲切的观察作底子。这开了后来佳人才子和鬼狐仙侠等小说的先路。它的来源一方面是俳谐辞赋，一方面是翻译的佛典故事；佛典里长短的寓言所给予的暗示最多。当时文士作传奇，原来只是向科举的主考官介绍自己的一种门路。当时应举的人在考试之前，得请达官将自己姓名介绍给主考官；自己再将文章呈给主考官看。先呈正经文章，过些时再呈杂文如传奇等，传奇可以见史才、诗、笔、议论，人又爱看，是科举的很好媒介。这样的作者便日见其多了。

到了宋代，又有"话本"。这是白话小说的老祖宗。话本是"说话"的底本；"说话"略同后来的"说书"，也是佛家的影响。唐代佛家向民众宣讲佛典故事，连说带唱，本子夹杂"雅言"和口语，叫作"变文"；"变文"后来也有说唱历史故事及社会故事的。"变文"便是"说话"的源头；"说话"里也还有演说佛典这一派。"说话"是平民的艺术；宋仁宗很爱听，以后便成为专业，大流行起来了。这里面有说历史故事的，有说神怪故事的，有说社会故事的。"说话"渐渐发展，本来由一个或几个同类而不相关联的短故事，引出一个同类而不相关联的长故事的，后来却能将许多关联的故事组织起来，分为"章回"了，这是体制上一个大进步。

话本留存到现在的已经很少，但还足以见出后世的几部小说名著，如元罗贯中的《三国演义》，明施耐庵的《水浒传》，吴承恩的《西游记》，都是从话本演化出来的；不过这些已是文人的作品，而不是话本了。就中《三国志演义》还夹杂着"雅言"，《水浒传》和《西游记》便都是白话了。这里除《西游记》以设想为主外，别的都可以说是写实的。这种写实的作风在清代曹雪芹的《红楼梦》里得着充分的发展。《三国演义》等书里的故事虽然是关联的，却不是连贯的。到了《红楼梦》，组织才更严密了；全书只是一个家庭的故事。虽然包罗万象，而能"一以贯之"。这不但是章回小说，而且是近代所谓"长篇小说"了。白话小说到此大成。

明代用八股文取士，一般文人都镂心刻骨地去简炼揣摩，所以极一代之盛。"股"是排偶的意思；这种体制，中间有八排文字互为对偶，所以有此称——自然也有变化，不过"八股"可以说是一般的标准。——又称为"四书文"，因为考试里最重要的文字，题目都出在"四书"里。又称为"制艺"，因为这是朝廷法定的体制。又称为"时文"，是对古文而言。八股文也是推演经典辞意的；它的来源，往远处说，可以说是南北朝义疏之学，往近处说，便是宋、元两代的经义。但它的格律，却是从"四六"演化的。宋代定经义为考试科目，是王安石的创制；当时限用他的群经"新义"，用别说的不录。元代考试，限于"四书"，规定用朱子的章句和集注。明代制度，主要的部分也是如此。

经义的格式，宋末似乎已有规定的标准，元、明两代大体上递相承袭。但明代有两种大变化：一是排偶，一是代古人语气。因为排偶，所以讲究声调。因为代古人语气，便要描写口吻；圣贤要像圣贤口吻，小人要像小人的。这是八股文的仅有的本领，大概是小说和戏曲的不自觉的影响。八股文格律定得那样严，所以得简炼揣摩，一心用在技巧上。除了口吻、技巧和声调之外，八股文里是空洞无物的。而因为那样难，一般作者大都只能套套滥调，那真是"每况愈下"了。这原是君主牢笼士人的玩意儿，但它的影响极大；明、清两代的古文大家几乎没有一个不是八股文出身的。

清代中叶，古文有桐城派，便是八股文的影响。诗人作家自己标榜宗派，在前只有江西诗派，在后只有桐城文派。桐城派的势力，绵延了二百多年，直到民国初期还残留着；这是江西派比不上的。桐城派的开山祖师是方苞，而姚鼐集其大成。他们都是安徽桐城人，当时有"天下文章在桐城"的话，所以称为桐城派。方苞是八股文大家。他提倡归有光的文章，归也是明代八股文兼古文大家。方是第一个提倡"义法"的人。他论古文以为"六经"和《论语》《孟子》是根源，得其支流而义法最精的是《左传》《史记》；其次是《公羊传》《穀梁传》《国语》《国策》，两汉的书和疏，唐宋八家文——再下怕就要数到归有光了。这是他的、也是桐城派的文统论。"义"是用意，是层次；"法"是求雅、求洁的条目。雅是纯正不杂，如不可用语录中语、骈文中丽语、汉赋中板重字法、诗歌中俊语、《南史》《北史》中佻巧语，以及佛家语。后来姚鼐又加注疏语和尺牍语。洁是简省字句。这些法其实都是从八股文的格律引申出来的。方苞论文，也讲"阐道"；他是信程、朱之学的，不过所入不深罢了。

方苞受八股文的束缚太甚，他学得的只是《史记》、欧、曾、归的一部分，只是严整而不雄浑，又缺乏情韵。姚鼐所取法的还是这几家，虽然也不雄浑，却能"迂回荡漾，余味曲包"，这是他的新境界。《史记》本多含情不尽之处，所谓远神的。欧文颇得此味，归更向这方面发展——最善述哀，姚简直用全力揣摩。他的老师刘大櫆指出作文当讲究音节，音节是神气的迹象，可以从字句下手。姚鼐得了这点启示，便从音节上用力，去求得那绵邈的情韵。他的文真是所谓"阴与柔之美"。他最主张诵读，又最讲究虚助字，都是为此，但这分明是八股讲究声调的转变。刘是雍正副榜，姚是乾隆进士，都是用功八股文的。当时汉学家提倡考据，不免繁琐的毛病。姚鼐因此主张义理、考据、词章三端相济，偏废的就是"陋"儒。但他的义理不深，考据多误，所有的还只是词章本领。他选了《古文辞类纂》；序里虽提到"道"，书却只成为古文的典范。书中也不选经、子、史；经也因为太尊，子、史却因为太多。书中也选辞赋。这部选本是桐城派的经典，学文必由于此，也只需由于此。方苞评归有光的文庶几"有序"，但"有物之言"太少。曾国藩评姚鼐也说一样的话，其实桐城派都是如此。攻击桐城派的人说他们空疏浮浅，说他们范围太窄，全不错；但他们组织的技巧，言情的技巧，也是不可抹杀的。

姚鼐以后，桐城派因为路太窄，渐有中衰之势。这时候仪征阮元提倡骈文正统论。他以《文选序》和南北朝"文""笔"的分别为根据，又扯上传为孔子作的《易文言传》。他说用韵用偶的才是文，散行的只是笔，或是"直言"的"言"，"论难"的"语"。古文以立意、记事为宗，是子、史正流，终究与文章有别。《文言传》多韵语、偶语，所以孔子才题为"文"言。阮元所谓韵，兼指句末的韵与句中的"和"而言。原来南北朝所谓"文""笔"，本有两义："有韵为文，无韵为笔"，是当时的常言。——韵只是句末韵。阮元根据此语，却将"和"也算是韵，这是曲解一。梁元帝说有对偶、谐声调的抒情作品是文，骈体的章奏与散体的著述都是笔。阮元却只以散体为笔，这是曲解二。至于《文言传》，固然称"文"，却也称"言"，况且也非孔子所作——这更是附会了。他的主张，虽然也有一些响应的人，但是不成宗派。

曾国藩出来，中兴了桐城派。那时候一般士人，只知作八股文；另一面汉学、宋学的门户之争，却越来越多厉害，各走偏锋。曾国藩为补偏救弊起见，便就姚鼐义理、考据、词章三端相济之说加以发扬光大。他反对当时一般考证文的芜杂琐碎，也反对当时崇道贬文的议论，以为要明先王之道，非精研文字不可；各家著述的见解多寡，也当以他们的文为衡量的标准。桐城文的病在弱在窄，他却能以深博的学问、弘通的见识、雄直的气势，使它起死回生。他才真回到韩愈，而且胜过韩愈。他选了《经史百家杂钞》，将经、史、子也收入选本里，让学者知道古文的源流，文统的一贯，眼光便比姚鼐远大得多。他的幕僚和弟子极众，真是登高一呼，群山四应。这样延长了桐城派的寿命几十年。

但"古文不宜说理"，从韩愈就如此。曾国藩的力量究竟也没有能够补救这个缺陷于一千年之后。而海通以来，世变日亟，事理的繁复，有些决非古文所能表现。因此聪明才智之士渐渐打破古文的格律，放手作去。到了清末，梁启超先生的"新文体"可算登峰造极。他的文"时杂以俚语、韵语及外国语法，纵笔所至不检束，学者竞效之。而条理明晰，笔锋常带情感，对于读者，别有一种魔力"。但这种"魔力"也不能持久；中国的变化实在太快，这种"新文体"又不够用了。胡适之先生和他的朋友们这才起来提倡白话文，经过五四运动，白话文是畅行了。这似乎又回到古代言文合一的路。然而不然。这时代是第二回翻译的大时代。白话文不但不全跟着国语的口语走，也不全跟着传统的白话走，却有意地跟着翻译的白话走。这是白话文的现代化，也就是国语的现代化。中国一切都在现代化的过程中，语言的现代化也是自然的趋势，并不足怪的。

第四辑　雅俗共赏

论说话的多少

圣经贤传都教我们少说话，怕的是惹祸，你记得金人铭开头就是"古之慎言人也。戒之哉！戒之哉！无多言！多言多败"。岂不森森然有点可怕的样子。再说，多言即使不惹祸，也不过颠倒是非，决非好事。所以孔子称"仁者其言也讱"，又说"恶夫佞者"。苏秦张仪之流，以及后世小说里所谓"掉三寸不烂之舌"的辩士，在正统派看来，也许比佞者更下一等。所以"沉默寡言""寡言笑"，简直就成了我们的美德。

圣贤的话自然有道理，但也不可一概而论。假如你身居高位，一个字一句话都可影响大局，那自然以少说话、多点头为是。可是反过来，你如去见身居高位的人，那可就没有准儿。前几年南京有一位著名会说话的和一位著名不说话的都做了不小的官。许多人踌躇起来，还是说话好呢？还是不说话好呢？这是要看情形的：有些人喜欢说话的人，有些人不。有些事必得会说话的人去干，譬如宣传员；有些事必得少说话的人去干，譬如机要秘书。

至于我们这些平人，在访问、见客、聚会的时候，若只是死心眼儿，一个劲儿少说话，虽合于圣贤之道，却未见得就顺非圣贤人的眼。要是熟人，处得久了，彼此心照，倒也可以原谅的；要是生人或半生半熟的人，那就有种种看法。他也许觉得你神秘，仿佛天上眨眼的星星；也许觉得你老实，所谓"仁者其言也讱"；也许觉得你懒，不愿意卖力气；也许觉得你厉害，专等着别人的话（我们家乡称这种人为"等口"）；也许觉得你冷淡，不容易亲近；也许觉得你骄傲，看不起他，甚至讨厌他。这自然也看你和他的关系，以及你的相貌神气而定，不全在少说话；不过少说话是个大原因。这么着，他对你当然敬而远之，或不敬而远之。若是你真如他所想，那倒是"求仁得仁"；若是不然，就未免有点冤哉枉也。民国十六年的时候，北平有人到汉口去回来，一个同事问他汉口怎么样。他说，"很好哇，没有什么。"话是完了，那位同事只好点点头走开。他满想知道一点汉口的实在情形，但是什么也没有得着；失望之余，很觉得人家是瞧不起他哪。但是女人少说话，却当别论；因为一般女人总比男人害臊，一害臊自然说不出什么了。再说，传统的压迫也太厉害；你想男人好说话，还不算好男人，女人好说话还了得！（王熙凤算是会说话的，可是在《红楼梦》里，她并不算是个好女人）可是——现在若有会说话的女人，特别是压倒男人的会说话的女人，恭维的人就一定多；因为西方动的文明已经取东方静的文明而代之，"沉默寡言"虽有时还用得着，但是究竟不如"议论风生"的难能可贵了。

说起"议论风生"，在传统里原来也是褒辞。不过只是美才，而不是美德；若是以德论，这个怕也不足重轻罢。现在人也还是看作美才，只不过看得重些罢了。

"议论风生"并不只是口才好；得有材料，有见识，有机智才成——口才不过机智，那是不够的。这个并不容易办到；我们平人所能做的只是在普通情形之下，多说几句话，不要太冷落场面就是。——许多人喝下酒时、生气时爱说话，但那是往往多谬误的。说话也有两路，一是游击式，一是包围式。有一回去看新从欧洲归国的两位先生，他们都说了许多话。甲先生从客人的话里选择题目，每个题目说不上几句话就牵引到别的上去。当时觉得也还有趣，过后却什么也想不出。乙先生也从客人的话里选题目，可是他却粘在一个题目上，只叙说在欧洲的情形。他并不用什么机智，可是说得很切实，让客人觉着有所得而去。他的殷勤，客人在口头在心上，都表示着谢意。

普通说话大概都用游击式；包围式组织最难，多人不能够，也不愿意去尝试。再说游击式可发可收，爱听就多说些，不爱听就少说些；我们这些人许犯贫嘴到底还不至于的。要说像"哑妻"那样，不过是法朗士的牢骚，事实上大致不会有。倒是有像老太太的，一句话重三倒四地说，也不管人家耳朵里长茧不长。这一层最难，你得记住哪些话在哪些人面前说过，才不至于说重了。有时候最难为情的是，你刚开头儿，人家就客客气气地问，"啊，后来是不是怎样怎样的？"包围式可麻烦得多。最麻烦的是人多的时候，说得半半拉拉的，大家或者交头接耳说他们自己的私话，或者打盹儿，或者东看看西看看，轻轻敲着指头想别的，或者勉强打起精神对付着你。这时候你一个人霸占着全场，说下去太无聊，不说呢，又收不住，真是骑虎之势。大概这种说话，人越多，时候越不宜长；各人的趣味不同，决不能老听你的——换题目另说倒成。说得也不宜太慢，太慢了怎么也显得长。曾经听过两位著名会说话的人说故事，大约因为唤起注意的缘故罢，加了好些个助词，慢慢地叙过去，足有十多分钟，算是完了；大家虽不至疲倦，却已暗中着急。声音也不宜太平，太平了就单调；但又丝毫不能做作。这种说话只宜叙说或申说，不能掺一些教导气或劝导气。长于演说的人往往免不了这两种气味。有个朋友说某先生口才太好，教人有戒心，就是这个意思。所以包围式说话要靠天才，我们平人只能学学游击式，至多规模较大而已。——我们在普通情形之下，只不要像林之孝家两口子"一锥子扎不出话来"，也就行了。

论气节

气节是我国固有的道德标准，现代还用着这个标准来衡量人们的行为，主要的是所谓读书人或士人的立身处世之道。但这似乎只在中年一代如此，青年一代倒像不大理会这种传统的标准，他们在用着正在建立的新的标准，也可以叫作新的尺度。中年一代一般的接受这传统，青年代却不理会它，这种脱节的现象是这种变的时代或动乱时代常有的。因此就引不起什么讨论。直到近年，冯雪峰先生才将这标准这传统作为问题提出，加以分析和批判：这是在他的《乡风与市风》那本杂文集里。

冯先生指出"士节"的两种典型：一是忠臣，一是清高之士。他说后者往往因为脱离了现实，成为"为节而节"的虚无主义者，结果往往会变了节。他却又说"士节"是对人生的一种坚定的态度，是个人意志独立的表现。因此也可以成就接近人民的叛逆者或革命家，但是这种人物的造就或完成，只有在后来的时代，例如我们的时代。冯先生的分析，笔者大体同意。对这个问题笔者近来也常常加以思索，现在写出自己的一些意见，也许可以补充冯先生所没有说到的。

气和节似乎原是两个各自独立的意念。《左传》上有"一鼓作气"的话，是说战斗的。后来所谓"士气"就是这个气，也就是"斗志"；这个"士"指的是武士。孟子提倡的"浩然之气"，似乎就是这个气的转变与扩充。他说"至大至刚"，说"养勇"，都是带有战斗性的。"浩然之气"是"集义所生"，"义"就是"有理"或"公道"。后来所谓"义气"，意思要狭隘些，可也算是"浩然之气"的分支。现在我们常说的"正义感"，虽然特别强调现实，似乎也还可以算是跟"浩然之气"联系着的。至于文天祥所歌咏的"正气"，更显然跟"浩然之气"一脉相承。不过在笔者看来两者却并不完全相同，文氏似乎在强调那消极的节。

节的意念也在先秦时代就有了，《左传》里有"圣达节，次守节，下失节"的话。古代注重礼乐，乐的精神是"和"，礼的精神是"节"。礼乐是贵族生活的手段，也可以说是目的。他们要定等级，明分际，要有稳固的社会秩序，所以要"节"，但是他们要统治，要上统下，所以也要"和"。礼以"节"为主，可也得跟"和"配合着；乐以"和"为主，可也得跟"节"配合着。节跟和是相反相成的。明白了这个道理，我们可以说所谓"圣达节"等等的"节"，是从礼乐里引申出来成了行为的标准或做人的标准；而这个节其实也就是传统的"中道"。按说"和"也是中道，不同的是"和"重在合，"节"重在分；重在分所以重在不犯不乱，这就带上消极性了。

向来论气节的，大概总从东汉末年的党祸起头。那是所谓处士横议的时代。在野的士人纷纷地批评和攻击宦官们的贪污政治，中心似乎在太学。这些在野的士人虽然没有严密的组织，却已经在联合起来，并且博得了人民的同情。宦官们害怕了，于是乎逮捕拘禁那些领导人。这就是所谓"党锢"或"钩党"，"钩"是"钩连"的意思。从这两个名称上可以见出这是一种群众的力量。那时逃亡的党人，家家愿意收容着，所谓"望门投止"，也可以见出人民的态度，这种党人，大家尊为气节之士。气是敢作敢为，节是有所不为——有所不为也就是不合作。这敢作敢为是以集体的力量为基础的，跟孟子的"浩然之气"与世俗所谓"义气"只注重领导者的个人不一样。后来宋朝几千太学生请愿罢免奸臣，以及明朝东林党的攻击宦官，都是集体运动，也都是气节的表现。但是这种表现里似乎积极的"气"更重于消极的"节"。

在专制时代的种种社会条件之下，集体的行动是不容易表现的，于是士人的立身处世就偏向了"节"这个标准。在朝的要做忠臣。这种忠节或是表现在冒犯君主尊严的直谏上，有时因此牺牲性命；或是表现在不做新朝的官甚至以身殉国上。忠而至于死，那是忠而又烈了。在野的要做清高之士，这种人表示不愿和在朝的人合作，因而游离于现实之外；或者更逃避到山林之中，那就是隐逸之士了。这两种节，忠节与高节，都是个人的消极的表现。忠节至多造就一些失败的英雄，高节更只能造就一些明哲保身的自了汉，甚至于一些虚无主义者。原来气是动的，可以变化。我们常说志气，志是心之所向，可以在四方，可以在千里，志和气是配合着的。节却是静的，不变的；所以要"守节"，要不"失节"。有时候节甚至于是死的，死的节跟活的现实脱了榫，于是乎自命清高的人结果变了节，冯雪峰先生论到周作人，就是眼前的例子。从统治阶级的立场看，"忠言逆耳利于行"，忠臣到底是卫护着这个阶级的，而清高之士消纳了叛逆者，也是有利于这个阶级的。所以宋朝人说"饿死事小，失节事大"，原先说的是女人，后来也用来说士人，这正是统治阶级代言人的口气，但是也表示着到了那时代士的个人地位的增高和责任的加重。

"士"或称为"读书人"，是统治阶级最下层的单位，并非

"帮闲"。他们的利害跟君相是共同的，在朝固然如此，在野也未尝不如此。固然在野的处士可以不受君臣名分的束缚，可以"不事王侯，高尚其事"，但是他们得吃饭，这饭恐怕还得靠农民耕给他们吃，而这些农民大概是属于他们做官的祖宗的遗产的。"躬耕"往往是一句门面话，就是偶然有个把真正躬耕的如陶渊明，精神上或意识形态上也还是在负着天下兴亡之责的士，陶的《述酒》等诗就是证据。可见处士虽然有时横议，那只是自家人吵嘴闹架，他们生活的基础一般的主要的还是在农民的劳动上，跟君主与在朝的大夫并无两样，而一般的主要的意识形态，彼此也是一致的。

然而士终于变质了，这可以说是到了民国时代才显著。从清朝末年开设学校，教员和学生渐渐加多，他们渐渐各自形成一个集团；其中有不少的人参加革新运动或革命运动，而大多数也倾向着这两种运动。这已是气重于节了。等到民国成立，理论上人民是主人，事实上是军阀争权。这时代的教员和学生意识着自己的主人身份，游离了统治的军阀；他们是在野，可是由于军阀政治的腐败，却渐渐获得了一种领导的地位。他们虽然还不能和民众打成一片，但是已经在渐渐地接近民众。五四运动划出了一个新时代。自由主义建筑在自由职业和社会分工的基础上。教员是自由职业者，不是官，也不是候补的官。学生也可以选择多元的职业，不是只有做官一路。他们于是从统治阶级独立，不再是"士"或所谓"读书人"，而变成了"知识分子"，集体的就是"知识阶级"。残余的"士"或"读书人"自然也还有，不过只是些残余罢了。这种变质是中国现代化的过程的一段，而中国的知识阶级在这过程中也曾尽了并且还在想尽他们的任务，跟这时代世界上别处的知识阶级一样，也分享着他们一般的运命。若用气节的标准来衡量，这些知识分子或这个知识阶级开头是气重于节，到了现在却又似乎是节重于气了。

知识阶级开头凭着集团的力量勇猛直前，打倒种种传统，那时候是敢作敢为一股气。可是这个集团并不大，在中国尤其如此，力量到底有限，而与民众打成一片又不容易，于是碰到集中的武力，甚至加上外来的压力，就抵挡不住。而一方面广大的民众抬头要饭吃，他们也没法满足这些饥饿的民众。他们于是失去了领导的地位，逗留在这夹缝中间，渐渐感觉着不自由，闹了个"四大金刚悬空八只脚"。他们于是只能保守着自己，这也算是节罢；也想缓缓地落下地去，可是气不足，得等着瞧。可是这里的是偏于中年一代。青年一代的知识分子却不如此，他们无视传统的"气节"，特别是那种消极的"节"，替代的是"正义感"，接着"正义感"的是"行动"，其实"正义感"是合并了"气"和"节"，"行动"还是"气"。这是他们的新的做人的尺度。等到这个尺度成为标准，知识阶级大概是还要变质的罢？

论吃饭

我们有自古流传的两句话：一是"衣食足则知荣辱"，见于《管子·牧民》篇，一是"民以食为天"，是汉朝郦食其说的。这些都是从实际政治上认出了民食的基本性，也就是说从人民方面看，吃饭第一。另一方面，告子说，"食色，性也"，是从人生哲学上肯定了食是生活的两大基本要求之一。《礼记·礼运》篇也说到"饮食男女，人之大欲存焉"，这更明白。照后面这两句话，吃饭和性欲是同等重要的，可是照这两句话里的次序，"食"或"饮食"都在前头，所以还是吃饭第一。

这吃饭第一的道理，一般社会似乎也都默认。虽然历史上没有明白的记载，但是近代的情形，据我们的耳闻目见，似乎足以教我们相信从古如此。例如苏北的饥民群到江南就食，差不多年年有。最近天津《大公报》登载的费孝通先生的《不是崩溃是瘫痪》一文中就提到这个。这些难民虽然让人们讨厌，可是得给他们饭吃。给他们饭吃固然也有一二成出于慈善心，就是恻隐心，但是八九成是怕他们，怕他们铤而走险，"小人穷斯滥矣"，什么事做不出来！给他们吃饭，江南人算是认了。

可是法律管不着他们吗？官儿管不着他们吗？干吗要怕要认呢？可是法律不外乎人情，没饭吃要吃饭是人情，人情不是法律和官儿压得下的。没饭吃会饿死，严刑峻罚大不了也只是个死，这是一群人，群就是力量：谁怕谁！在怕的倒是那些有饭吃的人们，他们没奈何只得认点儿。所谓人情，就是自然的需求，就是基本的欲望，其实也就是基本的权利。但是饥民群还不自觉有这种权利，一般社会也还不会认清他们有这种权利；饥民群只是冲动的要吃饭，而一般社会给他们饭吃，也只是默认了他们的道理，这道理就是吃饭第一。

三十年夏天笔者在成都住家，知道了所谓"吃大户"的情形。那正是青黄不接的时候，天又干，米粮大涨价，并且不容易买到手。于是乎一群一群的贫民一面抢米仓，一面"吃大户"。他们开进大户人家，让他们煮出饭来吃了就走。这叫作"吃大户"。"吃大户"是和平的手段，照惯例是不能拒绝的，虽然被吃的人家不乐意。当然真正有势力的尤其是有枪杆的大户，穷人们也识相，是不敢去吃的。敢去吃的那些大户，被吃了也只好认了。那回一直这样吃了两三天，地面上一面赶办平粜，一面严令禁止，才打住了。据说这"吃大户"是古风；那么上文说的饥民就食，该更是古风吧。

但是儒家对于吃饭却另有标准。孔子认为政治的信用比民食更重，孟子倒是以民食为仁政的根本；这因为春秋时代不必争取人民，战国时代就非争取人民不可。然而他们论到士人，却都将吃饭看做一个不足重轻的项目。孔子说，"君子固穷"，说吃粗饭，喝冷水，"乐在其中"，又称赞颜回吃喝不够，"不改其乐"。道学家称这种乐处为"孔颜乐处"，他们教人"寻孔颜乐处"，学习这种为理想而忍饥挨饿的精神。这理想就是孟子说的"穷则独善其身，达则兼济天下"，也就是所谓"节"和"道"。孟子一方面不赞成告子说的"食色，性也"，一方面在论"大丈夫"的时候列入了"贫贱不能移"一个条件。战国时代的"大丈夫"，相当于春秋时的"君子"，都是治人的劳心的人。这些人虽然也有饿饭的时候，但是一朝得了时，吃饭是不成问题的，不像小民往往一辈子为了吃饭而挣扎着。因此士人就不难将道和节放在第一，而认为吃饭好像是一个不足重轻的项目了。

伯夷、叔齐据说反对周武王伐纣，认为其以臣伐君，因此不食周粟，饿死在首阳山。这也是只顾理想的节而不顾吃饭的。配合着儒家的理论，伯夷、叔齐成为士人立身的一种特殊的标准。所谓特殊的标准就是理想的最高的标准；士人虽然不一定人人都要做到这地步，但是能够做到这地步最好。

经过宋朝道学家的提倡，这标准更成了一般的标准，士人连妇女都要做到这地步。这就是所谓"饿死事小，失节事大"。这句话原来是论妇女的，后来却扩而充之普遍应用起来，造成了无数的残酷的愚蠢的殉节事件。这正是"吃人的礼教"。人不吃饭，礼教吃人，到了这地步总是不合理的。

士人对于吃饭却还有另一种实际的看法。北宋的宋郊、宋祁兄弟俩都做了大官，住宅挨着。宋祁那边常常宴会歌舞，宋郊听不下去，教人和他弟弟说，问他还记得当年在和尚庙里咬菜根否？宋祁却答得妙：请问当年咬菜根是为什么来着！这正是所谓"吃得苦中苦，方为人上人"。做了"人上人"，吃得好，穿得好，玩儿得好；"兼善天下"于是成了个幌子。照这个看法，忍饥挨饿或者吃粗饭、喝冷水，只是为了有朝一日可以大吃大喝，痛快地玩儿。吃饭第一原是人情，大多数士人恐怕正是这么在想。不过宋郊、宋祁的时代，道学刚起头，所以宋祁还敢公然表示他的享乐主义；后来士人的地位增进，责任加重，道学的严格的标准掩护着也约束着在治者地位的士人，他们大多数心里尽管那么在想，嘴里却就不敢说出。嘴里虽然不敢说出，可是实际上往往还是在享乐着。于是他们多吃多喝，就有了少吃少喝的人；这少吃少喝的自然是被治的广大的民众。

民众，尤其农民，大多数是听天由命安分守己的，他们惯于忍饥挨饿，几千年来都如此。除非到了最后关头，他们是不会行动的。他们到别处就食，抢米，吃大户，甚至于造反，都是被逼得无路可走才如此。这里可以注意的是他们不说话；"不得了"就行动，忍得住就沉默。他们要饭吃，却不知道自己应该有饭吃；他们行动，却觉得这种行动是不合法的，所以就索性不说什么话。说话的还是士人。他们由于印刷的发明和教育的发展等等，人数加多了，吃饭的机会可并不加多，于是许多人也感到吃饭难了。这就有了"世上无如吃饭难"的慨叹。虽然难，比起小民来还是容易。因为他们究竟属于治者，"百足之虫，死而不僵"，有的是做官的本家和亲戚朋友，总得给口饭吃；这饭并且总比小民吃的好。孟子说做官可以让"所识穷乏者得我"，自古以来做了官就有引用穷本家穷亲戚穷朋友的义务。到了民国，黎元洪总统更提出了"有饭大家吃"的话。这真是"菩萨"心肠，可是当时只当作笑话。原来这句话说在一位总统嘴里，就是贤愚不分，赏罚不明，就是糊涂。然而到了那时候，这句话却已经藏在差不多每一个士人的心里。难得的倒是这糊涂！

第一次世界大战加上五四运动，带来了一连串的变化，中华民国在一颠一拐地走着之字路，走向现代化了。我们有了知识阶级，也有了劳动阶级，有了索薪，也有了罢工，这些都在要求"有饭大家吃"。知识阶级改变了士人的面目，劳动阶级改变了小民的面目，他们开始了集体的行动；他们不能再安贫乐道了，也不能再安分守己了，他们认出了吃饭是天赋人权，公开地要饭吃，不是大吃大喝，是够吃够喝，甚至于只要有吃有喝。然而这还只是刚起头。到了这次世界大战当中，罗斯福总统提出了四大自由，第四项是"免于匮乏的自由"。"匮乏"自然以没饭吃为首，人们至少该有免于没饭吃的自由。这就加强了人民的吃饭权，也肯定了人民的吃饭的要求；这也是"有饭大家吃"，但是着眼在平民，在全民，意义大不同了。

抗战胜利后的中国，想不到吃饭更难，没饭吃的也更多了。到了今天一般人民真是不得了，再也忍不住了，吃不饱甚至没饭吃，什么礼义什么文化都说不上。这日子就是不知道吃饭权也会起来行动了，知道了吃饭权的，更怎么能够不起来行动，要求这种"免于匮乏的自由"呢？于是学生写出"饥饿事大，读书事小"的标语，工人喊出"我们要吃饭"的口号。这是我们历史上第一回一般人民公开的承认了吃饭第一。这其实比闷在心里糊涂的骚动好得多；这是集体的要求，集体是有组织的，有组织就不容易大乱了。可是有组织也不容易散；人情加上人权，这集体的行动是压不下也打不散的，直到大家有饭吃的那一天。

论雅俗共赏

陶渊明有"奇文共欣赏，疑义相与析"的诗句，那是一些"素心人"的乐事，"素心人"当然是雅人，也就是士大夫。这两句诗后来凝结成"赏奇析疑"一个成语，"赏奇析疑"是一种雅事，俗人的小市民和农家子弟是没有份儿的。然而又出现了"雅俗共赏"这一个成语，"共赏"显然是"共欣赏"的简化，可是这是雅人和俗人或俗人跟雅人一同在欣赏，那欣赏的大概不会还是"奇文"罢。这句成语不知道起于什么时代，从语气看来，似乎雅人多少得理会到甚至迁就着俗人的样子，这大概是在宋朝或者更后罢。

原来唐朝的安史之乱可以说是我们社会变迁的一条分水岭。在这之后，门第迅速的垮了台，社会的等级不像先前那样固定了，"士"和"民"这两个等级的分界不像先前的严格和清楚了，彼此的分子在流通着，上下着。而上去的比下来的多，士人流落民间的究竟少，老百姓加入士流的却渐渐多起来。王侯将相早就没有种了，读书人到了这时候也没有种了；只要家里能够勉强供给一些，自己有些天分、又肯用功，就是个"读书种子"；去参加那些公开的考试，考中了就有官做，至少也落个绅士。这种进展经过唐末跟五代的长期的变乱加了速度，到宋朝又加上印刷术的发达，学校多起来了，士人也多起来了，士人的地位加强，责任也加重了。这些士人多数是来自民间的新的分子，他们多少保留着民间的生活方式和生活态度。他们一面学习和享受那些雅的，一面却还不能摆脱或蜕变那些俗的。人既然很多，大家是这样，也就不觉其寒尘；不但不觉其寒尘，还要重新估定价值，至少也得调整那旧来的标准与尺度。"雅俗共赏"似乎就是新提出的尺度或标准，这里并非打倒旧标准，只是要求那些雅士理会到或迁就些俗士的趣味，好让大家打成一片。当然，所谓"提出"和"要求"，都只是不自觉的看来是自然而然的趋势。

中唐的时期，比安史之乱还早些，禅宗的和尚就开始用口语记录大师的说教。用口语为的是求真与化俗，化俗就是争取群众。安史之乱后，和尚的口语记录更其流行，于是乎有了"语录"这个名称，"语录"就成为一种著述体了。到了宋朝，道学家讲学，更广泛地留下了许多语录；他们用语录，也还是为了求真与化俗，还是为了争取群众。所谓求真的"真"，一面是如实和直接的意思。禅家认为第一义是不可说的。语言文字都不能表达那无限的可能，所以是虚妄的。然而实际上语言文学究竟是不免要用的一种"方便"，记录文字自然越近实际的、直接的说话越好。在另一面这"真"又是自然的意思，自然才亲切，才让人容易懂，也就是更能收到化俗的功效，更能获得广大的群众。道学主要的是中国的正统的思想，道学家用了语录做工具，大大地增强了这种新的文体的地位，语录就成为一种传统了。比语录体稍稍晚些，还出现了一种宋朝叫作"笔记"的东西。这种作品记述有趣味的杂事，范围很宽，一方面发表作者自己的意见，所谓议论，也就是批评，这些批评往往也很有趣味。作者写这种书，只当作对客闲谈，并非一本正经，虽然以文言为主，可是很接近说话。这也是给大家看的，看了可以当作"谈助"，增加趣味。宋朝的笔记最发达，当时盛行，流传下来的也很多。目录家将这种笔记归在"小说"项下，近代书店汇印这些笔记，更直题为"笔记小说"；中国古代所谓"小说"，原是指记述杂事的趣味作品而言的。

那里我们得特别提到唐朝的"传奇"。"传奇"据说可以见出作者的"史才、诗笔、议论"，是唐朝士子在投考进士以前用来送给一些大人先生看，介绍自己，求他们给自己宣传的。其中不外乎灵怪、艳情、剑侠三类故事，显然是以供给"谈助"、引起趣味为主。无论照传统的意念，或现代的意念，这些"传奇"无疑的是小说，一方面也和笔记的写作态度有相类之处。照陈寅恪先生的意见，这种"传奇"大概起于民间，文士是仿作，文字里多口语化的地方。陈先生并且说唐朝的古文运动就是从这儿开始。他指出古文运动的领导者韩愈的《毛颖传》，正是仿"传奇"而作。我们看韩愈的"气盛言宜"的理论和他的参差错落的文句，也正是多多少少在口语化。他的门下的"好难""好易"两派，似乎原来也都是在试验如何口语化。可是"好难"的一派过分强调了自己，过分想出奇制胜，不管一般人能够了解欣赏与否，终于被人看做"诡"和"怪"而失败，于是宋朝的欧阳修继承了"好易"的一派的努力而奠定了古文的基础。——以上说的种种，都是安史乱后几百年间自然的趋势，就是那雅俗共赏的趋势。

宋朝不但古文走上了"雅俗共赏"的路，诗也走向这条路。胡适之先生说宋诗的好处就在"作诗如说话"，一语破的指出了这条路。自然，这条路上还有许多曲折，但是就像不好懂的黄山谷，他也提出了"以俗为雅"的主张，并且点化了许多俗语成为诗句。实践上"以俗为雅"，并不从他开始，梅圣俞、苏东坡都是好手，而苏东坡更胜。据记载梅和苏都说过"以俗为雅"这句话，可是不大靠得住；黄山谷却在《再次杨明叔韵》一诗的"引"里郑重的提出"以俗为雅，以故为新"，说是"举一纲而张万目"。他将"以俗为雅"放在第一，因为这实在可以说是宋诗的一般作风，也正是"雅俗共赏"的路。但是加上"以故为新"，路就曲折起来，那是雅人自赏，黄山谷所以终于不好懂了。不过黄山谷虽然不好懂，宋诗却终于回到了"作诗如说话"的路，这"如说话"，的确是条大路。

雅化的诗还不得不回向俗化，刚刚来自民间的词，在当时不用说自然是"雅俗共赏"的。别瞧黄山谷的有些诗不好懂，他的一些小词可够俗的。柳耆卿更是个通俗的词人。词后来虽然渐渐雅化或文人化，可是始终不能雅到诗的地位，它怎么着也只是"诗余"。词变为曲，不是在文人手里变，是在民间变的；曲又变得比词俗，虽然也经过雅化或文人化，可是还雅不到词的地位，它只是"词余"。一方面从晚唐和尚的俗讲演变出来的宋朝的"说话"就是说书，乃至后来的平话以及章回小说，还有宋朝的杂剧和诸宫调等等转变成功的元朝的杂剧和戏文，乃至后来的传奇，以及皮簧戏，更多半是些"不登大雅"的"俗文学"。这些除元杂剧和后来的传奇也算是"词馀"以外，在过去的文学传统里简直没有地位；也就是说这些小说和戏剧在过去的文学传统里多半没有地位，有些有点地位，也不是正经地位。可是虽然俗，大体上却"俗不伤雅"，虽然没有什么地位，却总是"雅俗共赏"的玩艺儿。

"雅俗共赏"是以雅为主的,从宋人的"以俗为雅"以及常语的"俗不伤雅",更可见出这种宾主之分。起初成群俗士蜂拥而上,固然逼得原来的雅士不得不理会到甚至迁就着他们的趣味,可是这些俗士需要摆脱的更多。他们在学习,在享受,也在蜕变,这样渐渐适应那雅化的传统,于是乎新旧打成一片,传统多多少少变了质继续下去。前面说过的文体和诗风的种种改变,就是新旧双方调整的过程,结果迁就的渐渐不觉其为迁就,学习的也渐渐习惯成了自然,传统的确稍稍变了质,但是还是文言或雅言为主,就算跟民众近了一些,近得也不太多。

至于词曲,算是新起于俗间,实在以音乐为重,文辞原是无关轻重的;"雅俗共赏",正是那音乐的作用。后来雅士们也曾分别将那些文辞雅化,但是因为音乐性太重,使他们不能完成那种雅化,所以词曲终于不能达到诗的地位。而曲一直配合着音乐,雅化更难,地位也就更低,还低于词一等。可是词曲到了雅化的时期,那"共赏"的人却就雅多而俗少了。真正"雅俗共赏"的是唐、五代、北宋的词,元朝的散曲和杂剧,还有平话和章回小说以及皮簧戏等。皮簧戏也是音乐为主,大家直到现在都还在哼着那些粗俗的戏词,所以雅化难以下手,虽然一二十年来这雅化也已经试着在开始。平话和章回小说,传统里本来没有,雅化没有合式的榜样,进行就不易。《三国演义》虽然用了文言,却是俗化的文言,接近口语的文言,后来的《水浒》《西游记》《红楼梦》等就都用白话了。不能完全雅化的作品在雅化的传统里不能有地位,至少不能有正经的地位。雅化程度的深浅,决定这种地位的高低或有没有,一方面也决定"雅俗共赏"的范围的小和大——雅化越深,"共赏"的人越少,越浅也就越多。所谓多少,主要的是俗人，是小市民和受教育的农家子弟。在传统里没有地位或只有低地位的作品，只算是玩艺儿；然而这些才接近民众，接近民众却还能教"雅俗共赏"，雅和俗究竟有共通的地方，不是不相理会的两橛了。

单就玩艺儿而论，"雅俗共赏"虽然是以雅化的标准为主，"共赏"者却以俗人为主。固然，这在雅方得降低一些，在俗方也得提高一些，要"俗不伤雅"才成；雅方看来太俗，以至于"俗不可耐"的，是不能"共赏"的。但是在什么条件之下才会让俗人所"赏"的，雅人也能来"共赏"呢？我们想起了"有目共赏"这句话。孟子说过"不知子都之姣者，无目者也"，"有目"是反过来说，"共赏"还是陶诗"共欣赏"的意思。子都的美貌，有眼睛的都容易辨别，自然也就能"共赏"了。孟子接着说："口之于味也，有同嗜焉；耳之于声也，有同听焉；目之于色也，有同美焉。"这说的是人之常情，也就是所谓人情不相远。但是这不相远似乎只限于一些具体的、常识的、现实的事物和趣味。譬如北平罢，故宫和颐和园，包括建筑、风景和陈列的工艺品，似乎是"雅俗共赏"的，天桥在雅人的眼中似乎就有些太俗了。说到文章，俗人所能"赏"的也只是常识的、现实的。后汉的王充出身是俗人，他多多少少代表俗人说话，反对难懂而不切实用的辞赋，却赞美公文能手。公文这东西关系雅俗的现实利益，始终是不曾完全雅化了的。再说后来的小说和戏剧，有的雅人说《西厢记》诲淫，《水浒传》诲盗，这是"高论"。实际上这一部戏剧和这一部小说都是"雅俗共赏"的作品。《西厢记》无视了传统的礼教，《水浒传》无视了传统的忠德，然而"男女"是"人之大欲"之一，"官逼民反"，也是人之常情，梁山泊的英雄正是被压迫的人民所想望的。俗人固然同情这些，一部分的雅人，跟俗人相距还不太远的，也未尝不高兴这两部书说出了他们想说而不敢说的。这可以说是一种快感，一种趣味，可并不是低级趣味；这是有关系的，也未尝不是有节制的。"诲淫""诲盗"只是代表统治者的利益的说话。

十九世纪二十世纪之交是个新时代，新时代给我们带来了新文化，产生了我们的知识阶级。这知识阶级跟从前的读书人不大一样，包括了更多的从民间来的分子，他们渐渐跟统治者拆伙而走向民间。于是乎有了白话正宗的新文学，词曲和小说戏剧都有了正经的地位。还有种种欧化的新艺术。这种文学和艺术却并不能让小市民来"共赏"，不用说农工大众。于是乎有人指出这是新绅士也就是新雅人的欧化，不管一般人能够了解欣赏与否。他们提倡"大众语"运动。但是时机还没有成熟，结果不显著。抗战以来又有"通俗化"运动，这个运动并已经在开始转向大众化。"通俗化"还分别雅俗，还是"雅俗共赏"的路，大众化却更进一步要达到那没有雅俗之分，只有"共赏"的局面。这大概也会是所谓由量变到质变罢。

论书生的酸气

读书人又称书生。这固然是个可以骄傲的名字，如说"一介书生""书生本色"，都含有清高的意味。但是正因为清高，和现实脱了节，所以书生也是嘲讽的对象。人们常说"书呆子""迂夫子""腐儒""学究"等，都是嘲讽书生的。"呆"是不明利害，"迂"是绕大弯儿，"腐"是顽固守旧，"学究"是指一孔之见。总之，都是知古不知今，知书不知人，食而不化的读死书或死读书，所以在现实生活里老是吃亏、误事、闹笑话。总之，书生的被嘲笑是在他们对于书的过分的执着上；过分的执着书，书就成了话柄了。

但是还有"寒酸"一个话语，也是形容书生的。"寒"是"寒素"，对"膏粱"而言。是魏晋南北朝分别门第的用语。"寒门"或"寒人"并不限于书生，武人也在里头；"寒士"才指书生。这"寒"指生活情形，指家世出身，并不关涉到书；单这个字也不含嘲讽的意味。加上"酸"字成为连语，就不同了，好像一副可怜相活现在眼前似的。"寒酸"似乎原作"酸寒"。韩愈《荐士》诗，"酸寒溧阳尉"，指的是孟郊。后来说"郊寒岛瘦"，孟郊和贾岛都是失意的人，作的也是失意诗。"寒"和"瘦"映衬起来，够可怜相的，但是韩愈说"酸寒"，似乎"酸"比"寒"重。可怜别人说"酸寒"，可怜自己也说"酸寒"，所以苏轼有

"故人留饮慰酸寒"的诗句。陆游有"书生老瘦转酸寒"的诗句。"老瘦"固然可怜相，感激"故人留饮"也不免有点儿。范成大说"酸"是"书生气味"，但是他要"洗尽书生气味酸"，那大概是所谓"大丈夫不受人怜"罢？

为什么"酸"是"书生气味"呢？怎么样才是"酸"呢？话柄似乎还是在书上。我想这个"酸"原是指读书的声调说的。晋以来的清谈很注重说话的声调和读书的声调。说话注重音调和辞气，以朗畅为好。读书注重声调，从《世说新语·文学》篇所记殷仲堪的话可见；他说，"三日不读《道德经》，便觉舌本闲强"，说到舌头，可见注重发音，注重发音也就是注重声调。《任诞》篇又记王孝伯说："名士不必须奇才，但使常得无事，痛饮酒，熟读《离骚》，便可称名士。"这"熟读《离骚》"该也是高声朗诵，更可见当时风气。《豪爽》篇记"王司州（胡之）在谢公（安）坐，咏《离骚》《九歌》'入不言兮出不辞，乘回风兮载云旗'，语人云，'当尔时，觉一坐无人'"。正是这种名士气的好例。读古人的书注重声调，读自己的诗自然更注重声调。《文学》篇记着袁宏的故事：

> 袁虎（宏小名虎）少贫，尝为人佣载运租。谢镇西经船行，其夜清风朗月，闻江渚间估客船上有咏诗声，甚有情致，所诵五言，又其所未尝闻，叹美不能已。即遣委曲讯问，乃是袁自咏其所作咏史诗。因此相要，大相赏得。

从此袁宏名誉大盛，可见朗诵关系之大。此外《世说新语》

里记着"吟啸""啸咏""讽咏""讽诵"的还很多，大概也都是在朗诵古人的或自己的作品罢。

这里最可注意的是所谓"洛下书生咏"或简称"洛生咏"。《晋书·谢安传》说：

> 安本能为洛下书生咏。有鼻疾，故其音浊。名流爱其咏而弗能及，或手掩鼻以效之。

《世说新语·轻诋》篇却记着：

> 人问顾长康"何以不作洛生咏？"答曰，"何至作老婢声！"

刘孝标注，"洛下书生咏音重浊，故云'老婢声'。"所谓"重浊"，似乎就是过分悲凉的意思。当时诵读的声调似乎以悲凉为主。王孝伯说"熟读《离骚》，便可称名士"，王胡之在谢安座上咏的也是《离骚》《九歌》，都是《楚辞》。当时诵读《楚辞》，大概还知道用楚声楚调，乐府曲调里也正有楚调。而楚声楚调向来是以悲凉为主的。当时的诵读大概受到和尚的梵诵或梵唱的影响很大，梵诵或梵唱主要的是长吟，就是所谓"咏"。《楚辞》本多长句，楚声楚调配合那长吟的梵调，相得益彰，更可以"咏"出悲凉的"情致"来。袁宏的咏史诗现存两首，第一首开始就是"周昌梗概臣"一句，"梗概"就是"慷慨""感慨"；"慷慨悲歌"也是一种"书生本色"。沈约《宋书·谢灵运传》论所举的五言诗名句，钟嵘《诗品·序》里所举的五言诗名句和名篇，差不多都是些"慷慨悲歌"。《晋书》里还有一个故事。晋朝曹摅的《感旧》诗有"富贵他人合，贫贱亲戚离"两句。后来殷浩被废为老百姓，送他的心爱的外甥回朝，朗诵这两句，引起了身世之感，不觉泪下。这是悲凉的朗诵的确例。但是自己若是并无真实的悲哀，只去学时髦，捏着鼻子学那悲哀的"老婢声"的"洛生咏"，那就过了分，那也就是赵宋以来所谓"酸"了。

唐朝韩愈有《八月十五夜赠张功曹》诗，开头是：

　　　　纤云四卷天无河，
　　　　清风吹空月舒波，
　　　　沙平水息声影绝，
　　　　一杯相属君当歌。

接着说：

　　　　君歌声酸辞且苦，
　　　　不能听终泪如雨。

接着就是那"酸"而"苦"的歌辞：

　　　　洞庭连天九疑高，
　　　　蛟龙出没猩鼯号。
　　　　十生九死到官所，
　　　　幽居默默如藏逃。
　　　　下床畏蛇食畏药，

海气湿蛰熏腥臊。

昨者州前槌大鼓，

嗣皇继圣登夔皋。

赦书一日行万里，

罪从大辟皆除死。

迁者追回流者还，

涤瑕荡垢朝清班。

州家申名使家抑，

坎坷只得移荆蛮。

判司卑官不堪说，

未免捶楚尘埃间。

同时辈流多上道，

天路幽险难追攀！

张功曹是张署，和韩愈同被贬到边远的南方，顺宗即位。只奉命调到近一些的江陵做个小官儿，还不得回到长安去，因此有了这一番冤苦的话。这是张署的话，也是韩愈的话。但是诗里却接着说：

君歌且休听我歌，

我歌今与君殊科。

韩愈自己的歌只有三句：

一年明月今宵多，

> 人生由命非由他，
>
> 有酒不饮奈明何！

　　他说认命算了，还是喝酒赏月罢。这种达观其实只是苦情的伪装而已。前一段"歌"虽然辞苦声酸，倒是货真价实，并无过分之处，由那"声酸"知道吟诗的确有一种悲凉的声调，而所谓"歌"其实只是讽咏。大概汉朝以来不像春秋时代一样，士大夫已经不会唱歌，他们大多数是书生出身，就用讽咏或吟诵来代替唱歌。他们——尤其是失意的书生——的苦情就发泄在这种吟诵或朗诵里。

　　战国以来，唱歌似乎就以悲哀为主，这反映着动乱的时代。《列子·汤问》篇记秦青"抚节悲歌，声振林木，响遏行云"，又引秦青的话，说韩娥在齐国雍门地方"曼声哀哭，一里老幼悲愁垂涕相对，三日不食"，后来又"曼声长歌，一里老幼，善跃抃舞，弗能自禁"。这里说韩娥虽然能唱悲哀的歌，也能唱快乐的歌，但是和秦青自己独擅悲歌的故事合看，就知道还是悲歌为主。再加上齐国杞梁的妻子哭倒了城的故事，就是现在还在流行的孟姜女哭倒长城的故事，悲歌更为动人，是显然的。书生吟诵，声酸辞苦，正和悲歌一脉相传。但是声酸必须辞苦，辞苦又必须情苦；若是并无苦情，只有苦辞，甚至连苦辞也没有，只有那供人酸鼻的声调，那就过了分，不但不能动人，反要遭人嘲弄了。书生往往自命不凡，得意的自然有，却只是少数，失意的可太多了。所以总是叹老嗟卑，长歌当哭，哭丧着脸一副可怜相。朱子在《楚辞辨证》里说汉人那些模仿的作品"诗意平缓，意不深切，如无所疾痛而强为呻吟者"。"无所疾痛而强为呻吟"就是所谓"无病呻吟"。后来的叹老嗟卑也正是无病呻吟。有病呻吟是紧张的，可以得人同情，甚至叫人酸鼻；无病呻吟，病是装的，假的，呻吟也是装的，假的，假装可以酸鼻的呻吟，酸而不苦像是丑角扮戏，自然只能逗人笑了。

苏东坡有《赠诗僧道通》的诗：

> 雄豪而妙苦而腴，
> 只有琴聪与蜜殊。
> 语带烟霞从古少，
> 气含蔬笋到公无。……

查慎行注引叶梦得《石林诗话》说：

> 近世僧学诗者极多，皆无超然自得之趣，往往掇拾摹仿士大夫所残弃，又自作一种体，格律尤俗，谓之"酸馅气"。子瞻……尝语人云，"颇解'蔬笋'语否？为无'酸馅气'也。"闻者无不失笑。

东坡说道通的诗没有"蔬笋"气，也就没有"酸馅气"，和尚修苦行，吃素，没有油水，可能比书生更"寒"更"瘦"；一味反映这种生活的诗，好像酸了的菜馒头的馅儿，干酸，吃不得，闻也闻不得，东坡好像是说，苦不妨苦，只要"苦而腴"，有点儿油水，就不至于那么扑鼻酸了。这酸气的"酸"还是从"声酸"来的。而所谓"书生气味酸"该就是指的这种"酸馅气"。和尚虽苦，出家人原可"超然自得"，却要学吟诗，就染上书生的酸气了。书生失意的固然多，可是叹老嗟卑的未必真的穷苦到他们嗟叹的那地步；倒是"常得无事"，就是"有闲"，有闲就无聊，无聊就作成他们的"无病呻吟"了。宋初西昆体的领袖杨亿讥笑杜甫是"村夫子"，大概就是嫌他叹老嗟卑的太多。但是杜甫"窃比稷与契"，嗟叹的其实是天下之大，决不止于自己的鸡虫得失。杨亿是个得意的人，未免忘其所以，才说出这样不公道的话。可是像陈师道的诗，叹老嗟卑，吟来吟去，只关一己，的确叫人腻味。这就落了套子，落了套子就不免有些"无病呻吟"，也就是有些"酸"了。

道学的兴起表示书生的地位加高，责任加重，他们更其自命不凡了，自嗟自叹也更多了。就是眼光如豆的真正的"村夫子"或"三家村学究"，也要哼哼唧唧地在人面前卖弄那背得的几句死书，来嗟叹一切，好搭起自己的读书人的空架子。鲁迅先生笔下的"孔乙己"，似乎是个更破落的读书人，然而"他对人说话，总是满口之乎者也，教人半懂不懂的"。人家说他偷书，他却争辩着，"窃书不能算偷……窃书！……读书人的事，能算偷么？""接连便是难懂的话，什么'君子固穷'，什么'者乎'之类，引得众人都哄笑起来"。孩子们看着他的茴香豆的碟子。

孔乙己着了慌，伸开五指将碟子罩住，弯腰下去说道，"不多了，我已经不多了。"直起身又看一看豆，自己摇头说，"不多不多！多乎哉？不多也。"于是这一群孩子都在笑声里走散了。

破落到这个地步，却还只能"满口之乎者也"，和现实的人民隔得老远的，"酸"到这地步真是可笑又可怜了。"书生本色"虽然有时是可敬的，然而他的酸气总是可笑又可怜的。最足以表现这种酸气的典型，似乎是戏台上的文小生，尤其是昆曲里的文小生，那哼哼唧唧、扭扭捏捏、摇摇摆摆的调调儿，真够"酸"的！这种典型自然不免夸张些，可是许差不离儿罢。

向来说"寒酸""穷酸"，似乎酸气老聚在失意的书生身上。得意之后，见多识广，加上"一行作吏，此事便废"，那时就会不再执着在书上，至少不至于过分地执着在书上，那"酸气味"是可以多多少少"洗"掉的。而失意的书生也并非都有酸气。他们可以看得开些，所谓达观，但是达观也不易，往往只是伪装。他们可以看远大些，"梗概而多气"是雄风豪气，不是酸气。至于近代的知识分子，让时代逼得不能读死书或死读书，因此也就不再执着那些古书。文言渐渐改了白话，吟诵用不上了；代替吟诵的是又分又合的朗诵和唱歌。最重要的是他们看清楚了自己，自己是在人民之中，不能再自命不凡了。他们虽然还有些闲，可是要"常得无事"却也不易。他们渐渐丢了那空架子，脚踏实地向前走去。早些时还不免带着感伤的气氛，自爱自怜，一把眼泪一把鼻涕的；这也算是酸气，虽然念诵的不是古书而是洋书。可是这几年时代逼得更紧了，大家只得抹干了鼻涕眼泪走上前去。这才真是"洗尽书生气味酸"了。

论诚意

　　诚伪是品性，却又是态度。从前论人的诚伪，大概就品性而言。诚实，诚笃，至诚，都是君子之德；不诚便是诈伪的小人。品性一半是生成，一半是教养；品性的表现出于自然，是整个儿的为人。说一个人是诚实的君子或诈伪的小人，是就他的行迹总算账。君子大概总是君子，小人大概总是小人。虽然说气质可以变化，盖了棺才能论定人，那只是些特例。不过一个社会里，这种定型的君子和小人并不太多，一般常人都浮沉在这两界之间。所谓浮沉，是说这些人自己不能把握住自己，不免有诈伪的时候。这也是出于自然。还有一层，这些人对人对事有时候自觉地加减他们的诚意，去适应那局势。这就是态度。态度不一定反映出品性来；一个诚实的朋友到了不得已的时候，也会撒个谎什么的。态度出于必要，出于处世的或社交的必要，常人是免不了这种必要的。这是"世故人情"的一个项目。有时可以原谅，有时甚至可以容许。态度的变化多，在现代多变的社会里也许更会使人感兴趣些。我们嘴里常说的，笔下常写的"诚恳""诚意"和"虚伪"等词，大概都是就态度说的。

　　但是一般人用这几个词似乎太严格了一些。照他们的看法，不诚恳无诚意的人就未免太多。而年轻人看社会上的人和事，除了他们自己以外差不多尽是虚伪的。这样用"虚伪"那个词，又似乎太宽泛了一些。这些跟老先生们开口闭口说"人心不古，世风日下"同样犯了笼统的毛病。一般人似乎将品性和态度混为一谈，年轻人也如此，却又加上了"天真""纯洁"种种幻想。诚实的品性确是不可多得，但人孰无过，不论哪方面，完人或圣贤总是很少的。我们恐怕只能宽大些，卑之无甚高论，从态度上着眼。不然无谓的烦恼和纠纷就太多了。至于天真纯洁，似乎只是儿童的本分——老气横秋的儿童实在不顺眼。可是一个人若总是那么天真纯洁下去，他自己也许还没有什么，给别人的麻烦却就太多。有人赞美"童心""孩子气"，那也只限于无关大体的小节目，取其可以调剂调剂平板的氛围气。若是重要关头也如此，那时天真恐怕只是任性，纯洁恐怕只是无知罢了。幸而不诚恳，无诚意，虚伪等等已经成了口头禅，一般人只是跟着大家信口说着，至多皱皱眉，冷笑笑，表示无可奈何的样子就过去了。自然也短不了认真的，那却苦了自己，甚至于苦了别人。年轻人容易认真，容易不满意，他们的不满意往往是社会改革的动力。可是他们也得留心，若是在诚伪的分别上认真得过了分，也许会成为虚无主义者。

人与人事与事之间各有分际，言行最难得恰如其分。诚意是少不得的，但是分际不同，无妨斟酌加减点儿。种种礼数或过场就是从这里来的。有人说礼是生活的艺术，礼的本意应该如此。日常生活里所谓客气，也是一种礼数或过场。有些人觉得客气太拘形迹，不见真心，不是诚恳的态度。这些人主张率性自然。率性自然未尝不可，但是得看人去。若是一见生人就如此这般，就有点野了。即使熟人，毫无节制的率性自然也不成。夫妇算是熟透了的，有时还得"相敬如宾"，别人可想而知。总之，在不同的局势下，率性自然可以表示诚意，客气也可以表示诚意，不过诚意的程度不一样罢了。客气要大方，合身份，不然就是诚意太多；诚意太多，诚意就太贱了。

看人，请客，送礼，也都是些过场。有人说这些只是虚伪的俗套，无聊的玩意儿。但是这些其实也是表示诚意的。总得心里有这个人，才会去看他，请他，送他礼，这就有诚意了。至于看望的次数，时间的长短，请作主客或陪客，送礼的情形，只是诚意多少的分别，不是有无的分别。看人又有回看，请客有回请，送礼有回礼，也只是回答诚意。古语说得好，"来而不往非礼也"，无论古今，人情总是一样的。有一个人送年礼，转来转去，自己送出去的礼物，有一件竟又回到自己手里。他觉得虚伪无聊，当作笑谈。笑谈确乎是的，但是诚意还是有的。又一个人路上遇见一个本不大熟的朋友向他说，"我要来看你。"这个人告诉别人说，"他用不着来看我，我也知道他不会来看我，你瞧这句话才没意思哪！"那个朋友的诚意似乎是太多了。凌叔华女士写过一个短篇小说，叫作《外国规矩》，说一位青年留学生陪着一位旧家小姐上公园，尽招呼她这样那样的。她以为让他爱上了，哪里知道他行的只是"外国规矩"！这喜剧由于那位旧家小姐不明白新礼数、新过场，多估量了那位留学生的诚意。可见诚意确是有分量的。

人为自己活着，也为别人活着。在不伤害自己身份的条件下顾全别人的情感，都得算是诚恳，有诚意。这样宽大的看法也许可以使一些人活得更有兴趣些。西方有句话，"人生是做戏。"做戏也无妨，只要有心往好里做就成。客气等等一定有人觉得是做戏，可是只要为了大家好，这种戏也值得做的。另一方面，诚恳，诚意也未必不是戏。现在人常说，"我很诚恳的告诉你"，"我是很有诚意的"，自己标榜自己的诚恳、诚意，大有卖瓜的说瓜甜的神气，诚实的君子大概不会如此。不过一般人也已习惯自然，知道这只是为了增加诚意的分量，强调自己的态度，跟买卖人的吆喝到底不是一回事儿。常人到底是常人，得跟着局势斟酌加减他们的诚意，变化他们的态度；这就不免沾上了些戏味。西方还有句话，"诚实是最好的政策"，"诚实"也只是态度；这似乎也是一句戏词儿。

论别人

有自己才有别人，也有别人才有自己。人人都懂这个道理，可是许多人不能行这个道理。本来自己以外都是别人，可是有相干的，有不相干的。可以说是"我的"那些，如我的父母妻子，我的朋友等，是相干的别人，其余的是不相干的别人。相干的别人和自己合成家族亲友；不相干的别人和自己合成社会国家。自己也许愿意只顾自己，但是自己和别人是相对的存在，离开别人就无所谓自己，所以他得顾到家族亲友，而社会国家更要他顾到那些不相干的别人。所以"自了汉"不是好汉，"自顾自"不是好话，"自私自利"，"不顾别人死活"，"只知有己，不知有人"的，更都不是好人。所以孔子之道只是个忠恕：忠是己之所欲，以施于人，恕是"己所不欲，勿施于人"。这是一件事的两面，所以说"一以贯之"。孔子之道，只是教人为别人着想。

可是儒家有"亲亲之杀"的话，为别人着想也有个层次。家族第一，亲戚第二，朋友第三，不相干的别人挨边儿。几千年来顾家族是义务，顾别人多多少少只是义气；义务是分内，义气是分外。可是义务似乎太重了，别人压住了自己。这才来了五四时代。这是个自我解放的时代，个人从家族的压迫下挣出来，开始独立在社会上。于是乎自己第一，高于一切，对于别人，几乎什么义务也没有了似的。可是又都要改造社会，改造国家，甚至于改造世界，说这些是自己的责任。虽然是责任，却是无限的责任，爱尽不尽，爱尽多少尽多少；反正社会国家世界都可以只是些抽象名词，不像一家老小在张着嘴等着你。所以自己顾自己，在实际上第一，兼顾社会国家世界，在名义上第一。这算是义务。顾到别人，无论相干的不相干的，都只是义气，而且是客气。这些解放了的，以及生得晚没有赶上那种压迫的人，既然自己高于一切，别人自当不在眼下，而居然顾到别人，自当算是客气。其实在这些天之骄子各自的眼里，别人都似乎为自己活着，都得来供养自己才是道理。"我爱我"成为风气，处处为自己着想，说是"真"；为别人着想倒说是"假"，是"虚伪"。可是这儿"假"倒有些可爱，"真"倒有些可怕似的。

为别人着想其实也只是从自己推到别人，或将自己当作别人，和为自己着想并无根本的差异。不过推己及人，设身处地，确需要相当的勉强，不像"我爱我"那样出于自然。所谓"假"和"真"大概是这种意思。这种"真"未必就好，这种"假"也未必就是不好。读小说看戏，往往会为书中人戏中人捏一把汗，掉眼泪，所谓替古人担忧。这也是推己及人，设身处地；可是因为人和地只在书中戏中，并非实有，没有利害可计较，失去相干的和不相干的那分别，所以"推""设"起来，也觉自然而然。作小说的演戏的就不能如此，得观察，揣摩，体贴别人的口气，身份，心理，才能达到"逼真"的地步。特别是演戏，若不能忘记自己，那非糟不可。这个得勉强自己，训练自己；训练越好，越"逼真"，越美，越能感染读者和观众。如果"真"

是"自然"，小说的读者，戏剧的观众那样为别人着想，似乎不能说是"假"。小说的作者，戏剧的演员的观察，揣摩，体贴，似乎"假"，可是他们能以达到"逼真"的地步，所求的还是"真"。在文艺里为别人着想是"真"，在实际生活里却说是"假""虚伪"，似乎是利害的计较使然；利害的计较是骨子，"真""假""虚伪"只是好看的门面罢了。计较利害过了分，真是像法朗士说的"关闭在自己的牢狱里"；老那么关闭着，非死不可。这些人幸而还能读小说看戏，该仔细吟味，从那里学习学习怎样为别人着想。

五四以来，集团生活发展。这个那个集团和家族一样是具体的，不像社会国家有时可以只是些抽象名词。集团生活将原不相干的别人变成相干的别人，要求你也训练你顾到别人，至少是那广大的相干的别人。集团的约束力似乎一直在增强中，自己不得不为别人着想。那自己第一，自己高于一切的信念似乎渐渐低下头去了。可是来了抗战的大时代。抗战的力量无疑的出于二十年来集团生活的发展。可是抗战以来，集团生活发展得太快了，这儿那儿不免有多少还不能够得着均衡的地方。个人就又出了头，自己就又可以高于一切；现在却不说什么"真"和"假"了，只凭着神圣的抗战的名字做那些自私自利的事，名义上是顾别人，实际上只顾自己。自己高于一切，自己的集团或机关也就高于一切；自己肥，自己机关肥，别人瘦，别人机关瘦，乐自己的，管不着！——瘦瘪了，饿死了，活该！相信最后的胜利到来的时候，别人总会压下那些猖獗的卑污的自己的。这些年自己实在太猖獗了，总盼望压下它的头去。自然，一个劲儿顾别人也不一定好。仗义忘身，急人之急，确是英雄好汉，但是难得见。常见的不是敷衍妥协的乡愿，就是卑屈甚至谄媚的可怜虫，这些人只是将自己丢进了垃圾堆里！可是，有人说得好，人生是个比例问题。目下自己正在张牙舞爪的，且头痛医头，脚痛医脚，先来多想想别人罢！

论自己

翻开辞典，"自"字下排列着数目可观的成语，这些"自"字多指自己而言。这中间包括着一大堆哲学，一大堆道德，一大堆诗文和废话，一大堆人，一大堆我，一大堆悲喜剧。自己"真乃天下第一英雄好汉"，有这么些可说的，值得说值不得说的！难怪纽约电话公司研究电话里最常用的字，在五百次通话中会发现三千九百九十次的"我"。这"我"字便是自己称自己的声音，自己给自己的名儿。

自爱自怜！真是天下第一英雄好汉也难免的，何况区区寻常人！冷眼看去，也许只觉得那柱自尊大狂妄得可笑；可是这只见了真理的一半儿。掉过脸儿来，自爱自怜确也有不得不自爱自怜的。幼小时候有父母爱怜你，特别是有母亲爱怜你。到了长大成人，"娶了媳妇儿忘了娘"，娘这样看时就不必再爱怜你，至少不必再像当年那样爱怜你。——女的呢，"嫁出门的女儿，泼出门的水"；做母亲的虽然未必这样看，可是形格势禁而且鞭长莫及，就是爱怜得着，也只算找补点罢了。爱人该爱怜你？然而爱人们的嘴一例是甜蜜的，谁能说"你泥中有我，我泥中有你"真有那么回事儿？赶到爱人变了太太，再生了孩子，你算成了家，太太得管家管孩子，更不能一心儿爱怜你。你有时候会病，"久病床前无孝子"，太太怕也够倦的，够烦的。住医院？好，假如有运气住到像当年北平协和医院样的医院里去，倒是比家里强得多。但是护士们看护你，是服务，是工作；也许夹上点儿爱怜在里头，那是"好生之德"，不是爱怜你，是爱怜"人类"。——你又不能老待在家里，一离开家，怎么着也算"作客"；那时候更没有爱怜你的。可以有朋友招呼你；但朋友有朋友的事儿，哪能教他将心常放在你身上？可以有属员或仆役伺候你，那——说得上是爱怜么？总而言之，天下第一爱怜自己的，只有自己；自爱自怜的道理就在这儿。

再说，"大丈夫不受人怜"。穷有穷干，苦有苦干；世界那么大，凭自己的身手，哪儿就打不开一条路？何必老是向人愁眉苦脸唉声叹气的！愁眉苦脸不顺耳，别人会来爱怜你？自己免不了伤心的事儿，咬紧牙关忍着，等些日子，等些年月，会平静下去的。说说也无妨，只别不拣时候不看地方老是向人叨叨，叨叨得谁也不耐烦地岔开你或者躲开你。也别怨天怨地将一大堆感叹的句子向人身上扔过去。你怨的是天地，倒碍不着别人，只怕别人奇怪你的火气怎么这样大。——自己也免不了吃别人的亏。值不得计较的，不作声吞下肚去。出入大的想法子复仇，力量不够，卧薪尝胆地准备着。可别这儿那儿尽嚷嚷——嚷嚷完了一扔开，倒便宜了那欺负你的人。"好汉胳膊折了往袖子里藏"，为的是不在人面前露怯相、要人爱怜这"苦人儿"似的，这是要强，不是装。说也怪，不受人怜的人倒是能得人怜的人；要强的人总是最能自爱自怜的人。

大丈夫也罢，小丈夫也罢，自己其实是渺乎其小的，整个儿人类只是一个小圆球上一些碳水化合物，像现代一位哲学家说的，别提一个人的自己了。庄子所谓马体一毛，其实还是放大了看的。英国有一家报纸登过一幅漫画，画着一个人，仿佛在一间铺子里，周遭陈列着从他身体里分析出来的各种原素，每种标明分量和价目，总数是五先令——那时合七元钱。现在物价涨了，怕要合国币一千元了罢？然而，个人的自己也就值区区这一千元儿！自己这般渺小，不自爱自怜着点又怎么着！然而，"顶天立地"的是自己，"天地与我并生，万物与我为一"的也是自己；有你说这些大处只是好听的话语，好看的文句？你能愣说这样的自己没有！有这么的自己，岂不更值得自爱自怜的？再说自己的扩大，在一个寻常人的生活里也可见出。且先从小处看。小孩子就爱搜集各国的邮票，正是在扩大自己的世界。从前有人劝学世界语，说是可以和各国人通信。你觉得这话幼稚可笑？可是这未尝不是扩大自己的一个方向。再说这回抗战，许多人都走过了若干地方，增长了若干阅历。特别是青年人身上，你一眼就看出来，他们是和抗战前不同了，他们的自己扩大了。——这样看，自己的小，自己的大，自己的由小而大。在自己都是好的。

　　自己都觉得自己好，不错；可是自己的确也都爱好。做官的都爱做好官，不过往往只知道爱做自己家里人的好官，自己亲戚朋友的好官；这种好官往往是自己国家的贪官污吏。做盗贼的也都爱做好盗贼——好喽啰、好伙伴、好头儿，可都只在贼窝里。有大好，有小好，有好得这样坏。自己关闭在自己的丁点大的世界里，往往越爱好越坏。所以非扩大自己不可。但是扩大自己得一圈儿一圈儿的，得充实，得踏实。别像肥皂泡儿，一大就裂。"大丈夫能屈能伸"，该屈的得屈点儿，别只顾伸出自己去。也得估计自己的力量。力量不够的话，"人一能之，己百之，人十能之，己千之"；得寸是寸，得尺是尺。总之路是有的。看得远，想得开，把得稳；自己是世界的时代的一环，别脱了节才真算好。力量怎样微弱，可是是自己的。相信自己，靠自己，随时随地尽自己的一份儿往最好里做去，让自己活得有意思，一时一刻一分一秒都有意思。这么着，自爱自怜才真是有道理的。

论做作

　　做作就是"佯"，就是"乔"，也就是"装"。苏北方言有"装佯"的话，"乔装"更是人人皆知。旧小说里女扮男装是乔装，那需要许多做作。难在装得像。只看坤角儿扮须生的，像的有几个？何况做戏还只在戏台上装，一到后台就可以照自己的样儿，而女扮男装却得成天儿到处那么看！侦探小说里的侦探也常在乔装，装得像也不易，可是自在得多。不过——难也罢，易也罢，人反正有时候得装。其实你细看，不但"有时候"，人简直就爱点儿装。"三分模样七分装"是说女人，男人也短不了装，不过不大在模样上罢了。装得像难，装得可爱更难；一番努力往往只落得个"矫揉造作"所以"装"常常不是一个好名儿。

　　"一个做好，一个做歹"，小呢逼你出些码头钱，大呢就得让你去做那些不体面的尴尬事儿。这已成了老套子，随处可以看见。那做好的是装做好，那做歹的也装得格外歹些；一松一紧的拉住你，会弄得你啼笑皆非。这一套儿做作够受的。贫和富也可以装。贫寒人怕人小看他，家里尽管有一顿没一顿的，还得穿起好衣服在街上走，说话也满装着阔气，什么都不在乎似的。——所谓"苏空头"。其实"空头"也不止苏州有。——有钱人却又怕人家打他的主意，开口闭口说穷，他能特地去当点儿什么，拿当票给人家看。这都怪可怜见的。还有一些人，人面前老爱论诗文，谈学问，仿佛天生他一副雅骨头。装斯文其实不能算坏，只是未免"雅得这样俗"罢了。

有能耐的人，有权位的人有时不免"装模作样"，"装腔作势"。马上可以答应的，却得"考虑考虑"；直接可以答应的，却让你绕上几个大弯儿。论地位也只是"上不在天，下不在田"，而见客就不起身，只点点头儿，答话只喉咙里哼一两声儿。谁教你求他，他就是这么着！——"笑骂由他笑骂，好官儿什么的我自为之！"话说回来，拿身份，摆架子有时也并非全无道理。老爷太太在仆人面前打情骂俏，总不大像样，可不是得装着点儿？可是，得恰到分际，"过犹不及"。总之别忘了自己是谁！别尽拣高枝爬，一失脚会摔下来的。老想着些自己，谁都装着点儿，也就不觉得谁在装。所谓"装模作样""装腔作势"，却是特别在装别人的模样、别人的腔和势！为了抬举自己，装别人；装不像别人，又不成其为自己，也怪可怜见的。

"不痴不聋，不做阿姑阿翁"，有些事大概还是装聋作哑的好。倒不是怕担责任，更不是存着什么坏心眼儿。有些事是阿姑阿翁该问的，值得问的，自然得问；有些是无需他们问的，或值不得他们问的，若不痴不聋，事必躬亲，阿姑阿翁会做不成，至少也会不成其为阿姑阿翁。记得哪儿说过美国一家大公司经理，面前八个电话，每天忙累不堪，另一家经理，室内没有电话，倒是从容不迫的。这后一位经理该是能够装聋作哑的人。"不闻不问"，有时候该是一句好话；"充耳不闻"，"闭目无睹"，也许可以作"无为而治"的一个注脚。其实无为多半也是装出来的。至于装作不知，那更是现代政治家外交家的惯技，报纸上随时看得见。——他们却还得勾心斗角地"做姿态"，大概不装不成其为政治家外交家罢？

　　装欢笑，装悲泣，装嗔，装恨，装惊慌，装镇静，都很难；固然难在像，有时还难在不像而不失自然。"小心赔笑"也许能得当局的青睐，但是旁观者在恶心。可是"强颜为欢"，有心人却领会那欢颜里的一丝苦味。假意虚情的哭泣，像旧小说里妓女向客人那样，尽管一把眼泪一把鼻涕的，也只能引起读者的微笑。——倒是那"忍泪佯低面"，教人老大不忍。佯嗔薄怒是女人的"作态"，作得恰好是爱娇，所以《乔醋》是一折好戏。爱极翻成恨，尽管"恨得人牙痒痒的"，可是还不失为爱到极处。"假意惊慌"似乎是旧小说的常语，事实上那"假意"往往露出马脚。镇静更不易，秦舞阳心上有气脸就铁青，怎么也装不成，荆轲的事，一半儿败在他的脸上。淝水之战谢安装得够镇静的，可是不觉得意忘形摔折了屐齿。所以一个人喜怒不形于色，真够一辈子半辈子装的。

　　《乔醋》是戏。其实凡装，凡做作，多少都带点儿戏味——有喜剧，有悲剧。孩子们爱说"假装"这个，"假装"那个，戏味儿最厚。他们认真"假装"，可是悲喜一场，到头儿无所为。成人也都认真的装，戏味儿却淡薄得多；戏是无所为的，至少扮戏中人的可以说是无所为，而人们的做作常常是有所为的。所以戏台上装得像的多，人世间装得像的少。戏台上装得像就有叫好儿的，人世间即使装得像，逗人爱也难。逗人爱的大概是比较的少有所为或只消极的有所为的。前面那些例子，值得我们吟味，而装痴装傻也许是值得重提的一个例子。

　　做阿姑阿翁得装几分痴，这装是消极的有所为；"金殿装疯"也有所为，就是积极的。历来才人名士和学者，往往带几分傻气。那傻气多少有点儿装，而从一方面看，那装似乎不大有所为，至多也只是消极的有所为。陶渊明的"我醉欲眠卿且去"说是率真，是自然；可是看魏晋人的行径，能说他不带着几分装？不过装得像，装得自然罢了。阮嗣宗大醉六十日，逃脱了和司马昭做亲家，可不也一半儿醉一半儿装？他正是"喜怒不形于色"的人，而有一向当时人多说他痴，他大概是颇能做作的罢？

装睡装醉都只是装糊涂。睡了自然不说话，醉了也多半不说话——就是说话，也尽可以装疯装傻的，给他个驴头不对马嘴。郑板桥最能懂得装糊涂，他那"难得糊涂"一个警句，真喝破了千古聪明人的秘密。还有善忘也往往是装傻，装糊涂；省麻烦最好自然是多忘记，而"忘怀"又正是一件雅事儿。至此为止，装傻，装糊涂似乎是能以逗人爱的；才人名士和学者之所以成为才人名士和学者，至少有几分就仗着他们那不大在乎的装劲儿能以逗人爱好。可是这些人也良莠不齐，魏晋名士颇有仗着装糊涂自私自利的。这就"在乎"了，有所为了，这就不再可爱了。在四川话里装糊涂称为"装疯迷窍"，北平话却带笑带骂地说"装蒜"，"装孙子"，可见民众是不大赏识这一套的——他们倒是下的稳着儿。

论老实话

　　美国前国务卿贝尔纳斯退职后写了一本书，题为《老实话》。这本书中国已经有了不止一个译名，或作《美苏外交秘录》，或作《美苏外交内幕》，或作《美苏外交纪实》，"秘录""内幕"和"纪实"都是"老实话"的意译。前不久笔者参加一个宴会，大家谈起贝尔纳斯的书，谈起这个书名。一个美国客人笑着说，"贝尔纳斯最不会说老实话！"大家也都一笑。贝尔纳斯的这本书是否说的全是"老实话"，暂时不论，他自题为《老实话》，以及中国的种种译名都含着"老实话"的意思，却可见无论中外，大家都在要求着"老实话"。贝尔纳斯自题这样一个书名，想来是表示他在做国务卿办外交的时候有许多话不便"老实说"，现在是自由了，无官一身轻了，不妨"老实说"了——原名直译该是《老实说》，还不是《老实话》。但是他现在真能自由的"老实说"，真肯那么的"老实说"吗？——那位美国客人的话是有他的理由的。

　　无论中外，也无论古今，大家都要求"老实话"，可见"老实话"是不容易听到见到的。大家在知识上要求真实，他们要知道事实，寻求真理。但是抽象的真理，打破沙缸问到底，有的说可知，有的说不可知，至今纷无定论，具体的事实却似乎或多或少总是可知的。况且照常识上看来，总是先有事后才有理，而在日常生活里所要应付的也都是些事，理就包含在其中，在应付事的时候，理往往是不自觉的。因此强调就落到了事实上。常听人说"我们要明白事实的真相"，既说"事实"，又说"真相"，叠床架屋，正是强调的表现。说出事实的真相，就是"实话"。买东西叫卖的人说"实价"，问口供叫犯人"从实招来"，都是要求"实话"。人与人如此，国与国也如此。有些时事评论家常说美苏两强若是能够肯老实说出两国的要求是些什么东西，再来商量，世界的局面也许能够明朗化。可是又有些评论家认为两强的话，特别是苏联方面的，说的已经够老实了，够明朗化了。的确，自从去年维辛斯基在联合国大会上指名提出了"战争贩子"以后，美苏两强的话是越来越老实了，但是明朗化似乎还未见其然。

人们为什么不能、不肯说实话呢？归根结底，关键是在利害的冲突上。自己说出实话，让别人知道自己的虚实，容易制自己。就是不然，让别人知道底细，也容易比自己抢先一着。在这个分配不公平的世界上，生活好像战争，往往是有你无我；因此各人都得藏着点儿自己，让人莫名其妙。于是乎勾心斗角，捉迷藏，大家在不安中猜疑着。向来有句老话，"知人知面不知心"，还有，"逢人只说三分话，未可全抛一片心"，这种处世的格言正是教人别说实话、少说实话，也正是暗示那利害的冲突。我有人无，我多人少，我强人弱，说实话恐怕人来占我的便宜；强的要越强，多的要越多，有的要越有。我无人有，我少人多，我弱人强，说实话也恐怕人欺我不中用；弱的想变强，少的想变多，无的想变有。人与人如此，国与国又何尝不如此！

说到战争，还有句老实话，"兵不厌诈"！真的交兵"不厌诈"，勾心斗角，捉迷藏，耍花样，也正是个"不厌诈"！"不厌诈"，就是越诈越好，从不说实话少说实话大大地跨进了一步；于是乎模糊事实，夸张事实，歪曲事实，甚至于捏造事实！于是乎种种谎话，应有尽有，你想我是骗子，我想你是骗子。这种情形，中外古今大同小异，因为分配老是不公平，利害也老在冲突着。这样可也就更要求实话，老实话。老实话自然是有的，人们没有相当限度的互信，社会就不成其为社会了。但是实话总还太少，谎话总还太多，社会的和谐恐怕还远得很罢。不过谎话虽然多，全然出于捏造的却也少，因为不容易使人信。麻烦的是谎话里掺实话，实话里掺谎话——巧妙可也在这儿。日常的话多多少少是两掺的，人们的互信就建立在这种两掺的话上，人们的猜疑可也发生在这两掺的话上。即如贝尔纳斯自己标榜的"老实话"，他的同国的那位客人就怀疑他在用好名字骗人。我们这些常人谁能知道他的话老实或不老实到什么程度呢？

人们在情感上要求真诚，要求真心真意，要求开诚相见或诚恳的态度。他们要听"真话""真心话"，心坎儿上的，不是嘴边儿上的话。这也可以说是"老实话"。但是"心口如一"向来是难得的，"口是心非"恐怕大家有时都不免，读了奥尼尔的《奇异的插曲》就可恍然。"口蜜腹剑"却真成了小人。真话不一定关于事实，主要的是态度。可是，如前面引过的，"知人知面不知心"，不看什么人就掏出自己的心肝来，人家也许还嫌血腥气呢！所以交浅不能言深，大家一见面儿只谈天气，就是这个道理。所谓"推心置腹"，所谓"肺腑之谈"，总得是二三知己才成；若是泛泛之交，只能敷敷衍衍，客客气气，说一些不相干的门面话。这可也未必就是假的，虚伪的。他至少眼中有你。有些人一见面冷冰冰的，拉长了面孔，爱理人不理人的，可以算是"真"透了顶，可是那份儿过了火的"真"，有几个人受得住！本来彼此既不相知，或不深知，相干的话也无从说起，说了反容易出岔儿，乐得远远儿的，淡淡儿的，慢慢儿的。不过就是彼此深知，像夫妇之间，也未必处处可以说真话。"人心不同，各如其面"，一个人总有些不愿意教别人知道的秘密，若是不顾忌着些个，怎样亲爱的也会碰钉子的。真话之难，就在这里。

真话虽然不一定关于事实，但是谎话一定不会是真话。假话却不一定就是谎话，有些甜言蜜语或客气话，说得过火，我们就认为假话，其实说话的人也许倒并不缺少爱慕与尊敬。存心骗人，别有作用，所谓"口蜜腹剑"的，自然当作别论。真话又是认真的话，玩话不能当作真话。将玩话当真话，往往闹别扭，即使在熟人甚至亲人之间。所以幽默感是可贵的。真话未必是好听的话，所谓"苦口良言""药石之言""忠言""直言"，往往是逆耳的，一片好心往往倒得罪了人。可是人们又要求"直言"，专制时代"直言极谏"是选用人才的一个科目，甚至现在算命看相的，也还在标榜"铁嘴"，表示直说，说的是真话，老实话。但是这种"直言""直说"大概是不至于刺耳至少也不至于太刺耳的。又是"直言"，又不太刺耳，岂不两全其美吗！不过刺耳也许还可忍耐，刺心却最难宽恕；直说遭怨，直言遭忌，就为刺了别人的心——小之被人骂为"臭嘴"，大之可以杀身。所以不折不扣的"直言极谏"之臣，到底是寥寥可数的。直言刺耳，进而刺心，简直等于相骂，自然会叫人生气，甚至于翻脸。反过来，生了气或翻了脸，骂起人来，冲口而出，自然也多直言，真话，老实话。

人与人是如此，国与国在这里却不一样。国与国虽然也讲友谊，和人与人的友谊却不相当，亲谊更简直是没有。这中间没有爱，说不上"真心"，也说不上"真话""真心话"。倒是不缺少客气话，所谓外交辞令；那只是礼尚往来，彼此表示尊敬而已。还有，就是条约的语言，以利害为主，有些是互惠，更多是偏惠，自然是弱小吃亏。这种条约倒是"实话"，所以有时得有秘密条款，有时更全然是密约。条约总说是双方同意的，即使只有一方是"欣然同意"。不经双方同意而对一方有所直言，或彼此相对直言，那就往往是谴责，也就等于相骂。像去年联合国大会以后的美苏两强，就是如此。话越说得老实，也就越尖锐化，当然，翻脸倒是还不至于的。这种老实话一方面也是宣传。照一般的意见，宣传决不会是老实话。然而美苏两强互相谴责，其中的确有许多老实话，也的确有许多人信这一方或那一方，两大阵营对垒的形势因此也越见分明，世界也越见动荡。这正可见出宣传的力量。宣传也有各等各样。毫无事实的空头宣传，不用说没人信；有事实可也掺点儿谎，就有信的人。因为有事实就有自信，有自信就能多多少少说出些真话，所以教人信。自然，事实越多越分明，信的人也就越多。但是有宣传，也就有反宣传，反宣传意在打消宣传。判断当然还得凭事实。不过正反错综，一般人眼花缭乱，不胜其麻烦，就索性一句话抹杀，说一切宣传都是谎！可是宣传果然都是谎，宣传也就不会存在了，所以还当分别而论。即如贝尔纳斯将他的书自题为《老实说》或《老实话》，那位美国客人就怀疑他在自我宣传；但是那本书总不能够全是谎罢？一个人也决不能够全靠撒谎而活下去，因为那么着他就掉在虚无里，就没了。

论无话可说

十年前我写过诗；后来不写诗了，写散文；人中年以后，散文也不大写得出了——现在是，比散文还要"散"的无话可说！许多人苦于有话说不出，另有许多人苦于有话无处说；他们的苦还在话中，我这无话可说的苦却在话外。我觉得自己是一张枯叶，一张烂纸，在这个大时代里。

在别处说过，我的"忆的路"是"平如砥""直如矢"的；我永远不曾有过惊心动魄的生活，即使在别人想来最风华的少年时代。我的颜色永远是灰的。我的职业是三个教书；我的朋友永远是那么几个，我的女人永远是那么一个。有些人生活太丰富了，太复杂了，会忘记自己，看不清楚自己，我是什么时候都"了了玲玲地"知道，记住，自己是怎样简单的一个人。

但是为什么还会写出诗文呢？——虽然都是些废话。这是时代为之！十年前正是五四运动的时期，大伙儿蓬蓬勃勃的朝气，紧逼着我这个年轻的学生；于是乎跟着人家的脚印，也说说什么自然，什么人生。但这只是些范畴而已。我是个懒人，平心而论，又不曾遭过怎样了不得的逆境；既不深思力索，又未亲自体验，范畴终于只是范畴，此处也只是廉价的，新瓶里装旧酒的感伤。当时芝麻黄豆大的事，都不惜郑重地写出来，现在看看，苦笑而已。

　　先驱者告诉我们说自己的话。不幸这些自己往往是简单的，说来说去是那一套；终于说的听的都腻了。——我便是其中的一个。这些人自己其实并没有什么话，只是说些中外贤哲说过的和并世少年将说的话。真正有自己的话要说的是不多的几个人；因为真正一面生活一面吟味那生活的只有不多的几个人。一般人只是生活，按着不同的程度照例生活。

　　这点简单的意思也还是到中年才觉出的；少年时多少有些热气，想不到这里。中年人无论怎样不好，但看事看得清楚，看得开，却是可取的。这时候眼前没有雾，顶上没有云彩，有的只是自己的路。他负着经验的担子，一步步踏上这条无尽的然而实在的路。他回看少年人那些情感的玩意，觉得一种轻松的意味。他乐意分析他背上的经验，不止是少年时的那些；他不愿远远地捉摸，而愿剥开来细细地看。也知道剥开后便没了那跳跃着的力量，但他不在乎这个，他明白在冷静中有他所需要的。这时候他若偶然说话，决不会是感伤的或印象的，他要告诉你怎样走着他的路，不然就是，所剥开的是些什么玩意。但中年人是很胆小的；他听别人的话渐渐多了，说了的他不说，说得好的他不说。所以终于往往无话可说——特别是一个寻常的人像我。但沉默又是寻常的人所难堪的，我说苦在话外，以此。

　　中年人若还打着少年人的调子——姑不论调子的好坏——原也未尝不可，只总觉"像煞有介事"。他要用很大的力量去写出那冒着热气或流着眼泪的话；一个神经敏锐的人对于这个是不容易忍耐的，无论在自己在别人。这好比上了年纪的太太小姐们还涂脂抹粉地到大庭广众里去卖弄一般，是殊可不必的了。

　　其实这些都可以说是废话，只要想一想咱们这年头。这年头要的是"代言人"，而且将一切说话的都看作"代言人"；压根儿就无所谓自己的话。这样一来，如我辈者，倒可以将从前狂妄之罪减轻，而现在是更无话可说了。

但近来在戴译《唯物史观的文学论》里看到，法国俗语"无话可说"竟与"一切皆好"同意。呜呼，这是多么损的一句话，对于我，对于我的时代！

论百读不厌

前些日子参加了一个讨论会，讨论赵树理先生的《李有才板话》。座中一位青年提出了一件事实：他读了这本书觉得好，可是不想重读一遍。大家费了一些时候讨论这件事实。有人表示意见，说不想重读一遍，未必减少这本书的好，未必减少它的价值。但是时间匆促，大家没有达到明确的结论。一方面似乎大家也都没有重读过这本书，并且似乎从没有想到重读它。然而问题不但关于这一本书，而是关于一切文艺作品。为什么一些作品有人"百读不厌"，另一些却有人不想读第二遍呢？是作品的不同吗？是读的人不同吗？如果是作品不同，"百读不厌"是不是作品评价的一个标准呢？这些都值得我们思索一番。

苏东坡有《送章惇秀才失解西归》诗，开头两句是：

旧书不厌百回读，熟读深思子自知。

"百读不厌"这个成语就出在这里。"旧书"指的是经典，所以要"熟读深思"。《三国志·魏志·王肃传·注》：

人有从（董遇）学者，遇不肯教，而云"必当先读百遍"，言"读书百遍而意自见"。

经典文字简短，意思深长，要多读，熟读，仔细玩味，才能了解和体会。所谓"意自见"，"子自知"，着重自然而然，这是不能着急的。这诗句原是安慰和勉励那考试失败的章惇秀才的话，劝他回家再去安心读书，说"旧书"不嫌多读，越读越玩味越有意思。固然经典值得"百回读"，但是这里着重的还在那读书的人。简化成"百读不厌"这个成语，却就着重在读的书或作品了。这成语常跟另一成语"爱不释手"配合着，在读的时候"爱不释手"，读过了以后"百读不厌"。这是一种赞词和评语，传统上确乎是一个评价的标准。当然，"百读"只是"重读""多读""屡读"的意思，并不一定一遍接着一遍地读下去。

经典给人知识，教给人怎样做人，其中有许多语言的、历史的、修养的课题，有许多注解，此外还有许多相关的考证，读上百遍，也未必能够处处贯通，教人多读是有道理的。但是后来所谓"百读不厌"，往往不指经典而指一些诗、一些文，以及一些小说；这些作品读起来津津有味，重读、屡读也不腻味，所以说"不厌"；"不厌"不但是"不讨厌"，并且是"不厌倦"。诗文和小说都是文艺作品，这里面也有一些语言和历史的课题，诗文也有些注解和考证；小说方面呢，却直到近代才有人注意这些课题，于是也有了种种考证。但是过去一般读者只注意诗文的注解，不大留心那些课题，对于小说更其如此。他们集中在本文的吟诵或浏览上。这些人吟诵诗文是为了欣赏，甚至于只为了消遣，浏览或阅读小说更只是为了消遣，他们要求的是趣味，是快感。这跟诵读经典不一样。诵读经典是为了知识，为了教训，得认真、严肃、正襟危坐的读，不像读诗文和小说可以马马虎虎的、随随便便的，在床上、在火车轮船上都成。这么着可还能够教人"百读不厌"，那些诗文和小说到底是靠了什么呢？

在笔者看来，诗文主要是靠了声调，小说主要是靠了情节。过去一般读者大概都会吟诵，他们吟诵诗文，从那吟诵的声调或吟诵的音乐得到趣味或快感，意义的关系很少；只要懂得字面儿，全篇的意义弄不清楚也不要紧的。梁启超先生说过李义山的一些诗，虽然不懂得究竟是什么意思，可是读起来还是很有趣味（大意）。这种趣味大概一部分在那些字面儿的影像上，一部分就在那七言律诗的音乐上。字面儿的影像引起人们奇丽的感觉；这种影像所表示的往往是珍奇、华丽的景物，平常人不容易接触到的，所谓"七宝楼台"之类。民间文艺里常常见到的"牙床"等等，也正是这种作用。民间流行的小调以音乐为主，而不注重词句，欣赏也偏重在音乐上，跟吟诵诗文也正相同。感觉的享受似乎是直接的、本能的，即使是字面儿的影像所引起的感觉，也还多少有这种情形，至于小调和吟诵，更显然直接诉诸听觉，难怪容易唤起普遍的趣味和快感。至于意义的欣赏，得靠综合诸感觉的想象力，这个得有长期的教养才成。然而就像教养很深的梁启超先生，有时也还让感觉领着走，足见感觉的力量之大。

小说的"百读不厌"，主要的是靠了故事或情节。人们在儿童时代就爱听故事，尤其爱奇怪的故事。成人也还是爱故事，不过那情节得复杂些。这些故事大概总是神仙、武侠、才子、佳人，经过种种悲欢离合，而以大团圆终场。悲欢离合总得不同寻常，那大团圆才足奇。小说本来起于民间，起于农民和小市民之间。在封建社会里，农民和小市民是受着重重压迫的，他们没有多少自由，却有做白日梦的自由。他们寄托他们的希望于超现实的神仙，神仙化的武侠，以及望之若神仙的上层社会的才子佳人；他们希望有朝一日自己会变成了这样的人物。这自然是不能实现的奇迹，可是能够给他们安慰、趣味和快感。他们要大团圆，正因为他们一辈子是难得大团圆的，奇情也正是常情啊。他们同情故事中的人物，"设身处地"地"替古人担忧"，这也因为事奇人奇的缘故。过去的小说似乎始终没有完全移交到士大夫的手里。士大夫读小说，只是看闲书，就是作小说，也只是游戏文章，总而言之，消遣而已。他们得化装为小市民来欣赏，来写作；在他们看，小说奇于事实，只是一种玩艺儿，所以不能认真、严肃，只是消遣而已。

封建社会渐渐垮了，"五四"时代出现了个人，出现了自我，同时成立了新文学。新文学提高了文学的地位；文学也给人知识，也教给人怎样做人，不是做别人的，而是做自己的人。可是这时候写作新文学和阅读新文学的，只是那变了质的下降的士和那变了质的上升的农民和小市民混合成的知识阶级，别的人是不愿来或不能来参加的。而新文学跟过去的诗文和小说不同之处，就在它是认真地负着使命。早期的反封建也罢，后来的反帝国主义也罢，写实的也罢，浪漫的和感伤的也罢，文学作品总是一本正经地在表现着并且批评着生活。这么着文学扬弃了消遣的气氛，回到了严肃——古代贵族的文学如《诗经》，倒本来是严肃的。这负着严肃的使命的文学，自然不再注重"传奇"，不再注重趣味和快感，读起来也得正襟危坐，跟读经典差不多，不能再那么马马虎虎，随随便便的。但是究竟是形象化的，诉诸情感的，跟经典以冰冷的抽象的理智的教训为主不同，又是现代的白话，没有那些语言的和历史的问题，所以还能够吸引许多读者自动去读。不过教人"百读不厌"甚至教人想去重读一遍的作用，的确是很少了。

新诗或白话诗和白话文，都脱离了那多多少少带着人工的、音乐的声调，而用着接近说话的声调。喜欢古诗、律诗和骈文、古文的失望了，他们尤其反对这不能吟诵的白话新诗；因为诗出于歌，一直不曾跟音乐完全分家，他们是不愿扬弃这个传统的。然而诗终于转到意义中心的阶段了。古代的音乐是一种说话，所谓"乐语"，后来的音乐独立发展，变成"好听"为主了。现在的诗既负上自觉的使命，它得说出人人心中所欲言而不能言的，自然就不注重音乐而注重意义了。——一方面音乐大概也在渐渐注重意义，回到说话罢？——字面儿的影像还是用得着，不过一般地看起来，影像本身，不论是鲜明的，朦胧的，可以独立的诉诸感觉的，是不够吸引人了；影像如果必须得用，就要配合全诗的各部分完成那中心的意义，说出那要说的话。在这动乱时代，人们着急要说话，因为要说的话实在太多。小说也不注重故事或情节了，它的使命比诗更见分明。它可以不靠描写，只靠对话说出所要说的。这里面神仙、武侠、才子、佳人，都不大出现了，偶然出现，也得打扮成平常人；是的，这时候的小说的人物，主要的是些平常人了，这是平民世纪啊。至于文，长篇议论文发展了工具性，让人们更如意的也更精密的说出他们的话，但是这已经成为诉诸理性的了。诉诸情感的是那发展在后的小品散文，就是那标榜"生活的艺术"，抒写"身边琐事"的。这倒是回到趣味中心，企图着教人"百读不厌"的，确乎也风行过一时。然而时代太紧张了，不容许人们那么悠闲；大家嫌小品文近乎所谓"软性"，丢下了它去找那"硬性"的东西。

文艺作品的读者变了质了，作品本身也变了质了，意义和使命压下了趣味，认识和行动压下了快感。这也许就是所谓"硬"的解释。"硬性"的作品得一本正经地读，自然就不容易让人"爱不释手""百读不厌"。于是"百读不厌"就不成其为评价的标准了，至少不成其为主要的标准了。但是文艺是欣赏的对象，它究竟是形象化的，诉诸情感的，怎么"硬"也不能"硬"到和论文或公式一样。诗虽然不必再讲那带几分机械性的声调，却不能不讲节奏，说话不也有轻重高低快慢吗？节奏合式，才能集中，才能够高度集中。文也有文的节奏，配合着意义使意义集中。小说是不注重故事或情节了，但也总得有些契机来表现生活和批评它；这些契机得费心思去选择和配合，才能够将那要说的话，要传达的意义，完整地说出来，传达出来。集中了的完整了的意义，才见出情感，才让人乐意接受，"欣赏"就是"乐意接受"的意思。能够这样让人欣赏的作品是好的，是否"百读不厌"，可以不论。在这种情形之下，笔者同意：《李有才板话》即使没有人想重读一遍，也不减少它的价值、它的好。

但是在我们的现代文艺里，让人"百读不厌"的作品也有的。例如鲁迅先生的《阿Q正传》，茅盾先生的《幻灭》《动摇》《追求》三部曲，笔者都读过不止一回，想来读过不止一回的人该不少罢。在笔者本人，大概是《阿Q正传》里的幽默和三部曲里的几个女性吸引住了我。这几个作品的好已经定论，它们的意义和使命大家也都熟悉，这里说的只是它们让笔者"百读不厌"的因素。《阿Q正传》主要的作用不在幽默，那三部曲的主要作用也不在铸造几个女性，但是这些却可能产生让人"百读不厌"的趣味。这种趣味虽然不是必要的，却也可以增加作品的力量。不过这里的幽默绝不是油滑的，无聊的，也绝不是为幽默而幽默，而女性也绝不就是色情，这个界限是得弄清楚的。抗战期中，文艺作品尤其是小说的读众大大地增加了。增加的多半是小市民的读者，他们要求消遣，要求趣味和快感。扩大了的读众，有着这样的要求也是很自然的。长篇小说的流行就是这个要求的反应，因为篇幅长，故事就长，情节就多，趣味也就丰富了。这可以促进长篇小说的发展，倒是很好的。可是有些作者却因为这样的要求，忘记了自己的边界，放纵到色情上，以及粗劣的笑料上，去吸引读众，这只是迎合低级趣味。而读者贪读这一类低级的软性的作品，也只是沉溺，说不上"百读不厌"。"百读不厌"究竟是个赞词或评语，虽然以趣味为主，总要是纯正的趣味才说得上的。

论逼真与如画

——关于传统的对于自然和
艺术的态度的一个考察

"逼真"与"如画"这两个常见的批评用语，给人一种矛盾感。"逼真"是近乎真，就是像真的。"如画"是像画，像画的。这两个语都是价值的批评，都说是"好"。那么，到底是真的好呢？还是画得好呢？更教人迷糊的，像清朝大画家王鉴说的：

> 人见佳山水，辄曰"如画"，见善丹青，辄曰"逼真"。

> （《染香庵跋画》）

丹青就是画。那么，到底是"如画"好呢？还是"逼真"好呢？照历来的用例，似乎两个都好，两个都好而不冲突，怎么会的呢？这两个语出现在我们的中古时代，沿用得很久，也很广，表现着这个民族对于自然和艺术的重要的态度。直到白话文通行之后，我们有了完备的成套的批评用语，这两个语才少见了，但是有时还用得着，有时也翻成白话用着。

这里得先看看这两个语的历史。照一般的秩序，总是先有"真"，后才有"画"，所以我们可以顺理成章地说"逼真与如

画"——将"逼真"排在"如画"的前头。然而事实上，似乎后
汉就有了"如画"这个语，"逼真"却大概到南北朝才见。这两
个先后的时代，限制着"画"和"真"两个词的意义，也就限制
着这两个语的意义；不过这种用语的意义是会跟着时代改变的。
《后汉书·马援传》里说他：

为人明须发，眉目如画。

唐朝李贤注引后汉的《东观记》说：

援长七尺五寸，色理发肤眉目容貌如画。

可见"如画"这个语后汉已经有了，南朝范晔作《后汉书·
马援传》，大概就根据这类记载；他沿用"如画"这个形容语，
没有加字，似乎直到南朝这个语的意义还没有什么改变。但是
"如画"到底是什么意义呢？

我们知道直到唐初，中国画是以故事和人物为主的，《东观
记》里的"如画"，显然指的是这种人物画。早期的人物画由于
工具的简单和幼稚，只能做到形状匀称与线条分明的地步，看武
梁祠的画像就可以知道。画得匀称分明是画得好；人的"色理发
肤眉目容貌如画"，是相貌生得匀称分明，也就是生得好。但是
色理发肤似乎只能说分明，不能说匀称，范晔改为"明须发，眉
目如画"，是很有道理的。匀称分明是常识的评价标准，也可以
说是自明的标准，到后来就成了古典的标准。类书里举出三国时
代诸葛亮的《黄陵庙记》，其中叙到"乃见江左大山壁立，林麓

峰峦如画"，上文还有"睹江山之胜"的话，清朝严可均编辑的
《全三国文》里说"此文疑依托"，大概是从文体或作风上看。笔
者也觉得这篇记是后人所作。"江山之胜"这个意念到东晋才逐
渐发展，三国时代是不会有的；而文体或作风又不像。文中"如
画"一语，承接着"江山之胜"，已经是变义，下文再论。

　　"如画"是像画，原义只是像画的局部的线条或形体，可并
不说像一个画面；因为早期的画还只以个体为主，作画的人对于
整个的画面还没有清楚的意念。这个意念似乎到南北朝才清楚地
出现。南齐谢赫举出画的六法，第五是"经营布置"，正是意识
到整个画面的存在的证据。就在这时代，有了"逼真"这个语，
"逼真"是指的整个形状。如《水经注·沔水篇》说：

　　　　上粉县……堵水之旁……有白马山，山石似马，望
　　之逼真。

　　这里"逼真"是说像真的白马一般。但是山石像真的白马又
有什么好呢？这就牵连到这个"真"字的意义了。这个"真"固
然指实物，可是一方面也是《老子》《庄子》里说的那个"真"，
就是自然，另一方面又包含谢赫的六法的第一项"气韵生动"的
意思，惟其"气韵生动"，才能自然，才是活的不是死的。死的
山石像活的白马，有生气，有生意，所以好。"逼真"等于俗语
说的"活脱"或"活像"，不但像是真的，并且活像是真的。如
果这些话不错，"逼真"这个意念主要的还是跟着画法的发展来
的。这时候画法已经从匀称分明进步到模仿整个儿实物了。六法
第二"骨法用笔"似乎是指的匀称分明，第五"经营布置"是进

一步的匀称分明。第三"应物象形"，第四"随类赋彩"，第六"传移模写"，大概都在说出如何模仿实物或自然；最重要的当然是"气韵生动"，所以放在第一。"逼真"也就是近于自然，像画一般地模仿着自然，多多少少是写实的。

　　唐朝张怀瓘的《书断》里说：太宗……尤善临古帖，殆于逼真。

　　这是说唐太宗模仿古人的书法，差不多活像，活像那些古人。不过这似乎不是模仿自然。但是书法是人物的一种表现，模仿书法也就是模仿人物；而模仿人物，如前所论，也还是模仿自然。再说我国书画同源，基本的技术都在乎"用笔"，书法模仿书法，跟画的模仿自然也有相通的地方。不过从模仿书法到模仿自然，究竟得拐上个弯儿。老是拐弯儿就不免只看见那作品而忘掉那整个儿的人，于是乎"貌同心异"，模仿就成了死板板的描头画角了。书法不免如此，画也不免如此。这就不成其为自然。郭绍虞先生曾经指出道家的自然有"神化"和"神遇"两种境界。而"气韵生动"的"气韵"，似乎原是音乐的术语借来论画的，这整个语一方面也接受了"神化"和"神遇"的意念，综合起来具体地说出，所以作为基本原则，排在六法的首位。但是模仿成了机械化，这个基本原则显然被忽视。为了强调它，唐朝人就重新提出那"神"的意念，这说是复古也未尝不可。于是张怀瓘开始将书家分为"神品""妙品""能品"，朱景元又用来论画，并加上了"逸品"。这神、妙、能、逸四品，后来成了艺术批评的通用标准，也是一种古典的标准。但是神、妙、逸三品都出于道家的思想，都出于玄心和达观，不出于常识，只有能品才是常识的标准。

重神当然就不重形，模仿不妨"貌异心同"；但是这只是就间接模仿自然而论。模仿别人的书画诗文，都是间接模仿自然，也可以说是艺术模仿艺术。直接模仿自然，如"山石似马"，可以说是自然模仿自然，就还得"逼真"才成。韩愈的《春雪间早梅》诗说：

> 那是俱疑似，
> 须知两逼真！

春雪活像早梅，早梅活像春雪，也是自然模仿自然，不过也是像画一般模仿自然。至于韩偓的诗：

> 纵有才难咏，
> 宁无画逼真！

说是虽然诗才薄弱，形容不出，难道不能画得活像！这指的是女子的美貌，又回到了人物画，可以说是艺术模仿自然。这也是直接模仿自然，要求"逼真"，跟"山石似马"那例子一样。

到了宋朝，苏轼才直截了当地否定了"形似"，他《书鄢陵王主簿所画折枝》的诗里说：

> 论画以形似，

　　　　见与儿童邻。

　　　　……

　　　　边鸾雀写生，

　　　　赵昌花传神。

　　　　……

　　"写生"是"气韵生动"的注脚。后来董逌的《广川画跋》里更提出"生意"这个意念。他说：

　　　　世之评画者曰，妙于生意，能不失真如此矣。至是为能尽其技。尝问如何是当处生意？曰，殆谓自然。问自然，则曰能不异真者斯得之矣。且观天地生物，特一气运化尔，其功用秘移，与物有宜，莫知为之者。故能成于自然。今画者信妙矣，方且晕形布色，求物比之，似而效之，序以成者，皆人力之后失也，岂能以合于自然者哉！

　　"生意"是真，是自然，是"一气运化"。"晕形布色"，比物求似，只是人工，不合自然。他也在否定"形似"，一面强调那气化或神化的"生意"。这些都见出道家"得意忘言"，以及禅家"参活句"的影响。不求"形似"，当然就无所谓"逼真"；因为"真"既没有定型，逼近与否是很难说的。我们可以说"神似"，也就是"传神"，却和"逼真"有虚实之分。不过就画论画，人物、花鸟、草虫，到底以形为本，常识上还只要求这些画"逼真"。跟苏轼差不多同时的晁以道的诗说得好：

画写物外形，

要于形不改。

就是这种意思。但是山水画另当别论。

东晋以来士大夫渐渐知道欣赏山水，这也就是风景，也就是"江山之胜"。但是在画里山水还只是人物的背景，《世说新语》记顾恺之画谢鲲在岩石里，就是一个例证。那时有个宗炳，将自己游历过的山水，画在墙壁上，"卧以游之"。这是山水画独立的开始，但是这种画无疑的多多少少还是写实的。到了唐朝，山水画长足的发展，北派还走着近乎写实的路，南派的王维开创了文人画，却走上了象征的路。苏轼说他"诗中有画，画中有诗"，文人画的特色就在"画中有诗"。因为要"有诗"，有时就出了常识常理之外。张彦远说"王维画物多不问四时，如画花，往往以桃杏芙蓉莲花同画一景"。宋朝沈括的《梦溪笔谈》也说他家藏得有王氏的"《袁安卧雪图》，有雪中芭蕉"。但是沈氏却说：

此乃得心应手，意到便成，故造理入神，迥得天意。此难可与俗人论也。

这里提到了"神""天"就是自然，而"俗人"是对照着"文人"说的。沈氏在上文还说"书画之妙，当以神会"，"神会"可以说是象征化。桃杏芙蓉莲花虽然不同时，放在同一个画面上，线条、形体、颜色却有一种特别的和谐，雪中芭蕉也如此。这种和谐就是诗。桃杏芙蓉莲花等只当作线条、形体，颜色用着，只当作象征用着，所以就可以"不问四时"。这也可以说是装饰化、图案化、程式化。但是最容易程式化的最能够代表文人化的是山水画，苏轼的评语，正指王维的山水画而言。

桃杏芙蓉莲花等等是个别的实物，形状和性质各自分明，"同画一景"，俗人或常人用常识的标准来看，马上觉得时令的矛盾，至于那矛盾里的和谐，原是在常识以外的，所以容易引起争辩。山水，文人欣赏的山水，却是一种境界，来点儿写实固然不妨，可是似乎更宜于象征化。山水里的草木鸟兽人物，都吸收在山水里，或者说和山水合为一气；兽与人简直可以没有，如元朝倪瓒的山水画，就常不画人，据说如此更高远、更虚静、更自然。这种境界是画，也是诗，画出来写出来是的，不画出来不写出来也是的。这当然说不上"像"，更说不上"活像"或"逼真"了。"如画"倒可以解作像这种山水画。但是唐人所谓"如画"，还带有写实的意味，例如李商隐的诗：

> 茂苑城如画，
> 阊门瓦欲流。

皮日休的诗：

> 楼台如画倚霜空。

虽然所谓"如画"指的是整个画面，却似乎还是北派的山水画。上文《黄陵庙记》里的"如画"，也只是这个意思。到了宋朝，如林逋的诗：

　　白公睡阁幽如画。

　　这个"幽"就全然是境界，像的当然是南派的画了。"如画"可以说是属于自然模仿艺术一类。

　　上文引过王鉴的话，"人见佳山水，辄曰'如画'"，这"如画"是说像南派的画。他又说"见善丹青，辄曰'逼真'"，这丹青却该是人物、花鸟、草虫，不是山水画。王鉴没有弄清楚这个分别，觉得这两个语在字面上是矛盾的，要解决这个矛盾，他接着说：

　　则知形影无定法，真假无滞趣，惟在妙悟人得之；
不尔，虽工未为上乘也。

　　形影无定，真假不拘，求"形似"也成，不求"形似"也成，只要妙悟，就能够恰到好处。但是"虽工未为上乘"，"形似"到底不够好。但这些话并不曾解决了他想象中的矛盾，反而越说越糊涂。照"真假无滞趣"那句话，似乎画是假的；可是既然不拘真假，假而合于自然，也未尝不可以说是真的。其实他所谓假，只是我们说的境界，与实物相对的境界。照我们看，境界固然与事物不同，却也不能说是假的。同是清朝大画家的王时敏在一处画跋里说过：

　　石谷所作雪卷，寒林积素，江村寥落，一一皆如真境，宛然辋川笔法。

辋川指的是王维，"如真境"是说像自然的境界，所谓"得心应手，意到便成"，"莫知为之者"。自然的境界尽管与实物不同，却还不妨是真的。

"逼真"与"如画"这两个语借用到文学批评上，意义又有些变化。这因为文学不同于实物，也不同于书法的点画，也不同于画法的"用笔""象形""赋彩"。文学以文字为媒介，文字表示意义，意义构成想象；想象里有人物、花鸟、草虫及其他，也有山水——有实物，也有境界。但是这种实物只是想象中的实物；至于境界，原只存在于想象中，倒是只此一家，所以"诗中有画，画中有诗"。向来评论诗文以及小说戏曲，常说"神态逼真"，"情景逼真"，指的是描写或描画。写神态写情景写得活像，并非诉诸直接的感觉，跟"山石似马，望之逼真"，以及"宁无画逼真"的直接诉诸视觉不一样，这是诉诸想象中的视觉的。宋朝梅尧臣说过"状难写之景，如在目前"，"如"字很确；这种"逼真"只是使人如见。可是向来也常说"口吻逼真"，写口气写得活像，是使人如闻，如闻其声。这些可以说是属于艺术模仿自然一类，向来又常说某人的诗"逼真老杜"，某人的文"逼真昌黎"，这是说在语汇、句法、声调、用意上，都活像，也就是在作风与作意上都活像，活像在默读或朗诵两家的作品，或全篇，或断句。这儿说是"神似老杜""神似昌黎"也成，想象中的活像本来是可实可虚两面儿的。这属于艺术模仿艺术一类。文学里的模仿，不论模仿的是自然或艺术，都和书画不相同；倒可以比建筑，经验是材料，想象是模仿的图样。

向来批评文学作品，还常说"神态如画""情景如画""口吻如画"，也指描写而言。上文"如画"的例句，都属于自然模仿艺术一类。这儿是说"写神态如画"，"写情景如画"，"写口吻如画"，可以说是属于艺术模仿自然一类。在这里"如画"的意义却简直和"逼真"是一样，想象的"逼真"和想象的"如画"在想象里合而为一了。这种"逼真"与"如画"都只是分明、具体、可感觉的意思，正是常识对于自然和艺术所要求的。可是说"景物如画"或"写景物如画"，却是例外。这儿"如画"的"画"，可以是北派山水，可以是南派山水，得看所评的诗文而定；若是北派，"如画"就只是匀称分明；若是南派，就是那诗的境界，都与"逼真"不能合一。不过传统的诗文里写景的地方并不很多，小说、戏剧里尤其如此，写景而有境界的更少，因此王维的"诗中有画"才见得难能可贵，模仿起来不容易。他创始的"画中有诗"的文人画，却比那"诗中有画"的诗直接些、具体些，模仿的人很多，多到成为所谓南派。我们感到"如画"与"逼真"两个语好像矛盾，就由于这一派文人画的影响。不过这两个语原来既然都只是常识的评价标准，后来意义虽有改变，而除了"如画"在作为一种境界解释的时候变为玄心妙赏以外，也都还是常识的标准。这就可见我们的传统的对于自然和艺术的态度，一般的还是以常识为体、雅俗共赏为用的。那些"难可与俗人论"的，恐怕到底不是天下之达道罢。

中年人与青年人

　　近来在大学一年级作文班上出了一个题目，叫"青年人与中年人"。从学生的卷子看，他们中间意识到这个问题的重要的，似乎并不多。他们只说，青年人是进取的，中年人是保守的，所以不免有冲突的地方；但青年人与中年人是社会的中坚，双方必须合作，社会才能进步。在这抗战的时候，青年人与中年人的合作，尤其重要；他们若常在冲突着，抗战的力量是要减少的。这些卷子里的结论大概是青年人该从中年人学习经验，中年人该保存着青年时代的进取精神，这样双方就合作起来了。

　　这些话都不错，不过肤泛些。关于这个问题，我见过两篇好文字。一是丁在君先生给《大公报》写的星期论文，题目可惜忘记了。一是王赣愚先生的《青年与政治》，登在《时衡》里。他们的见解都是很透彻的；但丁先生从中年人和青年人两方面说，王先生却只从青年人一方面说。我出那个题目，原希望知道青年人站在自己的立场上是怎样看这个问题，所以题目里将"青年人"放在先头。但是所得的只是上节所述的普泛的意见，没有可以特别注意之点，也许是他们没工夫细想的缘故。我自己对于这问题的看法，是偏重青年人一方面的。因《青年公论》编者索稿，也写出来供关心这问题的人参考。

　　现在有些中年人谈起青年人，总是疾首蹙额，指出他们自私、撒谎、任性、恃众要挟，种种缺点。青年人确有这些毛病，但是向来的青年人怕都免不了这些毛病，不独现在为然。青年期是塑造自己的时期，有些不健全的地方，也是自然的事；矫正与诱导是应当的，因此疾首蹙额，甚至灰心失望，都似乎太悲观一些。况且中年人也不见得就能全免去这些缺点；不过他们在社会上是掌权的人，是有地位的人，维持制度、遵守规则是他们的义务，也是他们的利益，所以任性妄为的比较少些。照这样说，那一些中年人为什么那样特别不痛快青年人呢？难道他们的脾气特别坏么？不是；这是另有缘故的。

这缘故，据我看，就在那"恃众要挟"一点上。从前青年人虽然也有种种毛病，虽然有时也反抗家长、反抗学校，但没有强固的集团组织，不能发挥很大的力量。中年人若要去矫正和诱导他们，似乎还不太难。自从五四运动以来，青年人的集团组织渐渐发达，他们这种集团组织在社会上也有了相当的地位。经过五卅运动，这种集团组织更进步了，更强固了。这些时候，居于直接指导地位的中年人和青年人之间，似乎还相当融洽，看不出什么冲突的现象。因为这一班中年人在政治上毋宁是同情于青年人的。九一八以来，情形却不同了。政府的政策能见谅于这一班居于直接指导地位的中年人，却又不能见谅于他们所指导的青年人。青年人开始不信任政府，不信任学校，不信任他们的直接指导人。中年人和青年人间开始有了冲突，这冲突逐渐尖锐化，到一二·九时期，达到了最高峰。主要的原因是双方政见的歧异。

中年人和青年人的对立便是从这些日子起的。在这种局面之下，青年人一面利用他们的强固的集团组织从事救亡运动，一面也利用这种组织的力量，向学校作请求免除考试等无理的要求。青年人集团组织的发展，原是个好现象。但滥用集团的力量，恃众要挟，却是该矫正的。困难便在这里。青年集团的领袖人物，为强固他们的集团起见，一面努力救亡工作，一面也得谋他们集团的利益；这样才能使大多数青年都拥护起集团来。集团的性质似乎本来如此，不独青年集团为然，这需要矫正和诱导；但若因为矫正和诱导的麻烦而认为集团力量不该发展，那却是错的。

这种矫正和诱导确是很困难的，那时青年人既不信任学校，却不能或不愿离开学校。在他们，至少他们的领袖的心目中，学校大约只是一个发展集团组织的地方，只是一个发展救亡运动的地方。他们对于学校的看法，若果如此，那就无怪乎他们要常常蔑视学校的纪律了。在学校里发展集团组织，作救亡运动，原都可以；但学校还有传授知识、训练技能、培养品性等等主要的使命，若只有集团组织和救亡运动两种作用，学校便失去它们存在的理由，至少是变了质了。这是居于直接指导地位的中年人所不能同意的。他们去矫正和诱导都感觉不大容易；即使有效果，也是很小很慢的。因此有些人便不免愤慨起来了。

抗战以来，青年人对于政府，至少对于最高的领袖，有了信任心，对于学校和指导他们的人，也比较信任些。中年人和青年人的对立，似乎不像从前那样尖锐化了，可是政见的歧异显然还存在着。这个得看将来的变化。政府固然也可以施行一种政治训练，但效果不知如何。现在居于指导地位的中年人所能做的，似乎还只是努力学术研究，不屈不挠地执行学校纪律，尽力矫正和诱导青年人，给予他们良好的知识、技能和品性的训练。将来的社会、将来的中国是青年人的；他们是现在的中年人的继承者。他们或好或不好，现在的中年人总不能免除责任。所以无论如何困难，总要本着孔子"知其不可而为之"，"不知老之将至"的精神做去。那怕只有一点一滴的成效呢，中年人总算是为国家社会尽了力了。